医述历史丛书

冀医记忆

医述历史丛书

总主编：张海松　王国英

副主编：董　斌

编委会成员：种竟梅　崔　岚　高莉梅　焦　杨　罗淑娟
李萌薇　李　健　马海霞　孟　震　谭　虎
王树林　魏　巍　肖　艳　杨凯艳　于录艳
张　哲　张雪雁

顾问委员会成员：董俊洲　陈国庆　杜长江　武　岩

冀医记忆

——河北大学附属医院老专家口述历史

编　写：河北大学附属医院口述历史编委会

主　编：张海松　王国英

副主编：种竟梅　王树林　张　哲　董　斌

编委会成员：焦　杨　罗淑娟　李萌薇　马海霞　肖　艳
于录艳　张雪雁　李　健　崔　岚　杨凯艳
孟　震　高莉梅　谭　虎

医述历史丛书

冀医记忆

——河北大学附属医院老专家口述历史

编／河北大学附属医院口述历史编委会

主编／张海松　王国英

副主编／种竟梅　王树林　张哲　董斌

河北大学出版社

·保定·

冀医记忆

JIYI JIYI

——河北大学附属医院老专家口述历史

出 版 人：耿金龙

选题策划：何　东

责任编辑：赵彩霞

装帧设计：徐春爽

责任校对：冯喆圆

责任印制：靳云飞

图书在版编目（CIP）数据

冀医记忆 ：河北大学附属医院老专家口述历史 / 河北大学附属医院口述历史编委会编 ；张海松，王国英主编. -- 保定 ：河北大学出版社，2019.9

ISBN 978-7-5666-1540-4

Ⅰ. ①冀… Ⅱ. ①河… ②张… ③王… Ⅲ. ①传记文学－中国－当代 Ⅳ. ①I25

中国版本图书馆CIP数据核字(2019)第203073号

出版发行：河北大学出版社

地址：河北省保定市七一东路 2666 号　邮编：071000

电话：0312-5073033　0312-5073029

邮箱：hbdxcbs818@163.com　网址：www.hbdxcbs.com

经　　销：全国新华书店

印　　制：保定市文昌印刷有限公司

幅面尺寸：170 mm × 240 mm

字　　数：180 千字

印　　张：16

版　　次：2019 年 9 月第 1 版

印　　次：2019 年 9 月第 1 次印刷

书　　号：ISBN 978-7-5666-1540-4

定　　价：58.00 元

序 言

坐落于保定、1909年肇建的河北大学附属医院，是一所国家三级甲等综合医院，先后四次易址、二十四次改名。1955年被省卫生厅命名为“河北省医院”，2005年更名为“河北大学附属医院”。多年来，医院始终秉承“为患者、为社会”的宗旨和“仁爱、诚信、敬业、创新”的院训，致力于高质量发展、高技术诊疗、高水平服务，赢得社会各界和广大人民群众的信赖，是全省卫生健康系统先进集体的优秀代表。

“医述历史丛书”是我省首部医疗行业口述史著作，由近三十位老专家将一个个鲜活故事娓娓道来，生动展示出百年院史中一幅幅精彩的画面，深刻阐释了白衣战士“敬佑生命、救死扶伤、无私奉献、大爱无疆”的崇高职业精神，也是全省卫生健康事业改革发展光辉历程的缩影。

神圣职责催发使命担当，平凡岗位成就伟大事业。希望这套丛书的出版，能够有力激发全系统广大干部职工的责任感和使命感，不忘初心、牢记使命，砥砺前行、接续奋斗，为健康河北、美丽河北建设做出新的更大贡献！

衷心祝愿河北大学附属医院发展得越来越好！

梁占凯

2019年10月

前　言

时光荏苒，岁月如梭。河北大学附属医院到今天已经走过了整整一百一十年的历程，历经风霜雨雪，始终秉承着治病救人、医者精诚的初心，是保定乃至河北的一所老百姓非常认可的好医院。而我本人，也在这个医院走过了三十八年的岁月，从青葱年华到资深医生、从普通医者到医院的当家人，我见证了医院改革开放以后的快速发展，我深爱这所我为之工作和奋斗了整个职业生涯的医院。

近年来，为了改善患者的就医条件，我们翻盖了新的门诊和住院大楼；为了始终保持领先地位，我们不断引进新设备；为了保证医疗水平的领先，我们每年送医务工作者到国内外最好的医院进修学习；为了让老百姓不上医院、少上医院，学会预防疾病，真正防患于未然，我们推出了面向老百姓的大型公益活动——保定责任，让我们医院最好的医生走进机关、工厂、部队、学校、社区、村落，为老百姓送去防病治病的知识……河北大学附属医院在变迁和变革中不断前行。回望医院走过的历程，我们曾二十四次易名、四次改址，从简陋的院舍到现代化的大楼，从普通单一的防疫医院到国家三甲综合医院，凝聚着我们医院一代代医务工作者奋斗与创造的足迹。历史不会忘记他们，每一个省医院人不会忘记他们，所有为医院做出贡献的同志都值得我们铭记与学习。

随着岁月的流逝，很多老专家年事已高，我们不得不面对老领导、老前辈离我们而去的残酷现实。每每送别一位老专家，我的心情就格外沉痛，他们是医院最宝贵的财富，无法复制，无以替代。作为一名医生，我虽深知生老病死乃自然规律，但仍不免遗憾和心痛。

一次偶然的机会，我与保定学院的王国英教授谈及此事，她建议我以口述历史的方式，用文字、录音、录像等留住老专家的故事，留住老专家的文字，更留住老专家的精神；通过老专家的回忆、叙述，为后人留下一段有温度的历史。这也正是我的愿望，我希望留住我们的精神财富，留下医院的根，筑牢医院的文化之基。

于是，由河北大学附属医院发展规划办公室牵头，老干部处、人事处等多处室配合，和王国英教授带领的一支口述历史团队，历时一年半的时间，访谈了三十余名离退休老职工，他们中有老领导、老医生、老护士，都堪称老专家，年龄跨度从七十八岁到九十五岁，参加工作年代均已跨越了半个世纪。他们整理的老专家口述历史文字达七十余万字，照片四百余幅，录音两千多分钟，最终编辑成含二十八位老专家、六十余万字、全套三册的医述历史丛书，分别命名为《冀医记忆》《医路历程》和《伉俪故事》。

这套丛书记录了20世纪五六十年代从医的一批老专家的个人发展历史，特别是他们从医过程中的亲身经历，侧面反映了河北大学附属医院的发展历史与光荣传统。翻开丛书，仿佛回到了从前的岁月、感知到一幕幕鲜活的历史故事，看到了老专家们的精益求精、一丝不苟与全心全意……看似平凡的背后，彰显着高尚和伟大。

这套丛书的问世，让我们读取到了不曾亲历的医院发展史，然而，这绝不是冰冷的历史事件和数字，鲜活的故事随时间流淌，熟悉的场景和熟悉的身影教会新一代医务工作者如何从医，如何做人。谨以此书向为医院做出贡献的老一辈工作者致以崇高的敬意，并寄语年轻一代医务工作者不忘初心，砥砺前行！

在此，深深感谢所有老前辈们，你们成就了河北大学附属医院厚重的历史；感谢王国英教授及其团队的辛勤劳动，你们为河北大学附属医院留下了宝贵的精神财富；感谢为河北大学附属医院口述历史最终出版做出奉献的顾问团队、编辑团队，你们让我们看到了一套实事求是、图文并茂的好作品！

2019年国庆前夕于河北大学附属医院

目　录

闫忠：人要正，才能走得更远

访谈时间：2019年4月16日—5月23日（共四次）

访谈地点：闫忠家

被访谈者：闫　忠

访 谈 者：于录艳

（文中所有照片均由闫忠提供）

闫忠，1927年6月27日出生于河北省献县闫郝村。1943年，参加工作并加入中国共产党；1945年，先后任河北省冀中区党委警卫员、团政治处干事、股长；1955年至1976年，先后任河北省干部疗养院保卫科长、党委副书记、党委书记；1976年至1979年，先后任沧州市卫生局局长、沧州市委副秘书长；1982年始，任河北省医院（1983年更名为河北省职工医学院附属医院）党委书记，后提任河北省职工医学院纪委书记，1989年离休，副厅级。

一、苦难——难以磨灭的记忆

我1927年出生于河北省献县闫郝村。现在想想，儿时的很多记忆已经模糊了，印象中我在很小的时候就跟着姥姥一起生活，也记不清楚是什么原因要离开爸妈。我的父亲是一个地地道道的农民，因为家境清苦，又没有经济来源，父亲很早就跑到北京附近的一个县城做小买卖。后来父亲因病去世，也就三十出头儿，我那时候只有五六岁。因为一直和姥姥生活，父亲的去世对我影响不大。

印象当中，母亲是个非常朴素、勤俭、孝顺的人。每次我从姥姥家回去，都看到母亲很尽心地照顾爷爷，因为爷爷年纪比较大，身体又不好。除了伺候爷爷、照顾我年幼的弟弟以外，母亲还要下地干活，所以，我觉得母亲非常辛苦。后来，爷爷去世了，农村讲究儿子要给去世的父亲打幡儿，因为我的父亲早逝，我是长孙，所以就让我打幡儿。爷爷去世的时候村里的很多乡亲来帮忙，左邻右舍对我们家也很照顾，应该是因为我母亲平常和邻居们相处得好的缘故。

姥姥家在河北省饶阳县魏楼村，离我家大概十几里路，小时候的记忆都在那儿。姥爷早早地就去世了，留下两个女儿和一个儿子，姥姥生活得很清苦。因为家里穷，吃都成问题，我六岁左右就跟着姥姥在地里挖野菜，春天柳树和榆树的叶子刚发芽，就爬上树摘树叶拿回家吃，还分给邻居们。那时候人们都穿布鞋，我穿的布鞋都露脚趾了还要穿，一直穿到不能穿了才能换上一双新鞋子。

姥姥的儿子，也就是我的舅舅，给地主做长工。他是个很孝顺的人，给地主做完工后，有时候还要回家帮姥姥挑水、干农活。记得有一次，舅舅从地主家回来，从衣服里掏出两个净面窝窝头给我和姥姥吃，那是舅舅没舍得吃，给我们带回来的。舅舅年龄不大就因病去世了，一直到去世之前也没有娶媳妇。舅舅去世之后只剩下姥姥一个人，没过几年姥姥也去世了。姥姥去世的时候我在外面工作，没得到消息，后来得知姥姥去世，我非常悲痛。姥姥生在贫困的旧社会，受了一辈子苦，真是不容易！

二、辍学——记忆深处的遗憾

因为家里非常贫穷，八岁时我才开始上小学。小学也是在姥姥的村子上的，现在我已经记不起它的名字。我上了四年小学、一年高小，那时候小学只学算数和语文。我的小学老师特别严厉，同学们犯了错误就要挨打，我也挨过打。记得有一回，我上课时偷偷玩一些小玩意儿，老师发现之后，就用小棍打我的手，当时把我的手都打肿了，有时候挨打是因为上学路上贪玩儿迟到或者跟小伙伴们打架。有一次下地干活，看见人家地里种的山药，我忍不住挖了几块儿，正挖着的时候突然有人来了，发现了我。我撒腿就跑，一口气儿跑到了姥姥家。当时我姨在家，那个人一直追到我家，跟我姨说我偷了他家的山药，一说话才发现种山药的那个人和我姨是亲戚，也就不追究这个事了。后来，我的姥姥和姨对我进行批评教育，说你可不能干这个事儿。现在想想，我小时候净干没出息的事儿了。

我上小学的时候学习成绩不行，在家里跑惯了，不愿意上学，老想着回家帮姥姥干点活儿。记得刚上学那会儿，姨夫在北京做小买卖，姨家也没有年轻人，我帮着姨打麦子，打完麦子装麻袋，我就扛着麦子往家里运。路上不小心没站稳，一袋麦子全洒在了地上，当时我姨也没有批评我，只说了一句："不让你扛你非要扛。"

现在想想，上学的时候脑袋瓜不聪明，又是男孩子，比较贪玩儿，所以学习成绩不行。后来上了一年高小，成绩还是跟不上，就彻底不上了。参加工作以后，才知道上学有多么重要，我特别后悔当时没有好好上学，那时候要是坚持上完初中，文化程度再高一些，后来的工作可能就顺利多了。没有好好儿上学是我的遗憾！

三、恩情——本不相识的老人

1942年"五一大扫荡"，日本侵略军在中国烧杀抢掠，非常猖狂，尤其在华北地区，日军展开拉网式"扫荡"。当时日本侵略者的口号就是"三光"——烧光、杀光、抢光。村里一说"日本鬼子来了"，老百姓就赶紧向村外跑，躲起来，跑不动的就被打，还有些妇女被凌辱。日本侵略者真是惨无人道！后来村子里组织挖地道，抵抗日寇的侵略和"扫荡"。

1942年5月，我十五岁。一个早上，我到地里干活儿，这个地方离柳家庄很近，日本侵略者来了，立刻就把这片地包围了，在地里干活儿的一共二三十个人全被日本侵略者带到村里的一个广场上排查。男的一队，女的一队，让家属来领人，说明情况以后才放回家。因为我不是这个村的，大家都不认识我，我就一直在那个地方蹲着。人走得差不多了，只剩下包括我在内的五六个人，我特别害怕。后来，有一个老太太跟日本侵略者说我是她的孩子，就把我领走了。回到她家里，老太太给我做了饭，吃过饭后就让我回家了。后来我突然想起来，这个老太太和我见过面，是我姨家的一个亲戚。想想挺后怕，如果当时不是这个老太太把我救了，我可能就被日本侵略者刺死了。从那儿以后，我就回到献县闫郝村了。

四、入党——人生路上的转折

新中国成立前夕，村政权刚刚成立，为了扫除文盲，普及文化，村里办起了“识字班”，因为上过几年学，村里就让我当老师教大家识字，识字班里男女老少都有。

1943年，我十六岁，村里有个干部，是个党员，觉得我进步，也很老实、很纯洁，就介绍我去献县四区当通信员，自此，我就算参加工作了。当时河北省献县四区的区长叫柴景田，除了区长还有秘书、助理员等，大概十几个人，管辖十几个村子。我当通信员主要就是给村里送信，送文件，或者通知开会。那个时候没有自行车，送信都是走着，不管白天还是晚上，我全都是跑着去送信。后来，区里给我找了一辆日本进口的旧自行车，破破烂烂的，但是能骑，我就开始骑自行车送信。那个时候没有工资，就是管饭，离家也不远，有时候我就顺便回家看看母亲。当时四区老百姓们常说，咱们四区很特殊——“两小”，区长二十几岁，通信员才十六岁。

在献县当通信员的时候，我经常跟着区长去开会，会议内容大多是研究如何为群众办事，老百姓怎样能够不受压迫和迫害。区长总是跟村干部说鼓励村子里的积极分子加入中国共产党，为群众服务，为贫农服务，为大家服务。后来我主动向区长说我也想入党，区长让我写了申请，并介绍我加入了中国共产党。我记得非常清楚，1943年10月入党，12月就转正了。

转正以后，我就到了河北省冀中八地委，给地委书记闫子元当警卫员。我是怎么去的八地委呢？当时要培养青年干部，我在四区表现比较积极，所以组织就派我去学习，去学习需要办理一些手续，当我的手续办到八地委的时候，就不让办了，八地委正好缺警卫员，把我留下了。

大概一年多的时间，1945年，地委书记闫子元调到冀中区党委任宣传部长，我就跟随书记到了冀中区党委当警卫员。当时的

▶ 1945年9月25日，闫忠跟随闫子元到前线慰问

冀中区党委就是现在的河北省委。警卫员主要负责照顾领导的日常生活，做好领导的安全保卫工作。那个时候，闫部长经常到前线去慰问，我们也跟着去，做保卫工作。

1946年5月，我到冀中军区干部学校学习了六个月。当时正是内战时期，部队急需培养干部，就成立了这个学校，学校的校长是孙毅，参加学习的都是非常年轻、优秀的同志，主要学习军事和政治方面的内容，我当时任我们班长。

五、参战——为了期待的和平

冀中军干校学习结束后，1947年，我就到了部队——冀中军区独八旅二十四团，在政治处当保卫干事。刚到部队，我参加了石家庄解放战役，之后又打元氏县。12月3日，元氏县解放，我们团部也跟着进去了，负责挨家挨户给农户做工作，让老百姓不要害怕，和老百姓打成一片。元氏县打完以后打的定兴，解放定兴以后就到了张家口，参加张家口解放战役。1948年底，在张家口解放战役中，我军和“敌军”交战，对方非常厉害，我们感觉很奇怪，国民党的部队没有这么厉害啊？经团部联系番号，原来是过来的东北解放军，我们的部队和东北军打起来了，是一场误会。北平和平解放时，我们的部队也在外围。

打仗的时候，我还闹过笑话。记得在打元氏县的时候，有一次国民党的飞机来了，从南往北飞，我就跟着飞机跑，我们董副团长说：“小闫，赶快趴下！你跟着飞机跑，不是找挨炸吗？”那个时候什么都不懂，因为我一直在团部工作，没有上过前线，更别说作战经验了，所以闹了笑话。

解放战争以后，1949年，我还在部队，当时在六十八军二〇三师六〇八团政治处当股长。北平解放以后，我们的部队就到了天津营房，国民党时期的一个老营房，我们部队就住在这个地方。

我1952年入朝，参加的是第二批入朝的队伍。虽然美国的军事武器是中国部队不能比的，但因为咱们中国人经受了抗日战争的考验，锻炼了坚强的革命意志，不怕牺牲。在入朝路上我军和美军对峙的时候，天寒地冻，零下四十多度，部队在战壕里埋伏，为了不让美军发现，战士们一动不动，有些战士的手、脚和腿都冻僵了，冻伤严重的还做了截肢。

入朝后，部队要求团部各股长密切联系群众，要和战士们在一起，我从团部被分到三营。

打仗是要讲战略战术的，我们的部队以当时的装备和敌军硬拼肯定是不行。记得有一次，我们的部队用一支非常强的队伍，直接炸了的指挥部，队伍撤回来再接着打。这种打法一般的队伍可不敢尝试，我们为什么敢打，就是因为我们中国人不怕牺牲。我记得有一次战斗，我们俘虏了几个美国兵，问他们怕什么，他们说最怕的是中国人不怕死!

入朝后的金城反击战中，我被分到营部。营部属于指挥部，在靠近山顶的部分，被掩体遮挡起来。去往营部的路上，还没有到营部的掩体处，我和青年干事就被美国的飞机发现了。我当时在半山腰，他还在山脚下。飞机开始扔炸弹，当时就把那个青年干事炸死了，我因为离炸弹远一点儿，被炸伤了胳膊，左臂的骨头被炸断了，如果当时我们能再早一点儿到了掩体处可能就炸不到了。被炸伤以后，我就晕了过去。后来，担架员发现了我，要抬着我下山，我也渐渐苏醒了，我说：“不要抬我，在山上没法儿走路，你们扶着我就行。”当时能勉强走路，不过走到半路就不行了，疼得特别厉害，担架员拿出止疼药，给我塞了一片。坚持走了一段路程，到了公路上，又疼起来了，实在坚持不了了，担架员就抬着我大概走了一里路。到了伤员地，上海医疗队马上给我做了手术。医生把伤口里的烂肉和碎骨头清理以后，又给我包扎好，然后把我抬进了一个有二三十个人躺着的棚子里，我大

▶ 中华人民共和国三级解放勋章

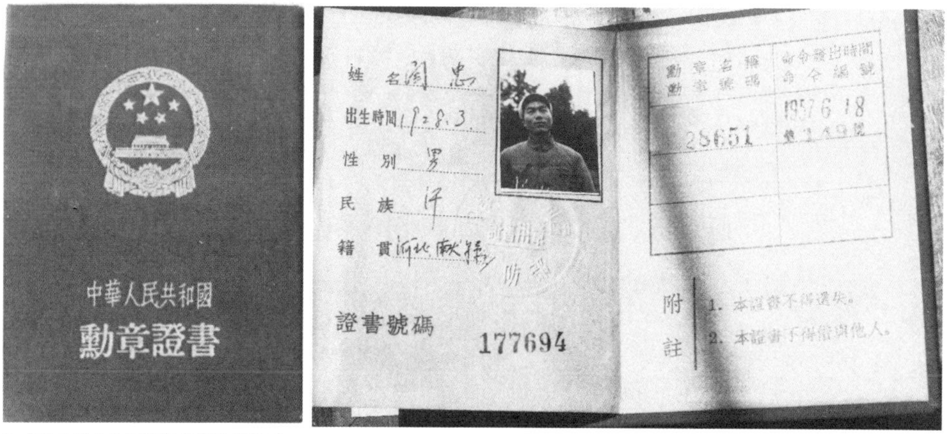

▶ 中华人民共和国三级解放勋章证书

▶ 奖章与勋章

概睡了一个多小时才醒过来。第二天早上天刚蒙蒙亮，他们就要送我回东北解放军医院养伤。因为美军的飞机大多在白天巡逻，随时可能扔炸弹，所以白天不敢动，怕被发现。走了一段路以后天亮了，美军的飞机开始轰炸，当时的司机真是有经验，看着飞机冲过来了，马上就刹车，炸弹就炸在了汽车的前方，飞机又转圈，连着转了很多圈，司机开着汽车顺势钻进了树林，我们逃过了一难。

回到东北解放军医院住院半年多，我又做了一次小手术，取出了左手上的小弹片。伤好了以后我想继续回部队，但部队一看属“二等残疾”，就让我转业。

现在，每到过年过节的时候，我总会想起那些牺牲在战场上的战友。

六、转业——地方奋斗的起点

1954年，我转业到河北省卫生厅医院管理局任保卫干事，主要负责医院管理局的安全保卫工作，大概一年多的时间。当时的河北省卫生厅医院管理局主要管辖三个康复医院，张家口一个、涿县（今涿州市）一个、保定一个，分别叫作一康、二康、三康。医院不对外开放，主要收治朝鲜战场中受伤的同志，救治医疗费及吃住等费用全部由国家承担。

1955年，河北省卫生厅医院管理局成立了一个新部门——河北省干部疗养院，主要负责全省干部疗养等一系列工作，我被调过去任办公室秘书兼保卫科科长。河北省干部疗养院设在保定，旧址就在现在的保定市第一中心医院东院。在河北省卫生厅医院管理局和干部疗养院这两个部门，我的工作内容都差不多，主要是做安全保卫工作，经常联系群众，听听群众有什么意见或反映，群众之间有什么矛盾，给他们做思想工作，帮助他们解决矛盾。

那时候，河北省干部疗养院刚刚成立，收治的病人不太多，后来陆陆续续才多了起来。因为河北省干部疗养院归省里管，所以疗养院的医生也都是从各个医院调过去的，区级以上的干部才有资格到这里来疗养。疗养院有六栋楼，三百张床位，有院办室、党办室、药房、后勤处这几个部门。疗养院和治疗医院不一样，以疗养为主，主要是一些老干部到医院来调养慢性病。那个时候生活比较困难，疗养院又是新建部门，医生、护士们周一到周五正式上班工作，周六、周日不是学习就是搞卫生。

1966年，我任河北省干部疗养院党委副书记。当时疗养院的医疗技术不行，怎样提高医院的医疗技术和水平呢？我就想和省医院搞协作。那个时候省医院归卫校管，在省医疗界堪称“老大哥”，现在也是。那时候的院长是米毅，我和米院长说：“你们能不能想办法帮我们医院提高提高，咱们可以签个协议。”米毅院长非常痛快地就答应了。从那时候起，省医院每个星期派大夫过来给我们查房，一个星期三次，查房的时候还要带着疗养院的医生。在这个过程中，疗养院大夫的业务水平提高了。疗养院有困难的时候也找省医院帮忙，比如有危重病人，我们这里做不了手术，就送到省医院去做，做完手术再送回疗养院。疗养院有重病号或者疑难杂症，也请省医院的大夫过来会诊。

当时的一些工作经历已经记不清了，我只记得，一回到家，老伴儿就唠叨我，都几点了才回家，也不知道当时都忙什么了，反正就是很忙。

七、新职——医疗工作的继续

我的爱人在保定市商业局工作，是从沧州调过来的，当时我们两个商量想一起回到沧州，她就和她的老领导联系，就这样我们回了沧州。1976年，我爱人被安排在沧州市交通局，我因为之前有在疗养院工作的经历，就被安排在了卫生局，任沧州市卫生局局长。

任卫生局局长大概三年的时间，我觉得最有意义和价值的一件事就是搞赤脚医生。当时医疗条件很差，缺医少药，看病很不容易，学医毕业的又非常少，很多地方开始搞赤脚医生，而且效果非常显著。我当时就组织全市搞赤脚医生，只要村子有条件的都可以搞。当时赤脚医生的主要来源是村里有点儿文化的进步青年，找大夫教他们怎样看病，怎样打针，得了什么病该吃什么药，讲一些医疗基础知识。经过短期培训之后，他们能鉴别和治疗一些常见病，掌握了一些基本的临床技能，还能为产妇接生。一开始赤脚医生只有三十几个人，一个村子一个，后来渐渐多了。这些赤脚医生的出现，缓解了农村地区缺医少药的问题，受到了老百姓的欢迎。后来，赤脚医生改成乡村医生。

1976年7月28日，唐山大地震，部分伤员被送到沧州市级医院。当时送过来的伤者有二十几个人，其中有一个女孩子，十几岁，大腿被砸坏了，需要截肢。因为当时沧州市医院条件不太好，只能看一般的病，医生告诉这个女孩子要截肢，把她吓坏了，她就一直哭，不想截肢。我当时就在医院现场，有人跟我说了这个女孩子的情况，我一看孩子确实哭得很厉害，就马上给省医院打电话求助，米院长立刻说："找老主任去！"我就联系了外科主任罗庭桂，沧州市医院立刻派了救护车把罗主任接过来。罗主任来后看了检查结果，说可以保守治疗，就立刻开始手术，把里面砸碎的骨头取出来，用钢板固定住，最后固定上石膏，算是保住了这条腿。这个事情我印象特别深刻，还是省医院水平高，当时沧州医院也是非常佩服的。后来沧州医院的大夫去省医院进行培训，医院有什么需要也直接找省医院。

八、省医院——风雨兼程的七年

1979年至1982年，我被调到河北省卫生厅人事处工作了三年。1982年，我的家属已经回到保定，我就向省里提出来想要回保定。当时省医院的书记是白清，因为白书记到了退休年纪，赶上身体状态也不好，所以上级决定把我分配到省医院（1983年更名为河北省职工医学院附属医院）任党委书记，接手白清书记的工作。

白清书记，艰苦朴素，绝对是个好干部！那个时候他身体很不好，身上带着漏管还坚持工作。我到他的办公室一看，只有两把小凳子，一张办公桌，别的什么也没有，非常简陋，那时其他科室领导的办公室都已经有沙发了。省里派了一辆华沙轿车，他说谁都不许坐，只能接送外来会诊的大夫，他自己去石家庄开会也不坐。还有就是他住的地方，他家只有两间小平房，里面破破烂烂的，什么都没有，院子的围墙都是用树枝插的。后来医院建了宿舍楼，他也坚决不搬进去住。白书记有几个孩子，孩子的工作他一个也不管。白书记一辈子廉洁奉公，艰苦朴素。共产党员就应该是这样，什么时候都要把群众放在前面。老书记真是一个好干部，我们都应该向他学习！

医院这个行业很特殊：它不同于工业，工业只要生产产品就可以；它不同于商业，商业就是做买卖，追求利润；它也不同于教育，教育对人，虽然医院也对人，但它对的是病人，并且每个人的病情不一样，病的程度也不一样。一个人的生老病死全都包括，所以医院这样的单位担子特别重。那个时候，国家给医院一部分补贴，主要用于职工的工资发放、医院的日常开销及基础设施的建设和维修等，除此之外，医院的后勤开支也是一笔不小的数目。

我过来的时候，咱们医院的规模在保定地区来说是数一数二的，技术上、设备上都是一流的。我刚到的时候，医院的职工也不少，具体数字我说不上来了，病床大概有三百张。那个时候，医院还没有大院，我记得当时就只有一个病房楼和一个门诊楼，我来了以后才建的外科楼，也就是现在的外科楼。医院的院子非常小，院子的后边儿是锅炉房，锅炉房前面有一大堆土，因为当时没有职工宿舍，我们就商量把这一大堆土清除掉，在这个地方盖几间平房做职工宿舍，职工们就利用周六、周日的休息时间来清理。医院的领导带头儿干，当时外科的老主任罗庭桂还有几个老主任都跟着一块儿干，医院上上下下，技术人员、医护人员全都一起清理。

我觉得那时咱们医院在保定地区来说是最好的医院，现在也是。哪儿有好医生老百姓就往哪儿跑，哪个医生病看得好，老百姓就去找哪个医生看。我记得当时咱们医院每周看病人数最多的一天是星期一，星期一的门诊量能够达到两千五百人次以上。医院地方小，显得比较拥挤，挂号的地方更是乱极了。怎么办呢？为了维持好就诊秩序，我们就采取了措施，除了个别的行政科室留值班人员以外，所有的行政人员，包括领导在内，全部走出办公室，到医院门诊来疏导病人。咱们这个医院的特点在当时来讲，农村的病人非常多，他们不熟悉环境，也不知道怎样挂号看病，根本不清楚什么科在什么地方。为了让病人顺利看病，我们就帮着病人挂号，挂完号再把他们送到科室门诊去找大夫。每周一上午都这样做，行政人员来引导病人并维持好秩序。

那个时候我也查房，但我不懂治病，查房主要是看看医院的卫生怎么样，病房和门诊的卫生都看，还有就是看看医生护士的服务态度、精神面貌和工作纪律等。业务院长和我看的不一样，他主要是看病人、看病历。当时医院的卫生管理也是有制度的，传染病人要进行隔离，被褥怎么清洗，什么时候消毒，多长时间消毒一次都有规定，消毒措施还是做得比较到位的。

省里搞精神文明建设，市里也搞，开会提要求，后来省卫生厅的精神文明检查团到医院检查，觉得咱们医院的精神文明建设搞得很好，还给咱们医院挂了牌子，现在还挂着呢。医院每年都搞文化活动，组织医生、护士们唱歌、跳舞，组建篮球队，打打比赛，锻炼身体。医生不能总在病房里看病，也需要换换心情，组织要对职工的精神和身体全面考虑。

1985年，保定市遭遇罕见的特大暴雨袭击，暴雨夹杂着冰雹，大部分窗户上的玻璃被砸坏了。我家离医院比较近，当时什

▶ 河北省精神文明检查团到医院检查指导（前排左二为闫忠）

么都没想，冒着大暴雨跑到医院去，我过去没多长时间，很多职工、大夫也都过去了。那次大暴雨虽然没有导致医院发生重大事故，但多少也受损了。我们号召职工们自己动手，利用周六、周日休息时间换玻璃，大家干得特别起劲儿，谁都没有怨言。后来医院墙院的翻修也都是职工们自己动手粉刷的。那个时候经济条件差，请不起外面的工人，医生、护士们周一到周五看病，周六、周日不是学习就是劳动，没有加班费，也没有任何经济补偿，大家都没有抱怨。当时人们想得很简单，一切为了病人，以院为家，以病人为中心，全心全意为病人服务，大家为了医院的发展齐心协力，不计得失。

医院的托儿所为什么要改成幼儿园呢？托儿所只收比较小的宝宝，大一点儿的孩子还是没有人照顾，所以后来我们就把托儿所改成了幼儿园，不仅招很小的宝宝，还招更大的宝宝，就是为了解决职工的后顾之忧。幼儿园原来是医院直接管理，后来就归工会了。工会有福利，所以就让工会来管幼儿园。总之，职工有困难就必须要为职工解决困难，解决了职工的生活困难，他们才能够安下心来更好地工作，更好地为病人服务。

省医院的老专家都有一个共同的特点，就是心里面装的都是病人，早上来得早，晚上走得晚。比如说到了中午十二点还有病人在，他们就不下班，一直把这些病人看完以后才走。哪个大夫看病看得好，找哪个大夫看病的人就多，很多病人就是奔着有名的老专家来的，所以这些老专家出诊不同于其他科室成员，他们的门诊量比较大，每天基本上不能正常下班。在查房这一点上，老专家们做得也非常好，他们除了正常上班时间和医院规定的查房制度以外，还会利用自己的休息时间去查房，特别是对一些危重病人，中午下班前先去病房看看病人，对他们进行问诊，看看他们的病情有没有好转，是不是有了新的变化，有了变化应该采取什么措施，都交代好以后才回家。老专家们的工作作风真是没得说!

老专家们还有一个特点，他们从不以貌取人，对干部、对农民、对普通的职工，都一视同仁。不管你穿得怎么样，你的级别是什么，都平等对待。有从农村来的病人穿得破破烂烂的，该怎么检查怎么检查，该怎么开处方怎么开处方，不嫌脏不嫌累，非常敬业。将病人放在心里，以病人为重就是医德，值得大家去学习!

还有就是老专家们不在家里看病。为什么不在家里看病呢?病人到家里来的话，可能会带一些礼品，为了杜绝病人带礼物，这些老专家们坚持不在家给病人看病。

我记得去这些老专家的家里，没有什么家具和摆设，能看到眼里的就是书，他们没有出去玩儿的时间，有时间就在家里看些医疗方面的书籍或者写写东西。当时老百姓非常认可的几个老专家有外科的罗庭桂，内科的陈贤栎、孙倩等，各科室都有这么几个优秀的老专家。我过来当书记的时候没有院长，怎么办呢?就让群众推荐，后来群众推荐了陈贤栎来当院长，上边领导也批了。当时我和陈贤栎院长住上下楼，我住二楼，他住一楼。当院长时间不长，他老伴儿就过来找我，说："不要让他当院长了，把他这个院长撤了吧。"我问为什么呢，他老伴儿说："我身体不好，每天都有好多人来找他，我身体受不了。"陈贤栎院长实实在在的一个人，踏踏实实、本本分分地干工作，业务过硬，我只好向省里面申请别让他当院长了，让他搞业务。后来就换了阴慎齐当院长。

九、基层——医院质量的基石

医院办好办不好，基层领导非常重要。医院的党委要掌握国家发展的政策和重大方向，除此之外，还有中坚力量，特别是党委下属的各个支部，也就是各科室的支部书记，很多具体工作的开展都由各个支部去完成和解决。医院系统里的各种关系非常复杂，比如说医病关系、医护关系、行政科室和医疗科室的关系、后勤和临床的关系等。所以我体会到作为党务工作者来说，医院的支部书记非常重要。举个例子，比如说医院的护士，有的护士技术非常好，有的护士水平一般，时间长了，病人就会直接找技术好的护士，找她来打针输液，那其他护士怎么办呢？不能总让这几个技术好的护士忙，别的护士闲着吧。主任和书记就要研究这个问题，让技术比较好的护士带着别人，帮助所有的护士提高业务，这样，大家的技术就逐渐得到了提高。还有医护关系，医生和护士也有矛盾，有的医生下的医嘱不合适或者不能实现，护士就完成不了，时间长了，护士就会对医生有意见，对医生说："你这个医嘱不能这么下。"有的年轻医生，医疗水平还不够高、治疗经验也不够丰富，而有些老护士比他们懂得还多，所以就会出现矛盾，而且这种矛盾马上就会反映到科主任和党支部书记这里，主任和支部书记就要找他们来谈谈话，来解决他们之间的矛盾，避免这种情况再发生。还有就是病人要陪床，家属提出各种各样的要求，谁来管这个事儿，是护士来管呢，还是大夫来管，还是支部来管呢，这都需要基层领导来解决。后勤和病房也有矛盾，比如说病人想吃这种饭，但是后勤食堂没有做，等改天做了，病人又不去吃，这也形成了矛盾，所以后来为了方便病人，医院成立了一个服务公司。

医院党委的工作，从书记的角度来讲，主要是抓各支部的支部书记，因为很多矛盾都集中在支部书记这一层面。当时在抓支部书记工作的时候，我经常开会，开党委大会，给各个支部书记和委员传达上级文件精神，执行上级任务，各科室、各部门要汇报工作，将困难和需要解决的问题报上来，共同研究决定。

发展党员是党委的一项重要工作，也主要以党委下面的各个支部为主。每个支部都有支部书记和委员三到五个人，还有十几名党员。一开始在发展党员的时候是有指标的，一个支部每年发展几个是有要求的，后来没有指标限制了，只要符合条件就可以发展。各支部书记和支部委员开始商量，看看有没有符合条件的群众，符合条件的就可以作为党员发展对象。发展对象填表以后报上来，还要听取群众的意见和党员的意见，经过调查了解后，党支部研究认为发展对象符合党员标准的才能够发展入党。如果党支部研究认为发展对象不符合党员标准，哪个方面不够条件就需要继续培养，培养人要负责培养对象各方面的学习和教育。

十、建楼——尊重知识的举措

当时的条件比较艰苦，我到了医院以后，发现很多老专家的住房很简陋，和医院领导班子商量后，想改善一下老专家们的住房条件，然后就向省卫生厅打报告建高知楼。卫生厅的领导开始是不同意的，原因是因为很多医院都没有建高知楼，咱们医院建了，可能会对别的医院有影响。后来，我就跟省厅的领导反复沟通，多次汇报医院的情况。省里的领导终于同意了，但要求医院自己筹集一部分资金，剩下的由省里来拨款。

那个时候，咱们医院和省防疫站是一路之隔，省防疫站也有四五位老专家，他们听说咱们医院要建高知楼，也想建并向省里汇报，但是省里不同意。省防疫站的领导就和咱们医院商量给这四五户老专家也安排上住房。我当时的考虑是，省防疫站没有建高知楼的条件，也没有这个经济能力，咱们可以照顾一下这四五位老专家，多增加四五户，后来和省里沟通，省厅就同意了。虽然省里同意了，但是医院的群众听了以后非常有意见，说省防疫站的老专家又不属于咱们医院，为什么让他们搬进来住呢？当时没有考虑到群众的想法和意见，然后我们又和省里商量，最后，省里决定多给医院拨点儿款，增加四五户住房，这件事总算是定下来了。

高知楼一共有二十多户，具有教授及以上职称的医生才有资格住进去。房子建造得比职工宿舍改善了一些，宿舍里没有卫生间，高知楼有独立的卫生间，但其实条件也比较简陋，里边什么设备也没有。不管怎么样，建高知楼是对医院的老专家和老人们有个照顾，也还算是个安慰。

十一、培养——人才队伍的建设

医院很重视医护人员的业务进修。我任党委书记的时候，医生护士的进修都有安排，但必须要经过批准，还要和外地的大医院联系好，不是想去哪儿就去哪儿。对于人员的培养，每年派出多少人，派到什么地方，学习什么内容，学习多长时间，回来能做什么，都是有计划的。医生和护士都有机会出去学习，有的时间短，有的时间长。短期的主要是学习一项技术或技能，到北京、上海的大医院专门针对某项技术进行学习。比如说B超室的医生要学B超技术，哪个医院B超技术比较好，就派人去哪个医院学习，一般时间也比较短；如外科大夫学习做哪个方面的手术，学会了就回来，时间也比较短。有些业务学习时间比较长，一学就是两三年，这种情况属于综合性的学习，全面的学习，属于进修。进修学习一般都去北京、上海等一些大城市的大医院，这样学回来的技术才高。去外面的大医院学习是要交学费的，这部分费用由医院承担。医院还经常请北京等地的一些大医院的专家过来做报告，有时还请外边的专家到咱们医院来做手术。从外边请专家过来做手术，病人的家属要支付费用，这就需要先跟病人家属商量，家属同意以后医院才派车把外请的专家接过来。如果请外边的大夫来会诊，也需要和家属商量费用问题，家属同意之后才可以请这些专家过来。

医院不仅派医生出去学习，同时还担负着指导和培训的职责。县级医院派医生到咱们省医院来学习，咱们医院的医生也到县级医院去做培训，做指导。比如县医院引进了新设备，但不会使用，各县就派医生、护士到咱们医院来学习半年或者几个月，学会了就回去，实施过程中再有问题，咱们的医生就通过电话来指导。咱们医院B超室、ICU、放射科，这些科室培训的人员都非常多。

新上岗的医护人员也需要进行岗前培训，但不同岗位的实习期不太一样。比如说护士一上岗，不能马上给病人扎针输液，先要跟着老护士或者有经验、技术高的护士观察和学习一段时间，学习一些制度和要求，学习怎么服务病人，比较成熟以后才能够正式上岗。医生也要参加岗前培训，跟着有经验的大夫学习一段时间，有的医生专业基础知识扎实，品质很好，人生观也非常正，上岗就很快，将来也能够成为一名优秀的大夫。

医院每年还要承担很多毕业学生的实习任务，由经验丰富、业务水平高的医生和护士带教，学生在医院各个科室轮转，了解医院的规章制度，了解各个科室和病房的情况，以便比较快地适应医院各科的临床工作。学生毕业前最少实习半年，各科室对其进行鉴定后才算完成实习任务。

医院领导班子调整由省卫生厅研究决定，中层干部的选拔和晋升主要由省职工医学院的领导班子决定。当时选拔干部的标准是“德才兼备”：“德”就是道德品质、职业道德，思想要正派，没有歪的邪的；“才”就是医生的技术水平。只要这两项能够达标，就符合干部选拔的标准。医院中层干部的选拔主要是靠群众进行评议和选举，由群众选举出心中的好干部。谁的品德怎么样，谁的技术如何，群众的心里都有一杆秤。人要正，才能走得更远!

技术职称的晋升由技术职称评审委员会负责。评职称有几个条件：一个是论文，一个是学历，还有一个是教学情况。因为咱们属于教学医院——河北省职工医学院附属医院，所以教学是一个条件。担任什么课程，上了多少课时，带过多少学生等，都是有要求的。评审的结果下来以后，也有没晋升的同志来找我的，我就给他们做工作，毕竟指标有限，鼓励他们一定要好好工作，继续努力，下次再争取。

医院每年都有考核，对医护人员的考核没有现在这么严格，主要是年终考核，到了年终要评先进、评优秀。评优秀归在各科里面，每年评完优秀还要开庆祝会。当时评先进、评优秀主要是针对医生和护士等业务人员，行政人员非常少。

十二、坚持——爱岗敬业的恒心

医院的工作是个细致活儿，不能粗枝大叶，因为涉及人命。比如说急诊室，不知道什么时候来病人，医生要随时待命，病人来了就必须马上工作。急诊室的有些大夫动作慢，家属就不满意，但干活利索、比病人家属还着急的大夫，家属就比较满意。遇到危重病人，医生会全力以赴地抢救病人，如果真的没有抢救过来，病人家属也没有什么怨言，还是会感谢大夫，大部分的家属是通情达理的。

过去的医院不光是治病，还有一个很重要的职责就是“预防”，提倡以预防为主，宣传卫生医疗常识。比如说，病人在医院住院的时候，医生不仅要给他们开药方，同时，还要做好宣传和预防工作，告知病人家属，得什么病需要注意什么，应该怎样做好预防。

医生除了给病人治病，同时还要照顾病人的情绪，做好病人的心理疏导。我记得当时就有一位女病人，疾病带来的痛苦导致她压力非常大，情绪也很低沉，后来她从病房的窗户跳了下去，当场就摔死了，因为这个事情毕竟是在医院发生的，所以医院有责任，当时就做了赔偿，而病人家属没有看护好病人，也有责任。从那次以后，医院就在病房里安装了护栏。所以，医生除了给病人看病以外，疏导病人的情绪也非常重要。病人的情绪好，病情恢复得也快。之前我说过，医院的工作难，难就难在一个人一个病，不像工厂生产的产品，生产出来全部都一个样。作为病人来讲，每个人的病情、每个人的情绪、每一个人的心理承受能力都不一样，大夫就需要注意病人的方方面面。所以说，做个好大夫不容易，不能为了完成工作任务而去做，脑子里要随时装着病人。

十三、共生——长久深厚的情感

医院要想办好，就要一切为了群众，为了病人，这是中心，也是最重要的；然后就是技术，因为社会在发展，技术落后可不行；第三就是设备，要引进一些高端的、先进的设备。别的不说，就拿B超来说，省医院检查的B超拿到哪个医院都认，可别的医院就不行，可见人们对于省医院的技术还是非常认可的。不仅仅是B超的检查，其他检查也都一样，到了哪个医院都认。这是为什么呢？一个是咱们医院底子牢、基础扎实，还有就是咱们医生诊疗技术水平高。当时，保南、保北的病人，都上咱们省医院来看病，就是因为咱们省医院的技术力量强，专家的治疗经验丰富。我觉得咱们医院未来主要应该提高医疗技术，按照习近平总书记的思想，开拓创新，开设新项目，派出去，请进来，引进新设备、新人才。

我在医院待了八年，虽然时间不长，但和医院还是有很深厚的感情的。我对省医院的群众也挺满意的，都特别好。我和群众的关系非常好，当时医生、护士对我的评价就是平易近人、老实巴交，不摆架子。当然我也没有什么架子可摆，就是希望能为群众多解决点儿实事。我总是和同志们说，大家健健康康的就好，尤其是医院的一些老人们，一定要把身体养好。

医院退休的这一部分老专家、老大夫是一笔宝贵的财富，有些人退休以后再返聘，还有一些医院来请这些老专家出门诊，我觉得应该让他们发挥余热。老专家一辈子积累了丰富的医疗经验，六十多岁还正是干工作的时候，只要身体条件允许，就可以继续发光发热。现在，陈贤栎、任琢珊、孙倩等医生，每个礼拜还出门诊，继续为社会、为老百姓服务，挺好!

访谈后记

与闫书记第一次通电话，心里是忐忑的，于我而言，对九十二岁高龄的老人进行访谈压力甚大。已过耄耋之年，要做访谈，老书记能否畅言？身体能否吃得消？各种担心涌上心头。电话中，我故意提高音量、拔高语调，生怕老人听不清楚，而电话另一头传来的声音却清晰有力，超乎我的预期，心里的石头落了地。

先后访谈闫书记四次，谦逊和蔼、平易近人，是我见到闫书记的第一印象，用这两个词来形容闫书记也最为贴切。闫书记很积极地接受访谈，知无不言，言无不尽，只是随着时间长河的流转，过去很多的记忆已经模糊了，但老人家努力挖掘可以记起的信息点，尽量说得更详细。20世纪20年代，出生在动荡的旧社会，从小家境贫寒，衣不蔽体，食不果腹。十六岁加入中国共产党，从献县四区的通信员到冀中军区团政治处股长，从省卫生厅医院管理局干事到干部疗养院党委书记，从卫生局局长到省医院党委书记，这一路走来，风雨兼程，历经岁月沧桑，体味人生百态。

访谈中，我无意间看到闫书记腿上有一块特别突出的地方，询问得知是个脂肪瘤，已经做过两次手术，现在看来又有几斤重了，但老人很乐观，调侃说："岁数大了，不能再做手术了，我就把它带走吧！"话间，我看着闫书记的眼睛，清澈、安详，并未流露一丝伤感，老人面带微笑，右手在脂肪瘤的位置轻轻抚摸。

老书记说："我做了一辈子人的思想工作，人一定要正，才能走得更远！"

悠悠岁月，饱经风霜，老书记超然达观，鬓丝禅榻。愿您迟暮之年福乐、安康！

李三强：为党工作，能多做点儿就多做点儿

访谈时间：2019年5月20日—6月11日（共两次）

访谈地点：李三强家

被访谈者：李三强

访 谈 者：王树林

（文中所有照片均由李三强提供）

李三强，1930年2月出生于河北冀州，内科副主任医师，退休前为河北大学附属医院内科医生、保健科医生。1945年1月加入中国共产党，同月参加八路军，其后随部队转战，历经抗日战争、解放战争、抗美援朝战争。1952年负伤回国，1954年转业到保定行署工作，1962年调到保定医学专科学校附属医院（今河北大学附属医院）工作，同年到保定医学专科学校进修内科，1964年到保定医学专科学校附属医院内科工作，1972年到预防

保健科工作，1990年离休，同年被医院返聘直到2000年。

一、多做工作，为了大家都解放，都过上幸福的生活

我是衡水冀州人。我们村里的共产党组织成立得比较早，后来形成了抗日根据地。上小学的时候，我参加过儿童团、少先队；十来岁的时候，村里来了八路军，那时村里面有了报社、卫生院；十五岁的时候，我清楚地记得是1945年1月5日，我加入了中国共产党。那时候我还是个学生，我们校长介绍我加入的党组织。当时正是抗战时期，加入党组织后的第五天，也就是1月10日，我就参加了八路军。那时候八路军没有好的武器，一个战士配发三颗子弹，打枪准的战士也就给十发子弹。子弹打完后，子弹壳不能丢，把子弹壳拿回来换子弹。如果是卫生员就只给一颗手榴弹。

参军之后，我当上了卫生员，做卫生护理工作。抗战胜利后，组织上派我到第十一分区卫生队，就是石家庄分区卫生队，去学习怎么做护士。学习结束后，我被分配到第十一分区第一医院工作，那是军队的一个医院。后来，我又被派到军区独立团卫生队做医护工作，我们部队的番号是冀中军区七纵队五十六团，司令员是杨成武将军。在解放石家庄的战役中，我们部队承担的任务就是在保定附近阻击傅作义的部队。

我参加过的战斗中印象最深的是1947年解放石家庄，我的战友负伤了，我就趴着往后拽他。每天生活在一起的战友，今天还在一起吃饭生活，明天可能就见不着了。

还有一次打雄县王凤岗。我们的部队进村，国民党的军队出村。后来我们出去的时候，敌人要进村，就被敌人堵在了村子里。在战斗过程中，我与敌人最近时的距离也就十多米。打仗就需要军人有士气，没有士气，仗是打不赢的。

再后来就在保定周围作战，我所在的卫生队一直跟着部队转战不同的地方，但基本上都在保定周边。徐水解放以后，组织上派我到华北医科大学学习药剂专业。1949年学习结束后，我被分配到二十兵团第一医院做药剂师。

▶ 1949年在华北医科大学学习留念（第三排右二为李三强）

1950年，朝鲜战争爆发，我国派志愿军入朝作战，我随第四野战军去了朝鲜战场。那时候，部队对我们的要求是：不能通信，不能打电话，也不能回家。在朝鲜战场，我一共待了两年。我当时所在的部队是志愿军第二十八兵站医院，我们的工作就是往后方转移伤员。志愿军推进的速度很快，从过了鸭绿江开始一直打到了汉城（今首尔）。当时我们卫生队也有女卫生员，她们也要练习射击、投弹，因为到了关键时刻，所有人都要投入到战斗中，朝鲜战场上没有前后方。我们跟着五十军一直打到了汉城，在汉城打了一个月。我的二哥——第一军的炮兵——就牺牲在朝鲜战场上。我感觉我们中国人很聪明，在不能携带重武器的情况下，我们用土枪土炮成功抗击了美国侵略者。后来由于美军在仁川登陆，我们的部队就逐渐向后方转移。1952年2月，我在战场上抢救伤员时被炮弹炸伤，不能继续参加战斗就回国养伤了。

在部队上那几年，我立了一次三等功、两次四等功，这是对我抢救伤员不怕牺牲的认可。我们当卫生员也没有配备太多的医疗器械和药物，就是一小瓶酒精、一小瓶碘酒、一把剪子，还有数量很少的绷带。当时没有多少病人，都是打仗负伤的伤员们。我们还要做好卫生宣传工作，搞好个人卫生，帮助伤员剪剪指甲、理理发。那时候军队的装备不行，我记得解放战争时期，我们校长从天津偷运回了一些药品，有红霉素、四环素、磺胺，后来才有了青霉素。如果能够早些有青霉素，白求恩医生也不会那么早牺牲了。

在部队上干了十年，作为卫生员，我也没有干出什么惊天动地的事，但我这个人对待工作比较积极、负责。当时的想法很简单，除了解放自己，就是为了解放大家。受党的教育时间很长，思想就是这样的，永远相信共产党、拥护共产党，坚决跟党走。在工作中，我能多做就多做，尽量多做一点儿对他人有益的事，为了大家都解放，都能过上幸福

▶ 1949年在华北医科大学学习

▶ 1948年颁发的华北解放纪念章

▶ 1949年颁发的全国解放纪念章

的生活。

二、为患者服务就是为人民服务

经过两年的休养，1954年我伤愈了，但是体检后，部队上认为我不适合继续服役了，就派我到清苑的河北省荣校。不久我又转业到地方，在保定行署做了八年卫生保健工作。1962年，我调到医院工作。卫生局领导派我到保定医学专科学校即现在的河北大学医学部进修学习。一年的时间，我进修了内科。进修结束后，我就留在学校附属医院（今河北大学附属医院）的内科工作。1972年，医院派我到预防保健科工作，直到1990年办理离休。虽然办理了离休手续，但是医院需要我继续工作，那个时候开设了家庭病床，为那些不能到医院进行治疗的一些老人们做家庭服务，所以我一直到2000年七十岁的时候才彻底不工作了。

入党这么多年，这一辈子也就是党的人了。党教育我们要全心全意为人民服务，具体到我们的工作，我觉得为患者服务就是为人民服务，减少病人的痛苦，让人们少花钱，看好病，就是我们工作的目的。

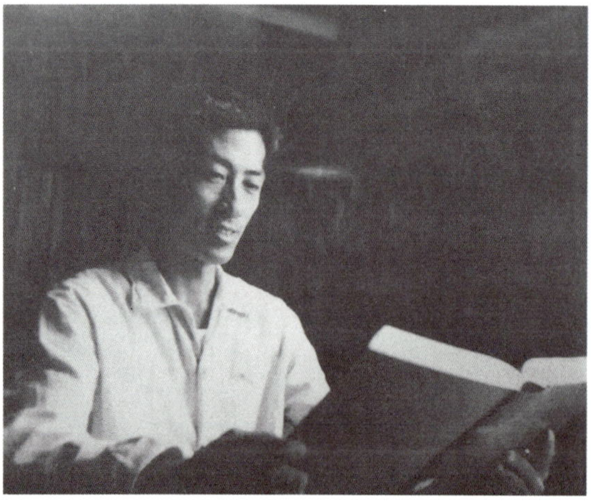

▶1953年在山东潍坊市休养

60年代没有这么多的检测设备，也就是有个化验，拍个X光片儿。尽管工作条件有限，但是在业务上必须精益求精，医生们就靠自己的听诊器为减少病人的痛苦、治好病人的疾病而努力。那时候，我也算是个全科医生吧，轻伤、重伤固定，还有一些小手术，如骨穿、腰穿、胸穿、腹穿、气管注射等，我都能做。

医院成立保健科之后，我就到那里工作了。离休之后，又在老干部科当支部书记。我觉得我身体还能行，为党工作，能多做点儿就多做点儿。

▶ 1953年在山东潍坊市休养（右二为李三强）

三、哪里有危险，就到哪里服务群众

到医院工作之后，我经常到外地开展医疗工作。1966年邢台地震，我在那里工作了两个月，主要是防疫、消毒、打疫苗；1976年唐山大地震，我去了三个月，当时是跟着解放军某部的车队一起去的；还有一年为了抗旱在高阳工作了三个月，当时，由于天气干旱粮食收成少，老百姓没饭吃，得浮肿病的很多，我们在那里的工作就是防治浮肿病。总体来说，我这个人虽然能力有限，但表现积极，医院里的一些活动，我都很愿意参加。

邢台地震抗灾主要是防流脑。我们除了注射疫苗进行治疗之外，还负责宣传，告诉大家怎样预防疾病。我记得当时在邢台的时候，我住的那家的房东就得了流脑，后来也没抢救过来。当时就觉得地震这事儿太惨了。老百姓的房子是那种土坯房，在地震中一晃就散了架，塌了。有些房子一塌就压在一起，成了贴饼子。我记得我们医院的一位护士长，他的两个孩子放暑假回了邢台，由于地震都没活下来。

唐山发生地震之后，我们去开展医疗救助。那时候正是伏天，气温又高。家里有幸存者的，就用被子或单子把死者的尸体盖上。在热天里，尸体腐烂的臭味实在是太难闻了。我们进行防疫消毒的时候，都是戴上口罩，口罩都撒上酒精。那里得肠胃炎的很多，关于如何进行肠道传染病的防治，我们对当地的医生进行了一些培训。因为是夏天，又没有生活用水，也没法洗衣服，每个人的衣服都非常脏，汗浸透了又干了，最后变得很硬。邢台地震之后，我们到那里进行抗震救灾，给人民群众打防疫针，在给孩子打防疫针的时候孩子们乱跑，那个时候人们还没有意识到这种灾后进行防疫的重要性。到唐山大地震的时候，人们已经知道这个事情了，所以当地老百姓就找着我们要求打防疫针。当时工作的环境不好，就在街上给人们打；生活也非常艰苦，没有水吃，没有蔬菜，能吃上一个西红柿就觉得很幸福。粮食还是有的，水很缺乏，我们就用汽油桶从保定运水过去。平时住在帐篷里，有的时候帐篷不够用了，就在马路上睡觉。尽管条件艰苦，但我们该做的工作都做了，一点一滴地去做，给病人治病，打防疫针，还统计灾情进行上报，没有一点儿耽误。

唐县、望都两县我也去过半年，主要的工作就是给当地的老百姓看病，培训村里的卫生员。在这些工作中，我印象比较深刻的是休克性肺炎这种疾病。我记得有一位老师得了休克性肺炎，来医院的时候是自己走来的，上楼也没问题，但病情发展很快，检查的时候血压就已经没有了，立即进行抢救也没有抢救过来，时间总共不过一天。在下乡的过程中，我们就是到各村去转，进行巡回医疗。我记得当时我去过唐县山里的花塔、军城、川里、倒马关。白天去给老乡看病，晚上回来时这些山上的小路非常难走，又陡又窄。

当时，乡下的生活是很艰苦的，我记得吃过一种食品叫“到口酥”。那可不是现在的桃酥，而是把糠、豆腐渣、玉米面混合在一起，加上点儿水，蒸熟了，因为拿到手里就会散，所以我们叫它“到口酥”。

四、没有共产党，哪有现在的好日子

我们这一代人，自小过苦日子过惯了。现在的生活与那个时候比真是好得太多了！现在粮食不统购了，也不收农业税了，这是多么好的事儿啊！大米白面都是细粮精做，想吃什么买什么，大街上都可以买到。要是没有共产党的领导，哪有这么好的生活啊！我小时候，能够喝口粥就觉得很幸福了，吃的是糠，要是能吃上豆腐渣，都算是好东西了。

1942年“大扫荡”，日本侵略者实行“三光”政策，没有粮食，人们只能吃秫秸，就是把高粱秆儿的皮儿剥了，吃里面的那些瓤儿。现在发展得好，发展得也快，比过去不知强多少倍。过去买辆自行车，要攒好长时间的钱，而且还得有票儿才能买。

1954年，我转业到保定地方上工作，那个时候生活条件是不行的，吃的是白面和玉米面混合做成的面条，跟现在的生活条件是没法儿比的。现在我离休了，一个月的退休金够花了，这都是共产党给的。

我没有做过什么惊天动地的事，党和国家培养了我，我必须好好工作，好好为人民服务，为党和国家多做点儿工作，也就是多为病人服务。现在年纪大了，党和政府把我们这些老人照顾得很好，我很幸福。

现在中国越来越富，越来越强大，在世界上的威望也越来越高。习总书记提出的“一带一路”，为其他国家的人民带去很多福利。“合作共赢”“人类命运共同体”，提得多好！不光我们中国人民赞成，世界人民肯定也很赞成。让大家都往好日子上奔，谁能不赞成？

五、无论在部队还是在医院，都是为党工作

在部队的时候，一个连队也就百十来口子人，打仗哪有不负伤和不牺牲啊，可是身边的战友牺牲了，真的会非常难过。白天、晚上都生活在一起，一场战役下来，有的就回不来了。晚上点名的时候又少了谁，谁没有回来。他们又是为了什么呢？都是为了国家的解放，为了人民能过上安定的生活。我觉得作为军人、作为卫生员，我就必须为战友服好务。

后来到了医院，在和平环境下，我就为病人服务。怎么治疗能让病人的痛苦减少一点儿就是我的工作目标。让病人少受点儿罪，小病、简单的病，比如感冒发烧什么的，让病人好得快一些；如果是肺炎、胸膜炎，时间长一些，也尽量减少病人的痛苦。那时候经常值班，每到节假日的时候，我都主动要求值班。我觉着能多干一点儿就多干一点儿。

▶ 1962年在保定医学专科学校附属医院（左三为李三强）

在内科工作的时候，一个病区有三十张病床，由三个大夫负责，平均一人负责十个病人。我们内科有很多老同志，他们的医疗技术是非常高的。我工作中遇到困难就向他们请教。记得有一次，我遇到了一位流行性出血热患者，这在当时是很少见的病例。我和当时的老专家们一起会诊，为病人治好了疾病。那时候多数患者也就是一般的内科疾病，其中心脏病患者比较多，现在心脏病患者好像更多了，尤其是年轻人由于不注意饮食等方面的健康问题，患心梗、冠心病的很多。所以从健康角度来说，一定要注意保肝、保心、保肾。

1972年，组织上计划派我去也门援外，后来没去成，我就一直做保健工作直到离休。保健工作经常与市卫生局、防疫站合作，主要负责省、市领导和本院人员的保健，兼做街道的卫生防疫、卫生宣传、疫苗注射等工作。

在卫生保健防疫工作中，我们需要时刻注意是否出现了什么疫情，比如流行性感冒、麻疹、脑炎、水痘，一旦发现疫情要及时报告，还要做好防疫宣传。如果遇到了患有传染病和流行性疾病的病人要进行登记，如果遇到肺结核病人、麻疹病人、伤寒病人，就通过我们医院联系，直接送到传染病医院，并将情况及时报给防疫站。防疫站的那些统计数字，就是汇集我们这些人工作的结果而形成的。接触传染性疾病患者存在一定危险，我们就得做好防护工作，除了对这些病人进行治疗，我们还要对他家进行消毒，就是背着喷雾器进行喷雾，防止扩散，避免传染。在这些工作中，因为防护工作做得到位，我没有被传染过。

我在保健防疫工作过程中遇到过的疫情就是麻疹疫情，我们这里的省防疫站、市防疫站，对传染性疾病和流行性疾病的预防做得比较好，所以保定没有发生过大的疫情。还有脊髓灰质炎、白百破等疾病，我们有疫苗，孩子到什么时候该进行预防了，就打疫苗、吃糖丸，都是非常及时的。现在情况更好了，国家非常注重各种疫情的统计和预防治疗工作。

2003年，保定的“非典”疫情是我们医院呼吸科的张主任发现的，所以我们医院动作比较快，救治病人比较及时。在“非典”疫情防控治疗方面，我们医院走在了前面。

因为有些病人不能到医院来进行治疗，就得到家里面，为了方便周围的群众，医院开设了家庭病床。街道上的很多人，包括医院周围的这一大片的居民们，还有邻村的一些农民都认识我，因为我经常走街串户地做卫生保健、防疫的宣传。

年轻时遇到病人自己不能去做检查化验什么的，我就抱着病人去，等检查完了，再抱着病人回病房。医院实行过一段二十四小时工作制，要求医生二十四小时在岗。那时候没有这么多节假日，下了班之后还要开会。当时一些病人的灌肠导尿，我也都亲自做。

记得修暴河水库的时候，我在那里工作了一年，主要就是治病、防疫、保健、巡回医疗。遇到有的病人不能解大便，为了解除病人的痛苦，我们就用手帮助病人抠。这样做的目的很明确，就是为了减轻病人的痛苦。

类似这种医疗工作我做得很多，保定市的各个县市，我基本上都跑遍了。在下乡开展医疗工作的过程中遇到的最大的困难就是药品少，甚至连绷带都很少。那怎么办呢？就向老百姓要一些粗布，撕成条子当绷带用。可以说没有老百姓，我们的工作也不能顺利开展，所以还要感谢老百姓们的支持。

另外，我觉得加强政治教育和思想教育是有必要的，增强认识、提高觉悟，有助于工作的开展。我比较喜欢那种人和人之间简单的、亲密的关系。在和病人的关系方面，我做得非常好，我认为医生和患者之间是合作的关系，目的都是为了治好疾病。我对病人照顾得十分周到，大家对我也很热情，很接受我。有一次，我下乡到望都巡诊三个月，在路上碰见了我曾经治疗过的病人，他还热情地跟我打招呼。

六、有好的领导，大家都有奔头儿

在医院工作几十年，我最大的感触就是医院的管理工作非常到位，几任院长都非常敬业、负责。他们都有一个共同的目标，就是当了领导就要为大家服务，大家好自己才好，大家生活幸福了自己生活才幸福。同事们之间的关系特别近，互相帮助、互相促进，感情非常深厚。无论是在军队当卫生员，还是在医院做医生，我都觉着同事们关系的好坏对工作的影响非常大，好的同事关系十分有利于工作的开展。

我们上班的时候整个医院才四百多人，现在好几千人，离退休的就一千多人。那个时候，儿科和内科是一个科室，外科和皮肤科是一个科室，都是综合性的科室。现在分得越来越细，有心血管科、呼吸科、消化科、内分泌科、泌尿外科，还有肿瘤科、五官科、疼痛科、胃肠外科、神经内科和神经外科、妇科等。但是在乡村里面，不会分这么细，医生是全科医生。

医院的管理一直都是很好的，即使在我们那个年代，工作也是非常好的，没有产生大的乱子。“文革”时期，米毅是院长，作为外科医生，他技术很高；作为院长，他管理得非常好，医院发展得很快。后来医院来了一位叫白清的书记，白书记两袖清风，给大家进行思想教育非常到位。后来的一届一届的院长把医院管理得都非常好。

医院的规模越来越大，医疗水平越来越高，设备越来越先进，管理上更加到位，为老百姓的健康做出了很多贡献。医院之间的交流也非常多，我们医院和天津、北京的医院都有很紧密的联系。

医院这几十年的发展很快，目标就是创一流医院。环境好了，大楼也盖起来了，特别是这几年，张海松院长管理得相当出色。

▶与离休的同事们合影（第二排右一为李三强）

▶河北大学老教授协会第四次、老教育工作者协会第二次会员代表大会代表合影（第三排左五为李三强）

七、我是一个普通的人

我对自己几十年的总结是：我是一个普通人，个人的名利无所谓，没有做过多大贡献，只是为党、为国家做了一些力所能及的事。我们这一代人的思想都是这样子，党和国家培养了我们，党需要我做什么我就做什么，党让我往哪儿走我就往哪儿走。

从1945年入党、参加八路军到1990年离休，离休后又工作了十年，在这半个多世纪中，我经历了抗日战争、解放战争、抗美援朝战争，由于负伤不能继续服役转业到保定行署工作了八年。1962年到我们医院工作，直到2000年七十岁的时候，我才彻底地退下来。经过这几十年的战斗和工作，我觉得在战争年代我为了全国的解放，为了保卫祖国努力工作；在和平时期我就尽全力服务人民，服务病人。我没有做出什么突出的成绩，却年年都被评为优秀党员，我感到党对我是认可的。离休之后，我觉得身体还行，就在老干部党支部里做支部书记，为大家伙儿解决一些实际问题，传达一些党的方针政策和医院的一些新规定。这些也都是过去的事儿了，一晃这几十年也就这样走过来了，回头看看，自己也就是一个平凡的人吧。

▶ 李三强与老伴儿

抗美援朝的时候，我们的军队就是土枪土炮，所谓的重武器，也就是个大炮或是迫击炮，后来才有了飞机和坦克。但是我们把美国打败了，在更早的时候就是小米加步枪进行的作战。这么多战争我们都战胜了，还有什么害怕的？这主要都归功于信仰的力量和一不怕苦二不怕死的精神。

我的家乡是抗日根据地，我从小就接受党的教育，所以从记事的时候，我就知道了中国共产党。为了自己的解放，也为了人

▶ 中共中央、国务院、中央军委颁发的纪念中国人民抗日战争胜利60周年纪念章

▶ 中共中央、国务院、中央军委颁发的中国人民抗日战争胜利70周年纪念章

▶李三强与老伴儿在西柏坡

民的解放，为了国家的解放，按照党的最高目标就是为了全世界人民的解放，所以几十年来我心里就记着一条：为党工作，为人民工作。

战争年代，我参加过战斗，也抢救过伤员，后来做了医生为病人治病，我始终坚持全心全意为人民服务这条宗旨。我认为在医院工作就是为了党的医疗事业，全心全意为了病人减少痛苦，使病人尽快恢复健康。

希望年轻的医生们除了提高自己的业务水平之外，在思想上也不断提升，做一辈子为人民服务的好医生，一心一意地为病人服务，减少病人的痛苦，为人民做出更多、更大的贡献。

访谈后记

这是怎样的一位老人啊？当他拿出四枚沉甸甸的纪念章的时候，我被震撼了。一枚是1948年颁发的华北解放纪念章，一枚是1949年颁发的全国解放纪念章，一枚是中共中央、国务院、中央军委颁发的纪念中国人民抗日战争胜利六十周年的纪念章，还有一枚是中共中央、国务院、中央军委颁发的纪念中国人民抗日战争胜利七十周年的纪念章。看着这些，我脑海中瞬间冒出了“将军百战死，壮士十年归”这句话。

我的访谈就从他经历过的烽火岁月开始了，贫苦出身、少年入党旋即参军，抗日战争、解放战争、朝鲜战争一场也没落下，光荣负伤、回国转业、学医从医，年近七十方才退出工作岗位，如今年已九十。这难道不是战斗的一生，奋斗的一生？

在老人的话语中，他始终在说，是党教育和培养了我，能有今天的好日子，全都是党的恩情，我没有理由不为党多做些工作，能多做一点儿就多做一点儿。这不是信仰，又是什么？

接触虽然短暂，我却感受到了这样一位平和老人的觉悟层次和思想境界。用什么语言来形容这种感受呢？“一个高尚的人，一个纯粹的人，一个有道德的人，一个脱离了低级趣味的人，一个有益于人民的人。”

孙倩：治不好病人是我最大的遗憾

访谈时间：2018年8月06日—8月31日（共七次）

访谈地点：保定市永中社区卫生服务站

被访谈者：孙　倩

访 谈 者：种竟梅

（后记中照片由种竟梅提供，其他所有照片均由孙倩提供）

孙倩，1929年出生于江苏无锡，共产党员。河北省职工医学院附属医院（今河北大学附属医院）原大内科主任、心血管内科主任、主任医师、教授，荣获医院“德技双馨专家”称号。曾任保定市人大代表，享受国务院政府特殊津贴。

1954年毕业于上海第二医科学院，毕业后一直从事临床内科工作。20世纪50年代末，首先在院内建立心血管内科病房和心血管门诊，与胸外科配合开展心脏手术的动物实验；60年代初，开展左右心导管诊断先天性心脏病，协助胸外科手术病人的术前诊断、术中及术后的监护，开展体外反搏治疗冠心病；70年代后期，购置超声心动图及B超诊断仪，提高了诊断水平；80年代，购置生命监测仪，使急性心肌梗死病人由人工监护升至仪器监护，应用中西医结合及肝素脉通液治疗急性心梗，应用尿激酶治疗急性心梗，进一步降低了死亡率，获保定地区科研集体一等奖。

一、少年记忆

大家庭规矩多

1929年的农历正月初二，我出生在无锡市新街巷3号，那时还叫无锡县。我们家是个大家庭，祖父开染坊、染店、绸缎庄和纱厂，家底还是不错的，条件就算中上等吧。我祖父、祖母生育了四个儿子、三个女儿。儿子们结婚后都不离家，住在一起，吃在一起，整个大家庭有四十余口人之多。

我们这个大家庭实行半封建式管理，规矩很多，家教很严。家里有一块牌匾，上面写着“永吉堂”，挂在大厅里。家里有家训，教育我们说话办事都要谨慎，对人要善良，不要挣不正当的钱，歪门邪道的不要搞；孩子们一定要讲礼貌，禁止吸烟、喝酒、打牌；放学后按时回家。如果没按时回家大人就会训话，必须要讲明理由，如果讲不出理由或讲的理由不充分，就要罚跪。点上一根香，反思，等到香烧完了，才能站起来。祖母、祖父相继去世后，大家庭就散了。

上小学、中学

我大概是七岁上的小学，上到三年级，就开始打仗了。战争一来，人们就开始逃难。空袭警报一响，赶紧跑到荒地里边，警报解除了再跑回来。白天晚上都会有，随时会有，真是害怕。这种逃难的生活，持续了将近一年。

因为战乱，我上的小学频繁地变：競志女学、竹素小学、崇文寺小学、三皇街小学。日本人来了改成这样，日本人走了改成那样。最后，我在崇文寺小学上到了小学毕业。

▶高中毕业照

小学毕业上中学，刚开始上的正风中学，后来正风中学并到了无锡市女子中学，我在这儿完成了初中的学业。从1938年到1941年，我顺利地读完了高中。高中快毕业的那一年，我受到了一位叫徐文斌的历史老师的影响，后来才知道他是地下党，当时不能暴露身份。他说："中国人穷，但是我们要有志气。你们要知道，什么是好人和坏人。你们一定要好好学习。"

母亲去世，树立学医理想

我的父母在大家庭中很受人尊敬，夫妻俩相敬如宾，尊老爱幼，家里婆媳、妯娌、姑嫂之间相处和睦。我十二岁时，母亲去世，至于她得的什么病，后来回想起来，应该是血吸虫病。母亲便血、腹水、肝硬化，最后死于腹膜炎、肠穿孔。我记得她临死前那个晚上，父亲在店内值班，母亲半夜喊醒我说她肚子痛。第二天早晨起来，我赶紧去找姑姑，小姑就去请医生。常给我母亲治病的两位老医生都没有及时来。给她找的那个中医，认为平时母亲多病，这次闹病肚子痛没有事，说她是老毛病；找了西医，

▶ 高中毕业合照

那位医生说等从别处出诊回来再到我家里来。结果晚上七点多钟医生到我家来时，母亲已病入膏肓，救治无效离开了我们。我的心灵受到了极大的打击，也正因为这件事，我有了将来当一名医生的想法——随叫随到，治病救人。

母亲是一个善良的人，性格好，但身体不好，平时多是姑姑照顾我。姑姑告诉我，母亲特别疼我，我也特别听话，母亲总是表扬我。我的父亲很慈祥，他督促我们好好念书，说只有好好念书才有出路，要靠自己的本领吃饭。

二、学医之路

壮胆“妙方”

我学医的原因之一是母亲的早逝，再就是家族的期望。爷爷是半个中医，爸爸也自学了中医。妈妈多病早逝，我更感觉到家里面缺一个西医大夫，所以就决定将来学医。

虽然当时我已有准备，但内心里还是有一点点抵触的，因为我胆子特别小。家里人为了给我壮胆，找来了一个偏方：就是先把耗子放到米桶里边养，养大后做成耗子肉。大人们悄悄把肉放到门后头，让我去找那儿有什么。他们也不告诉我是什么肉，我就拿来吃了。吃完了他们才告诉我：“因为你胆子小，才让你吃耗子肉，吃了耗子肉就胆子大了。”这好像是当地的一种传统做法，也是家里人的一种期望吧。

考入同德医学院

我先报考了上海沪江大学，一个教会学校，考的医学预科。爷爷对预科不满意，放弃。后来又报考苏州东吴大学，考的园艺系。当爷爷听说园艺系学种花种草之类的时，他说：“我没有上过大学，可是我一样会种花，你看我们花园里种的花，不是也挺好？园艺系不要去了，你还是要去学医。”所以，我最后选择了同德医学院医学系。

同德医学院不大，是中华德医学会于1918年创办的，中华德医学会是由同济德文医学堂（同济大学前身）毕业的同学在上海成立的校友会性质的团体。医学院就在同德医院旁边，取名“同德”表明了学校与同济、德国的渊源关系，寓意“同心同德”；校徽很有特点，上面的图案是一颗凸出的心脏，“同德”也正是模拟心跳的声音——“咚嘚、咚嘚”；校长是顾毓琦。同德医学院办学三十几年，一共培养了一千多名学生。

同德医学院的老师大都是外聘的，开学有入学教育，讲解剖的老师先讲医德，讲希波克拉底誓言，教大家怎么做医生，怎么当好医生，那段话对我影响很大。我认为医学生应该具备这样的品质：第一要有德；第二要有技术；第三要不断学习；第四要互相帮助，严于律己，宽以待人。

同学们上海人居多，也有来自浙江的、常州的，大都是南方人。我的大学同学叶积宁，他老家是烟台的，战争开始前迁到上海居住，初中和高中都是在上海读的，后来成为我的爱人。

医学院的课程主要就是老师讲，我们听。解剖是基础学科，学解剖需要找尸体，我没去找过，叶积宁他们都去，到上海郊区去找。弄回来的尸体医学院给消毒之后，供学生解剖认识各个部分。医院里面也有尸体，可以借来用，比如头骨等。我们一个小组大概十个人，分配到一具尸体，老师讲胳膊就解剖胳膊上的肌肉，让学生观察，所讲的部位都要观察。在解剖室，工作人员把尸体放在解剖台上，学生亲自把尸体解剖开，老师在旁边指导。

有一次，我借了一个头骨标本拿回家去，就放在枕头旁边。父亲从无锡到上海来看我，看到就问：“哎哟，你怕不怕呀？”我说：“现在不怕了，胆子练出来了。”

大学里的课程，学起来很辛苦，好多东西得死背，其中最难的就是神经内科学，十二对脑神经特别复杂。医学生必须安下心来，认认真真地背，踏踏实实地学，基础的东西玩儿不得一点儿虚的。

到昆山消灭血吸虫病

1952年寒假，学校组织到昆山下乡，消灭血吸虫病。血吸虫病是一种传染病，通过水传染。人们去游泳，洗衣服，虫子钻到体内，就会有出血的症状，便血、腹胀、腹水、肝硬化。浙江灾情尤其严重，死亡率很高。

毛主席写过一首《送瘟神》，就是在消灭血吸虫病之后写的。这个病很严重，对老百姓影响很大，中央很重视，毛主席指示一定要消灭血吸虫病。当时，全校混合编队，分成几个小组，分小组包村，给老百姓检查、化验大便，看有没有血吸虫卵感染。当时用锑剂（专门消灭血吸虫的药）治疗，药由国家统一配备，免费治疗。

我们组住在老百姓家里。当地村子里也有门诊，我们跟当地的门诊合在一起工作，挨门挨户地去检查。当时还没有太多的防治措施，主要是给河水消毒。我们没有特殊的防护措施，也不怕传染，只要不接触水，一般问题不大。那个时候我还是医学生，主要工作是取病人的大便，放水里搅拌、过滤，用显微镜观察有没有血吸虫卵，当时都是手工化验。那个时候，二十多岁的姑娘，穿着蓝布衣服，没有任何畏难情绪，让干就干，大家都这样。我们还负

▶ 到昆山消灭血吸虫病（前排右一为孙倩）

责宣传，那时哪里有书本？只是给他们说，不能怎么做，不能做什么，不要再吃钉螺。这个活动结束后，我们医学生得到很大的锻炼。寒假过后，学校开学，因为下乡表现良好，我加入了共青团，我感觉很光荣。

1952年三校合并

1952年，同德医学院与震旦大学医学院、圣约翰大学医学院合并，成立了上海第二医学院，就是现在上海交通大学医学院的前身，地址在原震旦大学。三校合并后，学生从走读改成住校，吃饭免费，住的地方也很好。震旦大学是上海比较好的大学，在重庆南路，一边是学校，一边是宿舍，宿舍很大，现在这些房子都还在。

学制本来应该是八年，因为国家急需医生，改成五年，那个时候还没有硕士、博士教育，本科已经是最高学历了。合并后的学校有三十八位专任老师，老师们差不多都有留学背景，学历高，临床经验丰富，对学生要求十分严格。

广慈医院实习

1953年9月，我被分配到广慈医院实习，医院地方大，环境优美。上海当时的医院分科很细，有消化科、呼吸科、神经科、结核病科、小儿科等，实习生要到各个科轮流实习，实习时间一年，基本上一个月或两个月一个科。我们可以根据自己的意愿重点实习，我挑的是消化科、呼吸科、外科、普通内科、妇产科、小儿科、心血管科。

内分泌专家陈家伦老师是带教老师中给我印象最深的，他是

▶ 广慈医院实习合影（第三排左一为孙倩）

原卫生部长陈竺的父亲。陈老师对我们要求很严，每次查房检查病人，先详细问病史，查体从上到下，从前到后，每个病人都要全身检查一遍，检查完了之后分析是什么病，该怎么治，每个病人都分析一遍，根据判断再有针对性地去做检查，然后根据检查的结果分析考虑是什么病、怎么治疗。通过实习，我懂得了临床工作的重要性，懂得了医生需要不断学习的道理。

到祖国最需要的地方去

大学毕业时国家统一分配工作，我是团员，应该到祖国最需要的地方去。

我们的班干部李佩华和周记昌曾对我说："你家在无锡，毕业就留在上海吧。"我们组有一个家在上海的同学，叫蒋建新，她的父母都去世了，大姐又嫁到江西，当时家里数她最大，还有弟弟妹妹需要照顾。班干部说蒋建新可能会被分到北京，若分到北京，弟弟妹妹可怎么办，她很是发愁。我知道这种情况后，向班干部提出和她换，也就是说，我把留在上海的机会给了同学蒋建新。现在蒋建新还在，她依然不知道我和她换分配地点的内情。

我是团员，团员是思想进步的一个标志。记得"三反""五反”开始后，支部书记问我，是不是回去动员动员父亲和爷爷，坦白过去对不起革命的事。我真的回家去问了，爷爷说：“过去厂子里边有工人，可能有的时候会说说呀，批评呀，除了这个没有别的，没有欺压他们，也没有打过他们。”我还对爷爷说：“坦白从宽，抗拒从严。”回校后我做了汇报，学校里开大会让我发言，表扬我把党的政策宣传到家里去。

要毕业了，准备当医生了，也要离开家了，临别前家里叮嘱我：“到了工作岗位上，要好好干，一定要做好工作。”“要兢兢业业，不要当官，靠你自己的本领吃饭。”这是爷爷的嘱咐。

三、从医生涯

分配到中央人民医院

1954年大学毕业，我服从分配到卫生部报到。在卫生部招待所住了一个礼拜，同去的两个同学被分配到北京医院，留了我一个人待分配。第二天，工作人员告诉我到中央人民医院报到。

中央人民医院管理严格，毕业刚分配去的人要先做实习住院医生，看看你水平究竟怎么样。实习期的长短根据个人的实习情况确定。如果表现好，三个月就结束实习；如果表现差一点儿，就需要六个月。实习住院医生要管十余张病床，所有的化验，如血常规、大小便、血沉、肾功能等都自己

▶中央人民医院团小组活动留影（第二排左一为孙倩）

做，尤其是贫血的病人还都要做一套相应的检查，所以比较累，也比较忙。三个月后，我结束了实习，成为一名住院医生。

调到省医院

我在中央人民医院工作了一年，见了一些世面，也经历了严格的训练。爱人叶积宁服从分配，到了河北省第一人民医院，也就是后来的省医院。当时，河北省第一人民医院的院长是米毅，他是白求恩的学生。说来巧，医院内科副主任靳文堂正在北大人民医院进修，他知道我和爱人两地分居的情况后，就向米毅院长汇报了。据说米毅院长先到卫生部去申请把我调过来，之后叫我写一份调动申请。中央人民医院并不愿意我调走，但当时地方上医师紧缺，国家政策是地方需要这样的人才中央就要支持。

1956年，我放弃北京优越的工作条件、生活条件，调到位于保定的河北省医院（即河北省第一人民医院）。我是情愿的，没有犹豫，感觉夫妻两个人在一起就好。

一碗米饭——来自医院的关怀

刚到北京的时候，我吃不下饭。那个时候北方大米很少，主要吃馒头、窝头。烹调方法和南方也不一样，都是馏、蒸。开始我很不适应，一个馒头分成两顿吃，实在吃不下去就用馒头蘸醋吃。还有一个不适应，就是天气太干，我经常流鼻血，后来才慢慢适应了。

刚来保定的时候也吃不惯，院长照顾我是南方人，就安排医院里每天给我蒸一碗米饭。当时北方大米少啊，又贵，蒸一碗米饭，我当宝贝吃上一天。后来我爱人老叶说：“你是青年团员，应该和大家一起吃饭，不要搞特殊，你告诉领导不要再给你蒸米饭了，自己慢慢锻炼着吃馒头吧。”

▶叶积宁、孙倩夫妇

我为难地说：“那怎么吃啊，我再考虑考虑吧。”老叶说：“别再考虑了，明天就给院长说，不要再蒸米饭了。”我就找院长，说我习惯了，不吃米饭了。院长不相信地问：“是吗？”后来慢慢就不给我蒸了，其实哪里习惯了嘛！我知道老叶这是从更高层次上爱护我吧，不让我搞特殊，不让我给医院添麻烦。

老叶是非常通情达理的人，有大局观念，宁可我受点儿委屈，也要照顾大局。他讲直理，一次考试，有个学生没有去，但是却有他的考卷，这明显是有人替他答卷作弊了，老叶就去跟领导反应，请示这份卷子怎么处理。老叶就这么个人。

初进省医院

当时我来的时间也短，对省医院的总体印象是条件差，全院一共九十余人，只有内科、外科、妇产科、小儿科、皮肤科、眼科、耳鼻喉科、放射线科、化验室，内科、外科没有细分。制度和北京、上海也不一样，没有严格的查房制度，没有三级查房制，就靠自律。

刚进省医院时，没有实习大夫一说，一进来就是住院大夫，上面也没有主治大夫查房，不规范，主要也是因为医生少。后来，河北医科大学毕业的一批学生分到医院来，再加上我们这些“老人儿”，医生多了，才建立起三级查房制度。

住院医生每日的上下午均应查看病人，工作内容是写病历、改医嘱、做病程记录、做必要的治疗等；主治医生查房做简单的分析；住院总医生负责行政工作及业务工作、医生的排班、业务活动、组织科内会诊、负责院内外会诊，代理主任参加院内会议并在科内传达，二十四小时住在科里。住院总医生一般为期一至两年，也可以根据科内、院内情况而定。住院医生经过住院总医生这个阶段的锻炼，合格后才可以成为主治医师，再升为副主任医师，最后成为主任医师。

省医院对年轻人的培养

省医院对年轻人有培养制度。随着科室人员的增加，内科逐渐分出血液与肾内、神经、呼吸、心脏与消化等科，各科室主任要制订科研计划，送年轻医师出去进修，有论文的可以参加学术交流，医师们听学术报告会后传达，还请外地专家来院讲学，进行病例讨论等。

我感觉自己知识不够，应该出去学学，苏英俊主任同意后，我就和瑞金医院陈家伦主任联系，表达了我想回母校医院进修的愿望，他同意了。当时，陈家伦已经是广慈医院（今瑞金医院）内分泌科的主任。

进修相当于换个地方去工作，除了好好学习别人的先进技术，没有什么特别的。苏英俊主任说：“你主要是攻心血管，那你就主要在心血管方面多学一点儿东西。”那个时候瑞金医院还没有介入治疗，就是一般的临床。我感觉临床方面的物理诊断即视、触、叩、听很重要，重点的体征应诊断出来，这是内科大夫的基本功。进修八个月后，我返回医院。

内科重症病房值班一年

1960年，医院开设了内科重症病房，当时谁也不愿意去。科里问："谁去啊？"大家都不说话，我说："那我去吧！"

生活困难的时候，人们出现营养不良性浮肿，患者就像水袋一样，一按一个坑，肿得厉害。当时接诊的这种病人多，而且还是重病人。这些重病人都往重症病房放，三十张病床，就我一个大夫，忙不过来，所以我就干脆住在病房里面了。在重症病房待了将近一年，后来这种病人少了，重症病房才撤了。

老叶管家，他支持我，要不我怎么工作呀？总得有人做出牺牲。老叶业务也特别好，但是得分出来一部分精力去管家。衣服，他洗；饭，他做；刷碗、整理房间，我来做；孩子两个人都管。

我不会生炉子，也不会做饭。同事老笑我，说老叶："炉子灭了，孙主任就知道喊'老叶，老叶，炉子灭了！'"有一次婆婆在我这儿住了一个礼拜，婆婆说："孙倩孙倩，你不要惯着他（老叶）。"因为婆婆看到我整理房间，还误以为是我惯着老叶，笑死我了。

一年的重症病房经历，加上那几年的努力，进修啊，门诊啊，我的技术越来越全面了。

为了工作，真有点儿对不住孩子

1960年有了儿子，我歇完一个月的产假就上班了。孩子放托儿所，整托，也就是二十四小时待在托儿所，保育员照顾孩子，到时间我去喂奶。

孩子五六个月的时候，医院里派我带队去涿县抢救一批砒霜中毒的病人，临走时我告诉老叶要看好孩子。半个月以后回来，我赶紧到托儿所看孩子，发现孩子右耳流脓了，保育员阿姨当时没有关注到，这是患了中耳炎啊！当时一看儿子这样子，我就哭了，忍不住和老叶吵架，埋怨他，“儿子将来一辈子耳聋怎么办啊”。回到家，老叶认错了，说：“哭有什么用呀，咱们赶紧带孩子去医院看病吧。”后来到北京去治疗，儿子听力还是受到了影响，到现在也不太好。

学习心导管技术

1963年，我去进修，是因为医院开展心脏手术，需要学会心导管技术。科主任同意后我就去石家庄学习。医院也不是每天都安排导管手术，有导管手术就跟着观摩，看他们怎么操作。因为看过书，又跟着看了三四例，差不多就会了。没手术时就转转病房，看看他们怎么管理。当时进修跟着大专家都本洁，他是河北省心血管专业的元老，课讲得既简单又明白。我们职称晋升的时候他是评委，还是河北省人大代表，好像还是政协主席。跟着大专家就是能学到东西，看了三四例，回来就能操作。回院后，我和李宗年、张砚渊马上就开展工作了。

1962年到1964年，我们心内科配合胸外科的李振亚主任，开展心脏手术，我负责给心血管病人做心导管检查。当时，曾诊断过一个病人为先天性心脏病，室间隔缺损，男性，三十多岁。这位病人感觉心慌气短，当时没有超声波检查，经院内组织心脏手术集体会诊后，认为有适应症可以做手术，然后请河北省医科大学的胸外科的主任刘振华教授做手术。刘振华教授是大牌专家，等到手术结束后，他说："小孙哪，你诊断得真准确啊！"

晋升为主治医师

1956年至1958年，省医院和河北医学院有过一段时间的合作，医学院的老师们带教，我院的大夫派到医学院去学习，后因河北医学院搬到石家庄而终止。合作既对科研有好处，又能培养年轻人的业务能力，还促进了医院的发展。

1963年，我晋升为主治医师，当时五年一晋升，晋升不用自己申报，医院按照要求择优上报，领导下来考核，获得上级批准通过。"文革"时期，晋升职称就不正常了，据说是停了。

参加"四清"医疗队

1964年，全国开展"四清"运动，医院成立了二十余人的医疗队，到高碑店（当时叫新城县）新桥公社，负责培养赤脚医生，指导农村的医疗工作。学院的王来友是正队长，我和尹瑞山是副队长。那是"文化大革命"之前落实"6·26"指示，去一年，培训赤脚医生。学员们都没有什么基础，我们给他们讲课，带他们实习，带他们巡诊。

赶上有个老乡生孩子，那是我第一次接生，以前在医院实习的时候见过接生，多少年没有接生过。农村里生孩子就在家里，也不上医院。卫生院有个医生帮着我一起把小孩儿接出来，真是挺考验人的。乡村里的大夫什么都得会，小儿科、内科、外科都得懂。

遇上了和医院非常不一样的工作环境，接触的病人农民居多。在医院里病人不行了，一定得抢救到真的不行了，一直到心电图都成了直线了，才会停止抢救，农村里不这样。到老乡家里去抢救病人，病人快死了的时候，大夫就会告诉他们病人快不行了，家属就说："别抢救了，你们快走吧。"老乡们都挺通情达理的，好意地劝我们走，是不愿意让人家说大夫没有抢救过来，不愿意让大夫承担责任。

当时下乡要求"三同"：同吃，同住，同劳动。我们就住在老乡家里，派我们住哪儿就住哪儿。早晨起来去拔麦子，我总结了"拔麦三部曲"：开始的时候是弯着腰拔，到后来没劲儿了，就坐下来拔，最后干脆爬着拔。当时工作是累，但是没有压力，就是干活儿，挺好的，让我干我就快快乐乐地干。

老乡对我们挺好的，炒了鸡蛋自己不舍得吃，送给我们吃。高碑店对我们医疗队评价特别高，因为我们把赤脚医生带出来了，教他们看病、诊断、治疗，随叫随到。我们二十多人的医疗队带出来三十多名赤脚医生，带会后他们就在村子里开诊所，有的现在还在行医。

蒋忠尽主任"考"我

有一次，放射科的蒋忠尽主任让一个学生到我办公室请我会诊，当时我不知道他是要设局"考"我。到他办公室以后，我看见他带了放射科的几位大夫和进修医生。他说请我会两个诊，给看看是什么病。他先叫一位病人进来，我听诊完之后说是动脉导管未闭，他说："对。"又叫进来一个病人，我一听，这不是室间隔缺损嘛！他竖起大拇指说："都说你听心脏杂音过硬，我真佩服你！”

后来我问怎么回事，他说：“给你说实话吧，人家都说你听诊过硬，我就是考考你，你真给听出来了。”原来他们自己早已检查出这俩病人是什么病，有人说他们这明明是设了个局啊，我说：“没有事，没有事。”那个时候同事之间的关系都挺好的。

他还“考”过我另一个病例，病人是青紫型的先天性心脏病，我说考虑是法洛氏四联症，但是青紫型的先天性心脏病有好多类型，专靠听诊是不行的，还需要做别的检查才能确定，因为法洛氏三联症、法洛氏五联症都有可能有这个症状，不过从听诊上看，更像是法洛氏四联症，后来检查过后确认就是。

因为这些都是常见病，作为心血管科的大夫还判断错就不应该了。

不怕苦、不怕累是学本领的关键

“文革”十年里，我就看病、干活，技术慢慢就起来了。所以我给学生们讲课的时候说，第一个不能怕吃苦，什么工作都得做，不要怕苦，不要怕累，这是学本领的关键。如果抱怨“太累了”“我不行”，那你就学不好，怕了、懒了都出不了成绩。其次就是专注。说实话，到现在我还不会买东西，买东西都是我姑娘。小时候是我父亲照顾我们，没有母亲了，姑姑照顾我。每到过年的时候把裁缝请到家里来，量体裁衣，也不用操心。上学了，中学里面有校服。大学期间还是父亲照管我。后来结婚了，爱人照管我，我的衣服、鞋子都是他给买。我不会买东西，到现在也不会，吃的穿的都不会买，也不会花钱。

“文化大革命”时期，分配粗粮细粮，我们也不会做别的饭，就把细粮都买了挂面。有一次家里没有挂面了，以前都是我爱人去买，我从来没去买过。排队排到我的时候，人家问我买什么，我一下子给忘了，售货员催着问，“哎呀，我不知道了，我想想，让我想想啊，就是那个细细的、长长的，白面做的。”人家问：“是挂面吗？”我连声说：“对对对！对对对！”

这件事儿后来在医院里传开，大家就都听说了。当时挖防空洞，人家在防空洞里学我说：“细细的、长长的，白面做的。”人们问这是谁干的，大家就笑着说：“孙倩呗！”到现在为止，知情的人还在逗我，都成为笑话了。

到河北医科大学学中医

1977年至1978年，我被医院派到河北医科大学学习中医一年。当时要求科主任“两条腿走路”，中西医都要学，这是全国的要求，中西医结合治疗。中医真不好学，死记死背，个人觉得中西医两种理论不好融合。

有些中药还真是有用，尤其是官能症一类的病，吃中药效果挺好的。慢性病，比如慢性肾炎，用中药效果也还是可以的。虽然来得慢，但是有效。

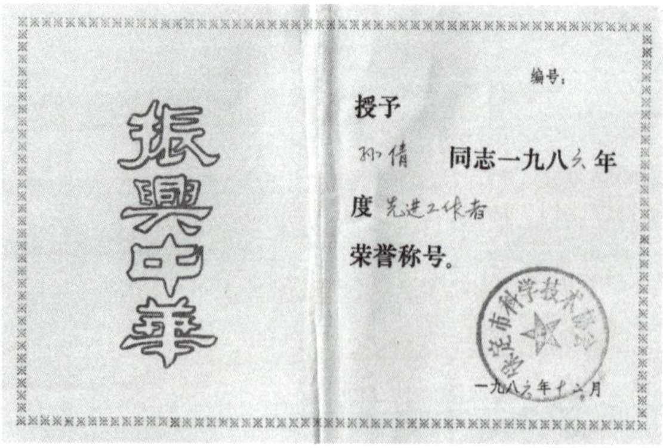

▶ 先进工作者荣誉证书

作为医生，不能停止学习，哪一个阶段都要学习。可惜的是，英语学习我没能坚持下来。

担任大内科副主任、主任

1973年，白波主任找我谈话，让我当行政副主任。我说："我不会当。当不好怎么办？别让我当。"他说："就是你了，人家都跑官要官，你这倒好，让你当你都要推辞。"

1978年6月至1984年7月，我担任大内科主任。1984年，我退居二线，不再担任行政主任。后来，我就到超声波室了。1985年晋升副主任医师，1987年晋升主任医师。

我担任主任期间，要求各内科科室、大夫每年都要写文章。让每个科室都定课题，找到方向去研究。他们都去做，血液科研究白血病，神经内科、肾病科都自己出个题目来研究。搞研究、写论文，把自己的经验总结以后，你才能提高，另一方面还能让别人参考学习。过去，我们中华医学会分会每个月都有一次学术活动，就在保定，开会地点就在科学宫，李庭芳、陆留、苏英俊这些人来主持、讲课。我也在这儿讲过课，讲病例、讨论肾动脉狭窄引起的高血压，还讲过一次猝死。参加科学宫学术活动的医生挺多的，那个时候石家庄也有会议，有时派大夫去石家庄听报告。我做主任时重视科研，支持搞课题、搞学术交流。

科研获奖一台黑白电视机

1975年左右，急性心肌梗死发病率高，死亡率高。当时我任心内科主任，主持立项了一个科研课题——中西医结合人工监护治疗急性心肌梗死临床观察，与保定市医学科学研究所李庭芳、凌志波、高尔泰一起协作研究。

那个时候没有机器，靠人工监护。所谓"人工监护"，即急诊、心电图室或其他科室发现急性心肌梗死患者，电话通知心内科，心内科病房立即派大夫、护士带氧气袋、急救药、担架床，把病人接到病房。经上级医师短暂会诊后，立即治疗。大夫二十四小时值班，就守护在病床旁边。手按着病人的脉搏，量着血压，观察着呼吸，时刻注意生命体征，发现情况立即治疗。大概可以理解为现在监护仪做的工作，当时都是靠人工。

至1978年，中西医结合人工监护治疗急性心肌梗死七十八例，无一例死亡，由高尔泰医师负责总结，保定市卫生局为我们颁发集体一等奖，奖励黑白电视机一台。那时候电视机很少见，很稀罕的。说实话，这个奖励很重。奖品黑白电视机就放在科里，成了一个福利。

“一定不能忘记孙奶奶”

李蓝田，河北省防疫站站长，他爱人是我们医院血液科的主任刘卫生。他突发消化道出血，医院在病人家里成立了一个抢救组。我没有参加，因为胃出血是消化科的病。会诊的建议就是止血。晚上的时候病人又一次大出血，家属就去请大夫。当时是夜里两点多钟，去叫了，人家未听见没有开门。后来去叫我，当时晚上正睡觉，我爱人说有人敲门，一问，说李蓝田又出血了。我老伴儿说：“赶紧起来，去，去抢救！”

我看了片子就说：“情况不怎么好，我诊断是胃癌出血。”刘主任一听，当时就跪下了，那怎么办呀！当时病人才五十多岁，我说：“明天早上找防疫站，咱们转北京。”一早起来，他们家人就跟防疫站联系，防疫站和省里面联系以后，安排去北京的火车临时停靠在保定站，咱们省医院把病人送上火车以后，北京那边有防疫站的同志跟着协和医院的救护车在火车站等着接病人。联系好以后，刘卫生说："孙主任，我两条腿都软了，说话也说不了，你陪着我去北京吧。"我回去跟家里招呼了一下，家里人说："孩子发烧呢。"我说："你们看着吧，我得去北京。"

这样，把病人从保定送到火车站，病人躺在担架上，我们几个人在火车的行李车厢内围在旁边监护。到北京会合后，病人直接被送到协和医院急诊科，我把病史一说，急诊科主任把病人一看，问我们诊断是什么病。我说我们诊断是胃癌，他就点点头说："对！"病房没有床位，先住观察室，有了床位再安排进去。安顿好之后我就回来了，过了几天住进病房，做了胃镜，确诊为胃癌，不到三个月就去世了。应该是胃癌晚期，比较厉害的类型。

他爱人很感谢我，退休后居住在北京，每年过年还都给我打电话，她说："我一辈子忘不了你，我教育孩子们，一定不能忘记孙奶奶！"

几个比较特殊的病例

我参加院内及保定市二十二个县医院重危病人的挽救不计其数，略举几例。

抢救周思成老人。周思成是黄埔军校的老师，也是叶剑英元帅的老师。他得了急性脑出血，当时请了天津总医院的张教授会诊抢救。周思成昏迷了大概有半个多月，成了植物人。我们有个专门小组训练他，后来他醒过来了，经过训练能唱歌，唱电影《李双双》中的歌曲。身体好转之后，周思成就转到干疗院了，恢复得特别好。

抢救米毅院长。米毅因为运动被关了起来，后来被下放到徐水，之后又回来。“文化大革命”的时候在医院里被批斗，写检查。1974年，快到“解放”他的时候了，就在要做大会检查的前一天，米院长猝死在家里。拉到医院，胸外科和内科组织抢救，我正在吃中午饭，被叫去的时候已经开胸了，抽了胃液、脑积液进行检查。抢救进行了五个多小时，结果未成功。

米院长究竟是什么病？我后来问米院长的爱人，院长病前几天有什么反应没有？她说：“有，他说说不出来的没有劲儿，并没有感觉心前区疼、闷。”爱人劝他不要写检查了，劝他睡觉。在去世前的那天晚上，他说身上更没有劲儿。第二天上医院，米院长跟看着他们的组长说：“身上真没劲儿，想回家。”组长同意后，他就推了自行车回家了。回家后就躺在床上，他的女儿在外面和面，听到他爸爸的呼吸不太对头，看了看，就像睡觉一样。想了想关了门就去找妈妈，她妈妈去外面检查工作了。等回到家里，发现米院长已经死了，然后就给医院打电话，叫救护车拉过去，开胸进行心脏按压。

这是什么病呢，就说没有劲儿？我觉得他可能是急性心肌梗死，急性心梗有个疲乏无力型，这是个不典型的心肌梗死类型。后来我又问开胸的那两位大夫，问他们心脏有什么变化。他说心脏前壁的颜色比较暗。我说那就是心肌梗死，正常心脏是红的，颜色不对，那是坏死了，可能是个广泛前壁心肌梗死。开始他们认为会不会喝药啊，抽了胃液检查，是正常的，抽了脑积液也是正常的，所以最后就诊断他是心肌梗死。

还有一例是肝硬化腹水的病人，因为有腹水，内科、外科、妇产科一起会诊，诊断结果为卵巢癌。手术开刀安排我去监护，我并没有参加他们会诊的病例讨论。手术前一天我都是要去看一看病人的，我说这个病人像是肝硬化腹水，腹壁静脉曲张那么明显。我说了自己的判断，他们说都会诊完了，明天就要做手术开刀了，你又没参加会诊，你这结论……我说我还是诊断肝硬化腹水。后来开刀了，几个外科大夫都在旁边，我在一旁监护，放了腹水之后，没有卵巢癌，就是肝硬化。一看这情况，外科大夫就撤了。后来他们说："你要参加会诊就好了。"

"不能关胸！再仔细找找！"

我院心外科开展心脏手术，仅凭临床听诊、X线检查、简单的化验以及心内导管检查诊断，因为当时没有先进仪器，如彩超、CT机及化验等。

我记得有一个病例，我临床诊断是动脉导管未闭，外科开刀出来，术者说："主任，没有发现，你诊断错了，我要关胸了。"

当时我心中"咯噔"一下，双腿都软了，心脏开刀可不比腹部，我想了一下说："不能关，我去找院长，你们再仔细找找！"我的两条腿也跑不动，那个时候也没有手机，到了医院门诊四楼院长室，院长还不在。我没找到院长就回来了，一进手术室的门，术者的助手就说："孙主任，找到了！"哎呀，我心中的石头落地了，真是惊喜交加，我说："你们可把我吓死了。"

我挺确信自己的诊断，结果打开说没有，意思说我诊断失误。如果没找到就要关胸，那不得耽误病人一辈子吗？我当时坚信自己判断正确，才坚持找院长决定，这是人命关天的事啊。动脉导管未闭，发现了就能手术，血液就不反流了，就好了嘛。哎呀，长舒一口气，我不是胆大心细，我胆子真不大。

医院组织对心脏手术病人术前集中会诊，有内科、外科、麻醉科、放射科、手术室、化验室，有时有小儿科等有关人员，会诊后符合手术条件才能做手术。手术前，我负责诊断；手术时，我负责监护；手术后，我负责值班。参加值班至少一个礼拜，随时密切观察这个病人。那时候能做到手术无一例死亡，太不容易了。

只看仪器容易误诊、漏诊

说实话，大夫光知道看仪器，不知道看病人，就容易误诊、漏诊。因为有时仪器是记录不下来的，还是要靠听诊，我自己得病时有体会。有一天晚上看书，我感觉肺部吸气就疼，伴发热，睡觉也睡不好，我感觉肯定有问题，做了个胸透，胸透正常。我感觉我肯定有问题，又照个胸片，结果胸片出来，心夹角位置显示有一片炎症，收住院，进病房后一监测，血压都测不出来了，赶紧进行抢救。所以说，病人的自觉症状很重要，听诊可能听不出来，透视也可能没有问题，这就提醒大夫问诊非常重要。

反复追问病史很重要

我接诊过一位肺栓塞的病人，他是保定植保所的司机，三十七八岁，身体很壮，在我们医院门诊做了肺X光检查，化验了血，做了心电图、心脏超声，检查完后都正常，我问病史，他说最近走楼梯的时候，感觉发憋，上二楼就发憋。

我用听诊器听了听，他左肺呼吸音大于右侧，决定给他做一个肺部的CT看一看，我在CT的申请单上写了两个字：“肺栓！！！”打了三个惊叹号，表示高度怀疑。下午的时候他找我说我CT显示没有问题。我感觉不对，再追问病史，病人说去年发烧，在医院做检查确诊为下肢静脉炎，就凭这一句话，我说：“我可以肯定你就是肺栓，马上住院！”他说：“你看我这儿检查也没有事，那儿检查也没有事，就让我住院，我怎么跟领导请假呀？”我说：“我给你写上肺栓，你就凭这个办住院证。”他就住院了，到晚上两点多钟，病房给我打电话，说：“主任你来吧，你收的那个病人不好了，死了。死以前给他做了心电图，一看就是典型的肺栓塞。”通过这一病例，可见反复追问病史多么重要。

我们医院刚开始不大了解肺栓塞，我就和核医学科主任商量，建议他们开展肺灌注扫描，往肺里灌药，再扫描。后来他们派人去北京学习了，回来之后就开展了这项技术。

省委书记来看望我们

1985年，邢崇智是河北省委书记。他在1980年至1983年任保定地委书记，后来调到石家庄任省委书记。当时，我住在医院外边那个筒子楼，一家挨着一家的。

那天晚上九点了，外面敲门，我家老叶开门去了，他不认识邢崇智，我认识。我过去接触过邢书记，知道他长什么样，知道他的秘书什么样。

那个秘书说：“邢书记来看你们来了！”我一看真是邢书记。我说，都这么晚了，还来看我们，心里激动、感动。邢书记坐下来以后，问我们工作情况，身体情况。后来因为有病人来找我，我就到外面跟病人说话，我爱人就和邢书记俩人聊了一会儿，邢书记说他们还要去看苏英俊，临走还笑着问我："你还想调回南方去吗？"

这是怎么回事？原来"文化大革命"还没有结束时，上海第二医学院曾出面要调我回上海工作。听一位外科主任告诉我人事处办公桌上有我的调令，第二天我就到人事科去问了，人事科的同志起初不承认，后来才告诉我是医院这边不舍得我调走。据说我那一届在上海第二医学院里是师资班，是为医学院培养师资的。

我知道了这些情况后，就到省里去找邢崇智同志，说我想调回上海。邢崇智书记说，你在这里上下级关系都熟悉了，工作环境也熟悉了，所以你不要回去。他还说以后不要再考虑了，地区里不会放的，省里边也不会放。

当时发调令的是上海第二医学院，我们那批人里确实也有人调回去了。至于最后为什么接受留下来，还是觉得自己是共青团员，一切应该听上级的安排。所以这次邢书记问起来，我说："还想回啊！"大家也知道是开玩笑。邢书记就是想给省医院留下一个医生吧。

B超室的建设——从无到有

我1981年开始学B超，最早我看到杂志上面介绍，超声的诊断准确率很高，所以就想学。刚开始的时候只能自学，看看书。但是当时书也少，想买也买不上。后来终于有机会参加了一次会议。保定地区科协的负责同志告诉我湖南郴州有个超声会议，问我去不去，我说："哎哟，我正想去呢！"通过这次学习，我感觉到超声诊断疾病正确率确实很高。

学习回来以后就谋划先买仪器。我对保定地区科协的那位同志说：“你给我点儿科研费行吗？我想买个仪器，开展超声工作。”那位同志说，保定地区科协经费不多，给你三万块钱吧。其实感觉不少了，医院出资买了一台M型超声仪，后来用这三万块钱，医院又贴了一些钱，买了一台日本产的阿洛克B超，这就奠定了B超室建设的基础。

买了M型超声仪以后，我就自己学。什么时候学呢？晚上。那时还没有单独的超声室，这个仪器就放在我们办公室里面，我有时间了就练习练习。呼吸科的姜大夫值班的时候看见我，就问：“主任，你在干什么呢？”我说：“我在学超声。”他说：“我看你每天都是茫茫草原一大片。”因为M超打不出图像来，不是说探头放哪儿就能出来图像，需要找，真是茫茫草原一大片。等到后来能出图像后，那个开心哟！慢慢就都能操作出来了，自己高兴得不得了。每天晚上值班的时候，我就请病人到我办公室来，摸索着学做超声，M超就这样学会了。

后来学B超，B超是两维超声，心脏的结构能看出来了。我自己慢慢地学，后来省里边通知我参加超声会议，以后越学越来劲，越学越精通，从B超的一个面就能看到心脏的一个形状。同样，子宫也能看出来，道理和我们的解剖基本上差不多，尤其是肝脏，还有胆囊，里边有结石都能看出来，百分之百的准确率；胆囊炎诊断准确率百分之九十；子宫肌瘤看得更清楚了，还能诊断出葡萄胎。

B超的运用提高了诊断的准确率。医院里边，做胆囊手术要做B超，诊断葡萄胎也要做B超。我们曾经诊断出来一个无脑儿：一个胎儿，没有脑袋，前面的眼睛什么都有，就是没有后面的脑

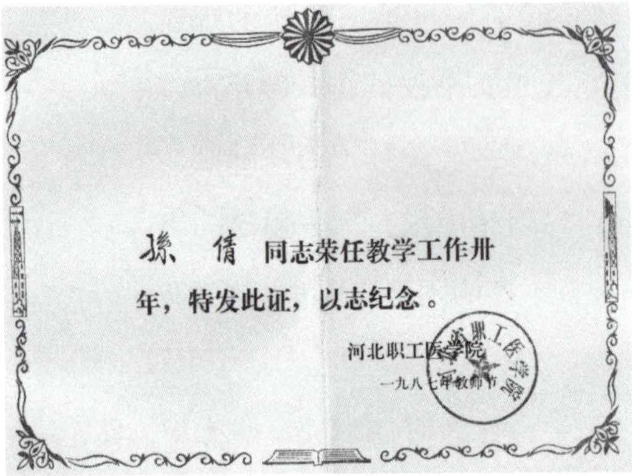

▶ 教学工作卅年纪念

袋。妇产科大夫感叹，准确率还挺高啊！后来他们就说：“主任，能不能把B超搬到我们妇产科？”我说：“你们这样，优生优育是国策，你们科就以优生优育的名义，申请买一台仪器。”

可以这样说，心血管内科首次使用B超，其他科室如外科、妇产科在诊断中都受益，感受到B超的重要性，之后成立B超室便水到渠成。

1984年，我陪着妇产科主任一起到广州买仪器，因资金少，买了一台小型B超仪。回来以后，我建议妇产科培养人才，后来他们就送李凤梅大夫出去学习B超技术，她是省医院送出去学习B超的第一人。可以说，妇产科主任引进B超，对提高妇产科疾患的诊断水平是有功劳的。

医院开了超声室，医学院就要开超声课，刚开始还没被批准，后来批准了。课谁来讲？我来讲。教学也成为一大块工作，刚开始给学生讲课，我自己编写讲义，后来有了教材。当时会B超的人不多，这个课我在学校讲，也到市里去讲。

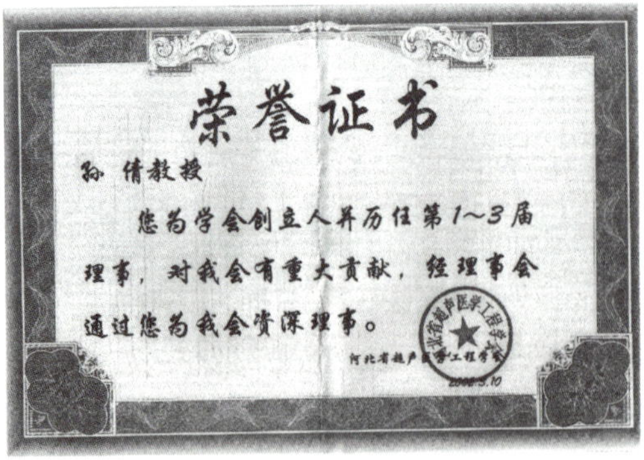

▶ 河北省超声学会创立人、资深理事荣誉证书

1984年我退居二线之后，就一直在超声室了。有时我会

参加院内的会诊，之后一直在医院正常上班到1996年，后返聘到2003年完全退休。2008年，我因创立河北省超声医学工程学会并任第一至三届理事而被评为资深理事，在河北省超声医学工程学会第三届会员代表大会上还被评为第四届理事会名誉理事。

重视学术交流和培养年轻人

我写了一篇文章，受邀到日本札幌参加学术会。我把会议通知给领导看，请院长批示，商量之后批准一个人参会。我说最好去两个，因为这篇文章是我和栗建辉共同完成的。但医院只批一个，让我去。我就想，第一，我的职称已经到头儿了，我若去对我意义也不大；第二，我的外语水平不如栗建辉。我建议让他去，院长说："你自己考虑吧。"我和爱人考虑后决定让小栗去，我爱人说就是应该让年轻人去。

我通知建辉到日本札幌开会，当时他刚从部队转到医院来，才三十多岁。他父亲来找我说："你不去，叫他去，他一个小孩子，行吗？"我说："行，就让他去。我老了，职称到头儿了，去了也没有用了，而他却有用。他和省里其他人一块儿去，出不了什么事。"

旁人说我，出国开会，人家都争着去，你倒不想。我说要培养年轻人，自己到头儿了，还干吗去？这件事他们挺感动。我任河北省超声医学会副会长，退休后，我把栗建辉推荐到医学会。我愿意做人梯，推年轻人。

我在超声室干了十多年，一直注意培养年轻人，每周三是我的专家门诊，我就带了超声室的大夫一起轮流出门诊。我一直强调心血管的大夫听诊一定要过硬。因为哪个地方有杂音，病就发

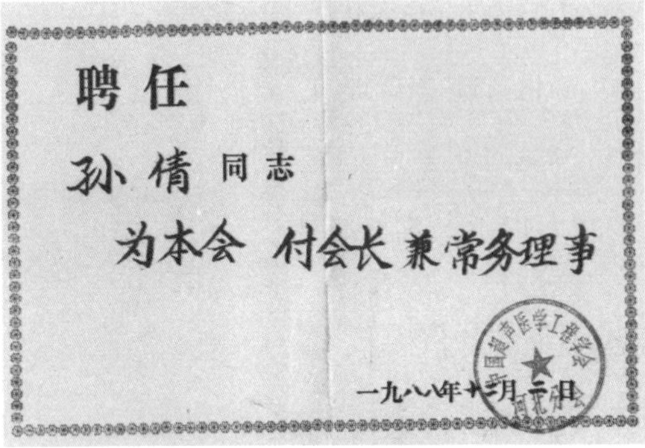

▶河北省超声学会副会长兼常务理事聘书

生在那个位置，所以要学会听诊。还有，做超声的时候，先听听病人杂音在哪个部位，然后在哪个位置找，找那个病变的地方。虽然有了B超了，也不能不会听诊，而且还得先听，把B超和听诊很好地结合起来，把仪器的先进和人的智慧结合起来，这样，诊断准确率就更高了。

有个中医大夫说，我用三个指头（就是号脉）就能看病，你们没有机器谁能给人家看病？谁能看谁站起来？结果没有一个人站起来。我这么看这个事，不拿听诊器，光靠仪器来检查，漏诊的机会就多了，真的就不会看病了。

程显声教授是阜外医院的专家，他在一篇文章中说："趁着50年代的这些老专家还健在，年轻医生应该赶紧拿起听诊器，好好跟他们学习学习。"说得语重心长。

1988年，中国超声医学工程学会河北分会选我做副会长，现在叫副理事长。那时我就说我当不了了，石家庄的一些老同志说："你怎么当不了？"我说："我刚学超声，还兼管着内科。"后来超声学会会长刘明瑜主任说："当得了，没问题，当吧。"后来我说"那就试试吧"，就当下来了。

超声学会每年都有年会，年会上要求大家写文章，交流，这样技术就发展得快一点。除了这个会，我还参加全国的会议、国际会议（当然是在中国开的），也写了文章。

后来，学术会议越来越多，我就开始让年轻大夫去参会。到武夷山开会，叫栗建辉去了；到张家界开会，叫佟锡祥去了；到山西开会，让邸桂新、赵真去了。会议通知我去参会，我就让他们去，让他们都多接触接触外边，这样就把年轻人带起来了。

超声室刚建立的时候，由心内科管着，就是我管着，黄美香跟我学超声，黄美香、黄源大他们夫妻两个都是华侨，一年多后去香港了。后来是郜宝莲大夫，我联系让她到上海去学习。1983年3月，郜宝莲大夫就到超声室了，她是护转医的，很聪敏，超声室的建设她是有功之臣。再后来，赵真去上海学的超声，赵庆春到北京三〇一医院进修的超声。先是黄美香、郜宝莲，后来是栗建辉、赵真、赵庆春、邸桂新，这是来B超室的先后顺序。队伍扩大了，仪器增加了M超、B超、彩超，诊断水平逐渐提高。

▶参加国际会议（左二为孙倩）

我有六十余篇论文在国内外杂志上刊出，两篇获科研一等奖，三篇获二等奖。合著超声诊断著作两部。

履职人大代表

之前因为出身不好，我不能入党，当时我是特别愿意入党的。因为我是共青团员，退团以后，愿意为党继续工作。后来知识分子可以入党了，1983年我写了申请，内科的支部书记和白波主任是介绍人。

我是做了人大代表后才入的党。1982年，人大代表会议正

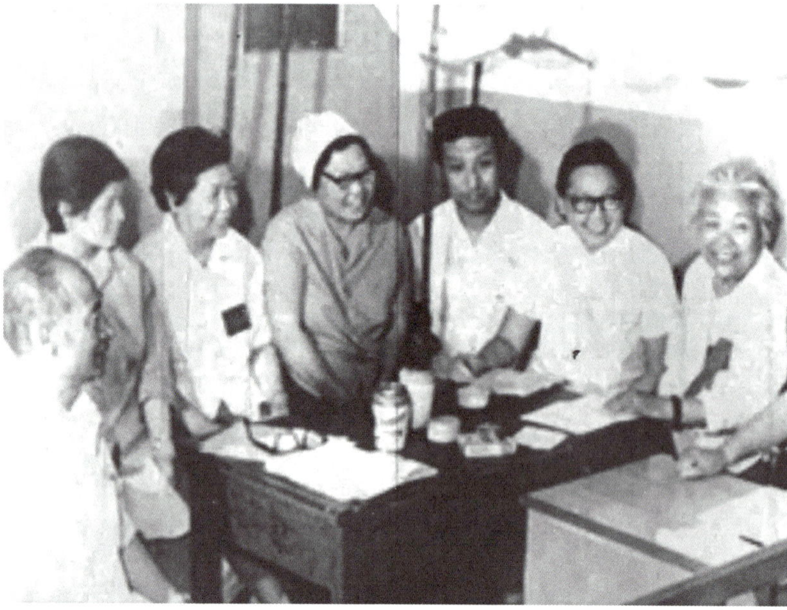

▶人大代表小组会（右二为孙倩）

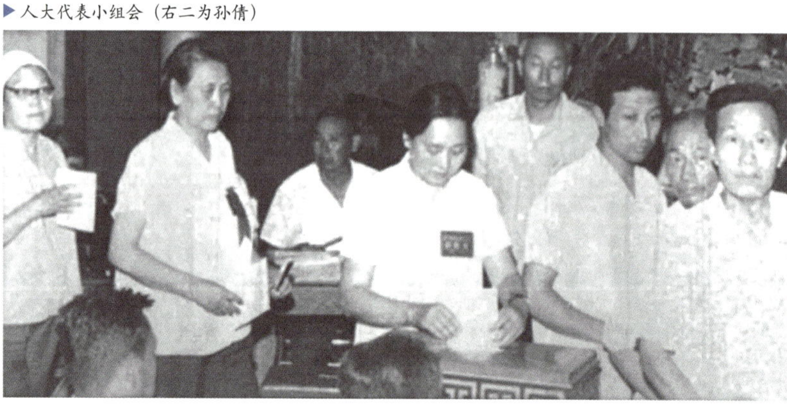

▶人大代表投票（左四为孙倩）

式恢复，我先是保定市南市区的人大代表，后当选市里的人大代表，先后担任保定市南市区第七、八、十一届人大代表，第七、八、九届市人大代表和市第七届人大常委。

保定市委组织部曾经找我谈话，让我当副市长。我说我不会说，不会写，不适合当副市长。保定市委组织部和我谈了两次，

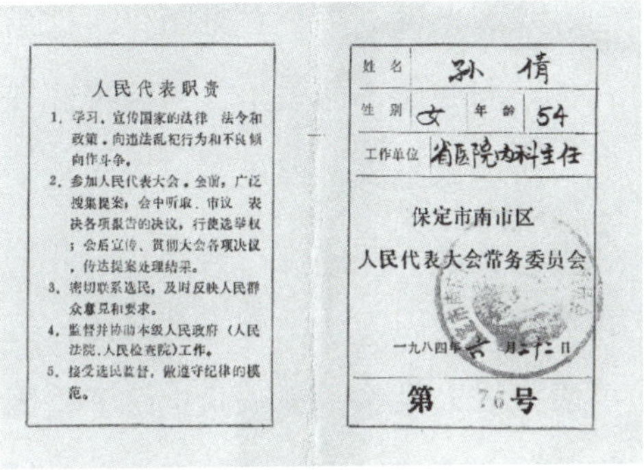
人民代表职责
1. 学习、宣传国家的法律 法令和政策，向违法乱纪行为和不良倾向作斗争。
2. 参加人民代表大会，会前，广泛搜集提案；会中听取、审议 表决各项报告的决议，行使选举权；会后宣传、贯彻大会各项决议，传达提案处理结果。
3. 密切联系选民，及时反映人民群众意见和要求。
4. 监督并协助本级人民政府（人民法院、人民检察院）工作。
5. 接受选民监督，做遵守纪律的模范。

姓名	孙倩		
性别	女	年龄	54
工作单位	省医院内科主任		

保定市南市区
人民代表大会常务委员会
一九八四年 [illegible] 月二十二日
第 76 号

▶ 保定市南市区人大代表证

荣誉证书
孙　倩代表：
在一九九0年被评为模范人大代表，特发此证，以资鼓励。
保定 [illegible] 会
一九九 [illegible] 年 [illegible] 月 [illegible] 日

▶ 模范人大代表荣誉证书

我说我做不了。我知道我自己不适合走这条道路，我们大家庭也有“不当官”的家训，或许和这有关。

作为人大代表，我每年参会，会前都会收集资料，看社会上对政府工作有什么意见和建议可以反映。我们每隔一段时间就深入巡查一次工作，到各个需要的地方去巡查，比如巡查立交桥建设的问题、重建直隶总督署门前的大旗杆的问题等。

作为医生，我做过一个提案，因为未来我们的社会是老龄社会，应该建立养老院。后来市里就在飞机场附近建起了一所养老院。我之所以能早在1982年的时候就提出老龄社会即将来临，建设养老院，是因为我从杂志上看到了这类信息。

助力民营医院建设

保定第七医院是一个民营医院，创始人是我的学生董福生和他的同学郄文霞。董福生毕业于河北省职工医学院，分配在满城县医院内科，郄文霞也是满城县医院的大夫。他们找到我，说想停薪留职，开一家心脑血管医院。我说开医院需要资金，他说有三十万；我说太少，买救护车、买X光机、买个心电图仪，这就没有啦，他说钱以后慢慢再筹备，问我能不能去坐诊。我说还没有完全退休，现在医院聘我呢，所以我不去，但是我可以给他们出出主意，他们就走了，这是第一次。第二次来，他说："我们还是想请您去。"我说："我不能去，因为还没有完全退休，等我退了以后再说。"他们一再请我过去坐诊，都被我拒绝了，因为当时我还在医院工作，不能耽误公家的时间。谈了三次，最后我答应只能礼拜天去，上班时间不能去。从九几年开始，到现在二十六年了，他一直不让我走，说我是元老，还说："您不说不来我这儿，我肯定不会让您走，反正我不放您的。一个礼拜来一次，来坐一会儿也行，要是您走不动了，抬也要抬着您来。"

我刚去时，这个医院十张病床，十一个人，是个小门脸。去了以后发现病人很多，一个上午就看六七十个病人，后来病人越来越多。怎么办呢？这个地方太小了，得买一块儿地，扩大一点，后来这个院长买了块儿地盖了一个四层楼。床位还是不够，于是又盖了一个十二层的楼；十二层大楼还不够，又盖了个二十三层的大楼，发展得很快。这就是满城第七医院。

民营医院是医疗事业的重要组成部分，解决了很多工作岗位，当地百姓看病也方便很多，我算是支持一下民营医院吧。他们还聘任了省医院放射科、肿瘤科、放化疗科、妇产科、小儿科、外科等二十多位专家坐诊。现在满城七院请北京的各大专家过来坐诊，如阜外、协和、北京积水潭等医院都有专家过来，能做心脏手术，安起搏器，射频消融，急诊PCI。

退而不休的生活

退休了我也歇不住，歇着也没什么意思。今年我九十岁，一周工作七天。周一到周五每个上午在永中社区诊所出门诊，下午休息；周六到容城县大河镇医院出诊一天；周日到满城保定第七医院坐诊一天。

容城县大河镇医院是个镇医院，院长想请省医院的大夫指导他们的医疗工作，提高医疗水平。得知我已经退休且不在省医院工作了，就托人找我，表达请我帮助他们建设乡镇医院的愿望，我同意了。容城县大河镇医院在比较偏僻的乡镇，因为老百姓来个钱不容易，来市里看一次病不容易，确实需要我，就是远我也去。我不在乎钱，更不会讨价还价，很快乐。

我在永中社区服务站工作不拿钱，那是女儿开的，算是支持女儿的社区医疗服务工作。她开诊所我事先不知道，一切准备好了才告诉我和她爸爸。我看诊所蛮像样儿的，女儿问："妈妈,帮我出诊行不行？"反正那会儿我已经完全退下来了，等于是她给找了个大事儿干。于是每个工作日抽出半天来，无偿支持女儿工作。

行医七十年感悟

人的生命只有一次，医生是生命的卫士，受人尊敬。当年的医患关系，病人如亲人一般。我认为救死扶伤是自己的责任，听到病人说治疗后好多了，心里是安慰的。病人痊愈出院时，会感谢救命恩人，医生会将患者送至科室门口，恋恋不舍，有的还成为亲戚关系。如果病人治疗效果不佳，除了翻阅书籍外，我还会请其他医生会诊，请外地专家会诊，想尽办法医治病人，所以深受患者家属的爱戴。

现在医患之间存在一些不尊重、不谅解、不信任的问题，医生们胆小慎微，多一事不如少一事，开展工作很困难。2018年4月，习近平总书记在海南考察时指出，“经济要发展，健康要上去，人民的获得感、幸福感、安全感都离不开健康。”

▶ 入录《中国高级医师咨询辞典》

治不好病人是我最大的遗憾。遇上解决不了的问题，自己也难受，吃不下饭。死一个病人，我总是要掉眼泪，会怪自己没本事，恨自己知识少，没把病人抢救回来。

20世纪60年代，我曾遇上一个患心肌病的病人，是保定机床厂的年轻工人，还没有结婚。他的心肌炎经过治疗，效果还可以。患了心肌炎，本应该好好休养，好好治疗，但是家里非催着他结婚。我说病人不能回家去结婚，病人也和家里说了不回去。结果，治疗了大概半个月，家里来人说已经准备好结婚了。我说病人身体还没有好，病情不允许出院。他舅舅、姑姑，还有他父亲都来了，坚持要出院。我说：“他的病刚好一点儿，现在让他走，对他不好。我的意见是不能走。”家属不理解地说：“孩子是你的呀？孩子是我们的，我们就要走，就是要结婚。”后来，我无奈地说：“那你走吧，好好治疗，不能耽误了。”

过了两年多，他来找我，扑通给我跪下，我一时都没有认出来他，模样已经像个老头儿了。我问：“你是谁呀？”他说我是谁谁谁。我说：“你怎么变成了这个样子？”他的心肌病厉害了，心脏也大了，可能心衰了。那时没有超声波，我给他看完开了一些药，叮嘱他回去以后还要好好治疗。他也没钱治病了，而且爱人还生了一个孩子。他回去以后还给我写了一封信，说回来以后吃了我开的药好多了，肿消了，气短也有好转。他的药吃完了，让我再给他买些药，我买了药给他寄过去。药寄过去之后，他给我回了封信，说这可能是最后一封信，读完这封信我哭了。后来他死了，才三十来岁，非常可惜。

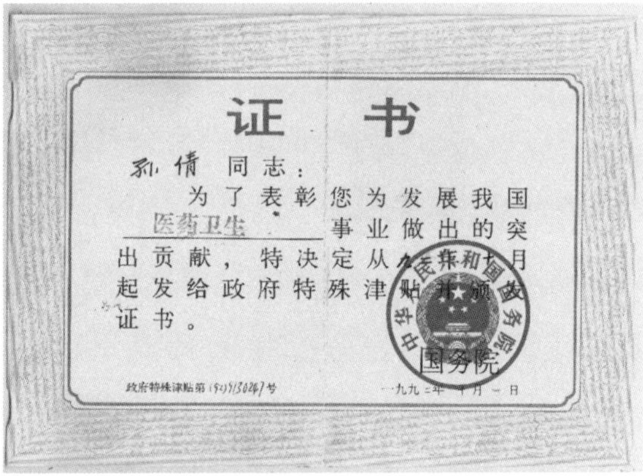
证 书

孙倩 同志：

为了表彰您为发展我国医药卫生事业做出的突出贡献，特决定从九二年十月起发给政府特殊津贴并颁发证书。

国务院

政府特殊津贴第（92）9130267号

一九九二年十月一日

▶ 享受政府特殊津贴证书

行医七十年，我深深体会到病人的痛苦，病人求医之难。老牛自知夕阳短，更应好好地为人民服务。作为医生，首先要培养医德，把病人放在第一位，无论白天黑夜，随叫随到，不怕脏不怕累，全心全意尽自己一切努力为病人解除痛苦；其次是技术，技术是为人民服务的本领，有了技术，还要有胆量，敢于创新，不怕困难；再次要不断学习，吸收新事物，充实自己，团结同道、宽以待人、严于律己、尊重别人，才能共同进步。

我想说说对张海松院长的印象。海松这孩子很仁义，这是我对他的第一个印象。我们科有一个大夫，从化验室退下来以后，在哪个科上班成了个问题，后来海松接收了，他说：“主任，在我们肾内科，只要有我海松的奖金，就少不了他一分。”我老头子有糖尿病、心脏病，后来肾功能不好。有一天，我去给老头子办住院手续，开住院证的时候遇上海松了，他问我什么事，我说：“老叶住院，我给他办手续。”结果我还没回到家里，他已经推了推车，把我爱人给接到医院了，这是第二个我所感动的。第三个，这孩子重感情，尊重老同志。他工作很好，也没有乱七八糟的事，很可靠。

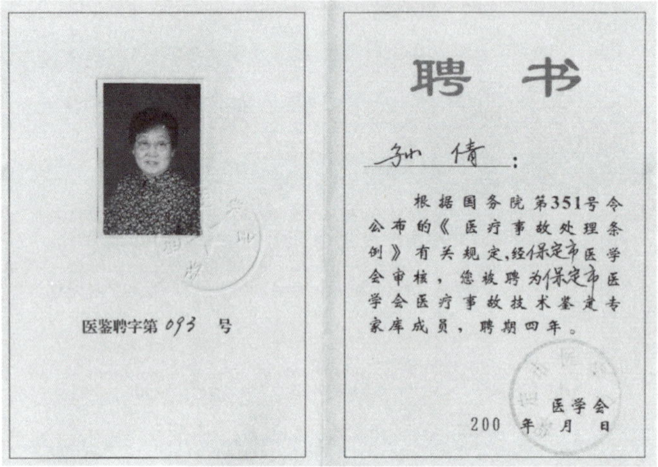
医鉴聘字第 093 号

聘书

孙倩：

根据国务院第351号令公布的《医疗事故处理条例》有关规定，经保定市医学会审核，您被聘为保定市医学会医疗事故技术鉴定专家库成员，聘期四年。

医学会
200 年 月 日

▶ 保定市医学会医疗事故技术鉴定专家库成员聘书

作为一名在省医院工作了四十七年的老大夫，我希望省医院成为保定首屈一指的医院，希望年轻人在院长的带领之下，把工作做好，开创新的东西，造福保定人民。

访谈后记

2018年8月6日上午9点，正值北方的酷暑炎夏，我们走进保定市永中社区卫生服务站。透过洁净的玻璃窗，看见略显狭小的诊室里，一位身穿白大衣的老人正聚精会神地读着报纸。她一边读，一边还不时地在病历本上做着记录。走近些，题目看清了：“心脏支架有寿命吗？”心中不由一动，悄悄抓拍下这个美丽的瞬间。

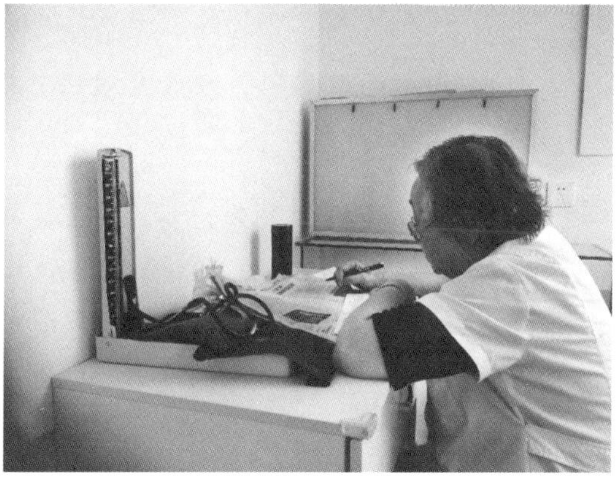
▶ 孙倩永中社区卫生服务站工作照

由此，我们开始了对孙倩主任的第一次访谈。访谈地点颇有些与众不同，不是在医院安静的访谈室，也不是在她舒适的家里，而是在她略显忙碌的工作现场。年已九旬的孙倩主任依然工作在一线！多达七八次的访谈，使我们走进了一位德技双馨的医学专家的精彩人生，也让我们有机会领略了她长达七十年的从医之路……

所有的访谈结束，孙倩主任送我出诊所，时值黄昏，老人家的一头华发在夕阳的照射下闪着光，天使般的面庞满是慈爱与平和，眼睛里满是纯净与快乐。

我没有见过天使，而她，分明就是我心目中天使的模样。

她果敢，在她指挥抢救病人时镇定自若、铿锵有力的话语里；

她悲悯，在她全力抢救病人却无力回天时难过、失落的泪光里；

她谦逊，在她面对成绩、面对荣誉、面对提拔时诚恳的推辞里；

她愧疚，在她外出工作时爱子延误治疗留下的遗憾的叹息里；

……

她说，至今她不会花钱，不会买衣服，也疏于厨艺，她甚至想不起、叫不出“挂面”的名字，而描述为“细细的、长长的，白面做的”，几十年过去，这个趣闻至今还留在老省医院人善意的传诵里……

医为要务，心无旁骛。唯有一辈子做医生的专注，才成就了这位从医七十年的大医生！

尹瑞山：当医生，就要当好人民的医生

访谈时间：2019年4月9日—5月14日（共三次）

访谈地点：尹瑞山家

被访谈者：尹瑞山

访 谈 者：王树林

（文中所有照片均由尹瑞山提供）

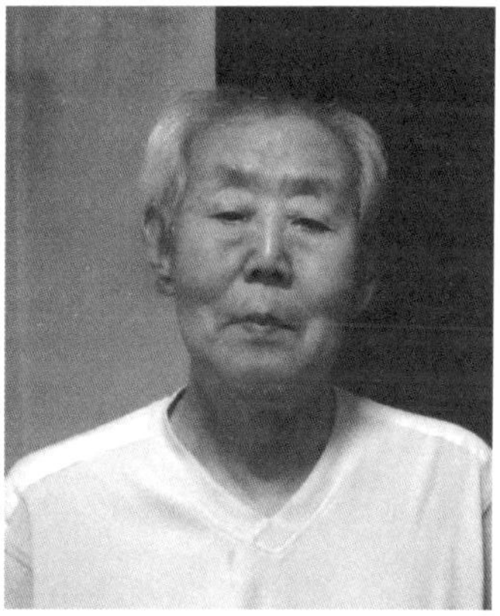

尹瑞山，1931年2月出生于河北保定市，外科主任医师，河北大学附属医院普通外科原主任，河北省职工医学院外科教研组原主任、教授，河北省医疗事故鉴定委员会委员，河北省外科学会常务理事，保定医学会副理事长，保定市外科学会主任委员。

一、服从组织安排，高中毕业走进医学院

我这个人生活上纵比，跟过去比，生活在不断提高，觉得怎么比怎么痛快；工作上横比，往一定的高度上去追求，我觉得这个观念对我来说，是很重要的。

我的小学、中学、大学是按部就班地一步一步走过来的。我是保定一中高中6班的学生。1951年我临近高中毕业的时候，河北省教育厅派人到唐山、北京等地的高中挑选学生，为培养医疗人才做准备。省里的人也来保定一中进行宣传动员，鼓励学生们学医，我也被动员了。我本来是想学工科的，有当工程师的理想。我对医学没有任何认识，那个时候讲究服从组织分配，所以我就被保送到了河北医学院，也就是现在的河北医科大学——这个学校办学年头儿很长，在清朝末年的时候是北洋医学堂。当时保定一中一共去了七名学生，本科两名，专科五名。

入学之后，我和一个同学被分配到了医疗系本科班。那时候的本科要学习七年，现在变成了五年。当时学校在天津，学习了两年后，学校迁回了保定，地点就在保定市的北关，现在河北大学那个地方。又学了两年，生产实习时我被派到天津总医院，这个医院在北方比较有名，在这儿一年的实习对我以后从事医疗工作帮助很大。

为什么在天津总医院实习对我的帮助很大呢？因为在当时那个特殊的年代，北京的协和医院被日军抢占，一些医生被轰跑了。这些医生有很多到了天津总医院，他们的学术思想、学术作为和方法对我影响很大。在一年的实习过程中，我得到的教育和帮助是非常深刻

▶ 先进工作者荣誉证书

的，最重要的是懂得了“要做医生，先要做人，当医生，就要当好人民的医生，要终生学习、研究”的道理，这也就是后来我认真工作、为病人着想的思想基础，也是我报恩思想的初心，我最初的梦。现在回过头看一看，我没有辜负党对我的培养。

1956年大学毕业后，我被分配到当时的保定卫校工作，也就是后来的河北省职工医学院，现在叫河北大学医学部了。正式上班之后，我教外科课程，同时在医院（今河北大学附属医院）的外科做临床工作，所以我的工作是一边教书，一边当医生。

二、把党的教学工作做好，当好老师，教好学生

我这个人做什么事情都比较认真。当时就想既然到了保定卫校，要教课教学生，那我怎样才能把课教好呢？我没有上过师范学校，也没学过教育学。不懂啊！怎么办？我就到图书馆借一些教育学的书籍，边工作边自学。

我记得当时借了一本凯洛夫主编的《教育学》。这本书里面有教学法的内容，对我的帮助非常大。我还看了一本德国的书，讲的是怎样做报告。美国也有这方面的书，说的是怎样做讲演，我也看了一些。我觉得这些书都和教学有关系，既然让我教课，我得有这方面的知识啊，不然我怎么给学生讲好

聘 书

兹聘请 尹瑞山

为我 医学教育研究室兼职研究人员

受聘单位 医学教育研究室

聘研字第 四 号 一九八六年 一月十八日

▶河北省职工医学院医学教育研究室兼职研究人员聘书

课呢？我还读毛主席的《矛盾论》和《实践论》，因为实践论就是认识论，矛盾论就是方法论。医生就要认识疾病，知道病人得的什么病，知道了是什么病才可能去治病，这就是方法了。我教的课受学生欢迎的原因就在于我重视基础理论学习。读了这些书以后，我慢慢知道了怎样写教学教案，重点是什么，难点是什么，一堂课怎样开始，怎样上课，怎样组织课堂，怎样和学生进行互动，怎么直观，怎么有趣味，在教学中举什么例子才能吸引学生。

上课之前，我都做好充分的准备。给医学院的学生上课，如果只是干瘪地讲疾病，那是没什么意思的。我按教学法要求讲课，学生非常感兴趣，愿意听我的课。当时还有一个上海医学院的毕业生梁大夫也分到了这个学校当老师，我们两个住在一个宿舍。他在教学工作中非常认真、负责，基本上每天晚上十二点以前没有睡过觉。他自己编教材，自己刻蜡版，但是学生反映，他的课堂教学比较沉闷、死板，不太爱听。我当时还建议他看一看教育学方面的书籍，他不看，认为没必要，但教学效果总不尽如人意。

可以说，当时我是将医学的内容运用比较先进的教学方法进行了授课，这样做也得到了学生的认可。在教学工作中，我觉得要对学生负责，更要对自己讲过的内容负责。有一年快过年的时候，班里的班长、团支书、学习委员到我那里表示感谢，那是50年代，学生们当时认为“永垂不朽”这个词儿很好，就把这个词儿送给了我。我当时也没有给他们点破，我知道这是学生们对老师的爱戴，是学生们对老师的一种好的情感的表达。这件事也传成了笑话。我教过专科医师班、中专护士班、助产士班、医士班等专业，当时也没有什么教材，为了让学生很好地完成实习工作，我给他们写过生产实习指导小册子。

1958年，保定卫校和通州医士学校合并。通州医士学校前身是新中国成立前的晋冀鲁豫边区冀南专科学校，北京解放后这个学校就从原来的平原省搬到了北京通县。保定卫校和通州医士学校合并后就成了河北省保定医学专科学校，河北省决定在这个学校招收初中起点的五年制专科班，一共两个班，近二百名学生。当时开设了外科方面的课程“外科总论”，领导派我教这门课。50年代的时候，我们国家的医学教学是没有教材的。没有教材，我就收集资料编成一本很厚的外科总论讲义。当时一边编教材一边上课，每次上课之前先给学生发课前编写好的讲义，最后装订成册，就成了一本教材。那批学生学习很认真，毕业之后也非常受当地医院的欢迎。我们医院的院长、书记、科室主任，还有保定市各县医院的一二把手多数都是这拨学生担任的，省内各地区有很多医院的医生和护士也是我的学生。可以说，我的学生遍布河北省医疗领域。一直到60年代，我始终担任着外科课程，同时还在医院里面负责七十二张床的病人的诊疗工作。节假日还要值班，平时还值夜班。那个时候，有一位老师的课被学生罢课，要求换老师。当时主任就找到我，让我去接那个老师的课。那个年代对分配的工作是不能讲条件和困难的，这样一周我就要上十二节课。

我的工作任务更重了，唯一能够帮助我的也就是两个进修的大夫，一个是安国县医院的医生，一个是河北大学的校医，但是很多具体的问题还得我去解决。如果按照教学工作来说，一周十二节课就可以脱产，即不用在医院做医生了，但是我没有那样做，我一直坚持着既教学又给病人治病。由于劳累过度，有一天晚上值班，我晕倒在了厕所里，后来被人发现了，赶紧把我搀扶起来，总算没有出大的危险。我用水洗了洗，抹了点儿碘酒，继续值夜班。其实也是由于当时生活质量不高，伙食比较差，身体很虚弱的原因。

其间，门诊收了一个甲型黄疸型肝炎病人，最初是当作胆囊炎病人收进来的。我在外科对病人进行了检查，觉得不对，我就请内科的大夫来会诊，内科的大夫同意我的判断，说是甲型黄疸型肝炎。这种病具有传染性，我建议转到内科病室，结果内科那边不要，只好转传染病医院，不知道什么原因，传染病医院也不接收。病人只能住在我们外科，我就尽心尽力地治疗。他的病情很快有了好转，黄疸也逐渐减轻了，后来康复出院了。没想到我却被传染上了，可以说那时候做医生从来不考虑自己的安危，一心只是想让病人尽快健康起来。患了这个病之后，我的身体状况很差，一点儿劲儿都没有。主任同意我住院治疗，可是医学院那边的课怎么办呢？没办法，我就只好拖着严重黄疸的病体去给学生上课。学生也看出我说话没有力气，眼珠很黄，就给我搬了个凳子，坐着讲课，这样坚持了一个星期才去住院，住了两个多月黄疸才消失。住院期间，由于输液，我的血管都被扎烂了，直到现在如果需要输液，都找不着血管。住院持续了五个多月，肝功能实际上还不是很好。这时有人就劝我出院，让我去当“529干部”。“529干部”的意思是为了避免被扣工资，就住院5个月29天。如果住院超过六个月，工资就会扣减20%。那个时候我的月工资才六十五块钱。如果再扣钱，我的生活就会出问题。这样我就出院了，象征性地上了几天班就又住院了。现在人们总说，为了工作累垮了自己的身体，是自个儿犯傻，可是那个年代总是怕别人说自己落后，怕别人说自己有个人主义，所以都以工作为重。我又住了一段时间，身体见好就出院了，但是身体一直不行，连着好几年，一到春天就发病，需要住院。

我自己的家庭也可以说是很不幸的。我的几个孩子都患有先天性进行性肌营养不良。患这种疾病的人在七八岁之前是正常的，七八岁之后一年不如一年，甚至走路都会出问题。这是一种家族遗传性疾病。当时我爱人也没有工作，一大家子人，收入就是我每月的六十五块钱。在那个年代，生活是很困难的。我记得当时我被传染上黄疸型肝炎，我大儿子也被我传染了，可以说真是祸不单行。但即使在这样艰苦的环境下，我也没有影响到工作。这源于我对医学的热爱，对疾病的不知害怕。

三、精益求精，开展高精尖手术

怎样才能成为一个好医生呢？我认为基础理论的学习是非常重要的。临床是实践经验，理论是保障、是基础，这两个方面相辅相成，缺一不可。

1964年的时候，河北省开办了一个专职年轻医生外科专科班，我是任课教师。学员们都有一定的临床经验，怎样让他们进一步提高呢？根据学员具体情况，我给他们开了一门新课“局解手术学”，这门课对他们提高临床水平非常有帮助。我上学时也没有学过这门课，可是在临床工作中，我知道这部分内容很重要，根据经验体会，我编写教学计划、制订教学大纲、编写教材内容。

在讲授阶段，我采取开放式教学法，就是学员自己想做什么手术，有什么想法，自己写计划、定方案、写报告、绘图谱，发挥各自的能动性，独立完成课题并公开讨论。当时做这些实验主要是用狗，但正值三年困难时期，粮食都是定量的，人都没吃的，哪有东西喂狗啊。怎么办？我以羊代替狗，但又对羊的生理结构不了解，我就到农大兽医系去了解羊的解剖，也算是现趸现卖吧。关于内脏器官的位置，血管和神经的走向特点，给学生讲解清楚，还有对胃、肠道、肝脏、胆囊、肾脏等的手术，要求在实验的前提下，由学生自己去设计。当时这些年轻人在临床上也就能做个阑尾、疝气等小手术，通过“局解手术学”的学习，他们学会了更多的手术，提高了实践技能水平。当时，学生们一共分成六组，每组的实验手术都是组内定的。实验课是开放的，充分发挥了学员的能动性，这样的实验教学非常受学生欢迎，也使他们收获很大。

后来，省卫生厅医教处的领导来保定观摩我的开放教学法，学员们井井有条，忙而不乱，有负责麻醉的，有术者，有第一助手，有第二助手，还有一个巡回的。一个小组分工非常明确，并且一个小组内的学员在不同的手术实验岗位上进行轮转，各自写实验报告，总结经验教训，在干中学。观摩结束之后，医教处领导非常满意，认为这门课程的开设非常有意义，是必要的。

“局解手术学”是实验性很强的课，为了开好这门课，学校派人到上海千方百计地寻找尸体，没有找到。解剖课没有尸体是没法儿上的。后来又到了武汉，才找到了一部分尸体。当时有一个词叫“南尸北调，北尸南移”。为了教学需要，我将尸体解剖，做成标本，我和学员们就能直接接触到人体的各个脏器。我这个人有个特点，就是什么地方不明白、什么地方生疏，我就爱钻研什么地方。

有一年的大年三十晚上，学员们都放假回家了，老师们也都回家过年去了，我自己跑到学院去做人体解剖。当我把尸体房打开时，说实话，心里也害怕啊。我把盖尸体的油布打开，就看见了两具尸体，然后就一个人开始做人体解剖，再把一些脏器器官做成标本。通过这样的解剖操作，我对人体的结构了解得非常清楚。我认为这样的学习过程对任何一个医生来说都是必要的。

外科有一种手术叫胰十二指肠手术，这种手术是外科的高精尖手术，难度最大。因为这种手术涉及胃、胆道、胰腺、十二指肠，还涉及脊柱部位的神经和血管，这些都是相当复杂的。能够成功地完成胰十二指肠肿瘤切除手术的医生是非常了不起的，因此，外科把胰十二指肠手术作为外科代表性手术。

1961年，我只是一个住院大夫，上边有主治医生，还有科室主任，由于保定医学专科学校为了在当时的市二医院开辟教学实习基地，我就被学校提升为外科主治医生。在市二医院碰到了胰十二指肠手术，我做不了，当时保定能做这种手术的医生可以说没有。1964年我开设局部解剖课后，对人体的结构认识得非常清楚了，再加上我积累了一些临床的技术原则和方法，逐渐地我就能实际操作了。可以这样讲，当时的石家庄二医院有没有人能做这个手术，我并不清楚，但是在保定我是第一个能做这种手术的医生。

为了弄清楚人体的盆腔结构，我把人体标本盆腔以上部分截下去，再把盆腔以下部分也截下去，只剩下骨盆部位，然后用一个铁丝把这个骨盆穿上，用绳子挂在外面的树上，那时候是冬天，一晚上就冻得非常结实了。到了白天，我就用锯沿着骨盆的矢状面锯开，这样一个骨盆就从中间分成两半了。然后，我一点儿一点儿地对它进行解剖，哪儿是膀胱、哪儿是尿道、哪儿是输尿管、哪儿是前列腺、哪儿是精囊、哪儿是直肠血管，内脏器官的相互关系，血管、淋巴、神经的走向，都弄得清清楚楚的，做成标本装在玻璃罐里，放在家里我自己的床下。家里人都说这哪儿受得了啊，因为防腐液里面有福尔马林，弄得满屋子的气味很呛。后来，我就把这些标本放到了外面的一个小房子里面。妇产科的医生听说我这里有这些标本，非要我给他们讲一讲，我就拿着这些标本给他们上课，主要讲子宫、卵巢等女性的人体结构。“文革”时期批判单纯的技术观点，我一看对自己很不利，家里面放着这么多的人体标本，害怕被批判，我就把这些标本都当垃圾扔掉了，现在想来很可惜。

回想起来，那一段时期的解剖工作对我从医以来的帮助作用是最大的。

四、钻研基础理论，把握临床技术原则，培养创新能力

在临床工作中，我给病人看病都是从基础开始，所以关于疾病的基础理论、临床知识，我积累得非常多。别的医生到外地大医院去进修，跟着那里的医生做过什么手术或者做过什么手术助手，学了一些手术技术，回来后就可能会做一些手术了。我缺少这种经历，没有外出进修过，但是我特别注意收集信息，领悟信息中的技术要点，知而会是个大台阶，必须攀登，以科学知识、

技能经验做保障，变不会为会。这种水平不是每个人都能达到的。

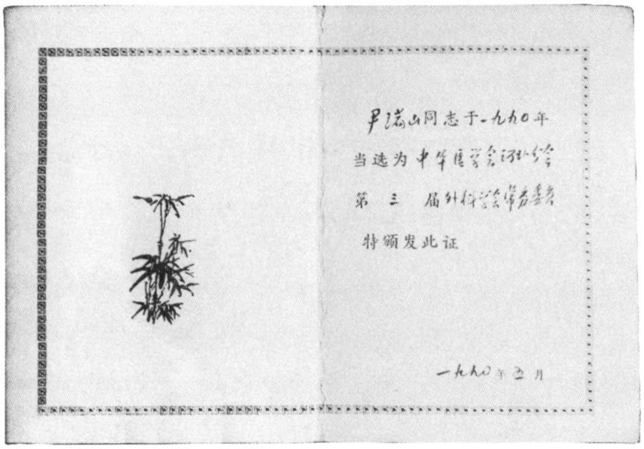

▶ 中华医学会河北分会第三届外科学会常务委员证

我购买了不少关于外科医学的书籍和杂志，尽管我的工资很少，但是在订医学杂志的事情上，我从来都不吝啬。通过读专业杂志，我了解了其他的外科医生都在做哪方面的工作，国家的外科在什么水平上。只要看到哪本书上有手术图谱，我都会买下来。我边看这些图谱，边琢磨写图谱的这个人。他为什么这样写？他是怎么做的？这样做的目的是什么？就这样，通过不断学习，我头脑中积累了很多别人关于手术的一些图像。这对我后来的临床手术的精湛、淡定、无血、标准、安全、效果好，非常有帮助。

从历史上看，医生的成长都是别人教一个手术，自己就会做一个手术，别人教的多，自己会的就多，别人教的少，自己会的就少。我觉得有了扎实的基础理论，结合临床的经验，对我来说设计一台没做过的、有难度的、新的手术，是有现实基础保障的。病人需要什么手术，就能做什么手术，最大限度满足临床治疗所需，扩展解除病痛的方法，我认为这是更高水平的标志。

我们医院曾经有一个放射科的技术员得了胰头癌。因为是本院的人员，医院就请来了北京的肿瘤专家给这个技术员做手术。可是北京的专家打开腹腔后认为手术不能做，只做了个切片，关

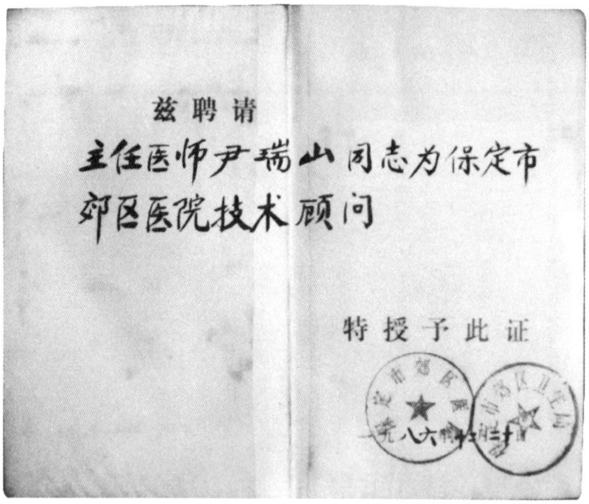

▶ 保定市郊区医院技术顾问聘书

▶ 中华医学会保定地区外科分会第四届委员会主任委员证书

腹放弃，确诊是癌症。术后造成了遗漏，切口处总是往外流水，三个月后出现了肠梗阻。肿瘤科就找到我会诊，决定剖腹探查，解决肠梗阻问题。经过探查，发现他的肿瘤能做手术切除，所以我把肿瘤切除，又把肠梗阻变成了胰十二指肠切除术，手术成功。但是，毕竟病情耽误了三个月，手术后，他又活了十个多月。病人说：“要知道如此，何必请北京的专家，很后悔。”

80年代的时候，涞水有个胰体癌病人，从北京去了两个专家，检查病人后，认为当地的条件太差，无法进行手术，建议病人转北京治疗。患者当时的家庭经济情况很差，哪儿有钱去北京治疗啊，县医院就给我们医院打电话。院长派我去涞水会诊。我到了那里之后就给病人做手术。我发现病人的大肠、胃都有不同程度的问题，根据实际情况进行了切除，又根据恶性肿瘤的根治要求，将胰体尾连同脾脏一起切除了。手术顺利成功，十三天后病人出院。

胰十二指肠根治手术，技术水平是关键，现实条件是相对的，我当时是在安国防疫站的临时简易手术间为胰头癌患者成功安全地完成手术的。

石家庄和平医院的医生给病人做保留脾的脾腔分流术，就是让脾静脉和腔静脉吻合，解决肝硬化和脉高压症的问题。石家庄那边的医生给我介绍了这个手术，我一听就明白了。回来后，我在我们医院就能做这个手术了。别人说你又没看过，你怎么知道这个手术怎么做呢？我说外科手术的切开、缝合、结扎、止血，这些基本技术的基本原则掌握了，符合客观生理的规律，自然就能做这些手术了。

我举这些例子想说明什么呢？我只是想说明，一些大医院的医生水平很高，这个我承认。但是当他们到了基层的时候，他们可能会受到某些思想观念的限制，认为条件不行就不能做手术。我的想法就是否定唯条件论，要在不利的情况下能创造条件把手术做成。硬件条件不是关键的因素，条件是要人去解决、去创造的，医生想的只能是怎样能给病人解决问题。虽然没有出去进修过，也没有看到过别人的某些手术过程，但是经过自己的认真思考总结，我可以把自己没有做过的手术变成能做。

50年代，省医院搬到红星路这个地方，当时只能做一些阑尾炎、疝气等简单的手术。我记得有个医生叫石文滔，他跟着北京来的胸科医疗队学习做胸部手术，为建立胸科奠定了基础。还有泌尿科的开设，是当时的老主任到山东学习几个月后回来才开设的。我就问自己，我没有出去过，能不能做我没有看见过的手术？通过将基础理论临床知识、基本技能和临床经验相结合，我逐渐悟到了一些新手术的要点。到了60年代，我们医院开了一些新手术，如直肠癌保肛、肠腔分流手术等，个别手术在全省都是第一例。这并不是说我的水平多高，说明重视基础理论是打开各种手术的钥匙，医生应该终身学习，更应为党、为人民奋发图强，不断进取。

五、全心全意为人民服务

我的家庭是比较贫寒的。按照我家的经济状况，吃饭没有问题，可是上学却显得很困难，因为那个时候上中学、大学都需要花很多钱。幸亏1948年保定解放了，我才有机会上学。共产党培养了我，没有共产党我不可能上大学，也就没有我今天当医生的经历，更没有今天的生活。既然是党培养了我，那么党让我干什么，我就干什么，听党的话跟党走。

我认为，医生面对疾病必须认真负责，医生的心和病人的心拧成一条心，才能更好地为病人服务，想病人所想，疼病人所疼，急病人所急。正因为心里始终有这样一种想法，所以我始终告诫自己心里必须装着病人，做一名好医生。

70年代，为了响应毛主席“把医疗卫生工作的重点放到农村去”的号召，我就带着我们科室的年轻人到乡下去了。当时我们去的是安新县沈家坯村，就在他们的生产大队办公室给贫下中农做了一天的手术。这些都是无偿的，做完了之后就回来了。后来人们听说省医院的大夫可以下乡做手术，为病人看病又不要钱，清苑县大庄村的村民就找到了我们，请我们去那里治疗甲状腺病人。那个时候，高保路刚刚开修，坑坑洼洼的，我们几个人骑着自行车，带着手术器械就去了，给很多病人做了甲状腺手术。老乡们都特别高兴，不知道怎么感谢，都说是国家政策好。

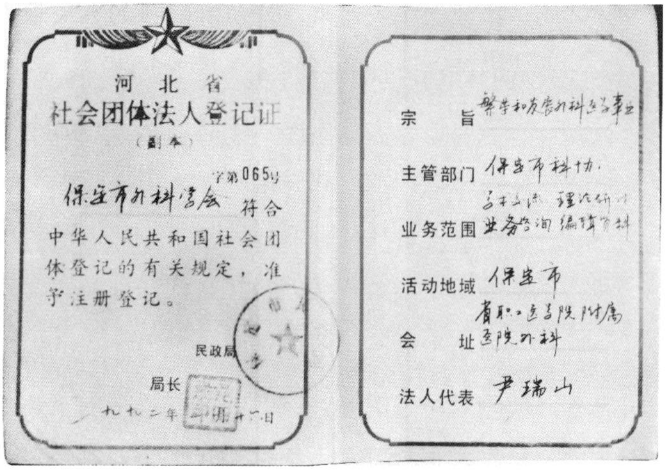

▶ 保定市外科学会法人证书

1966年以前，党中央在高碑店（当时叫新城）建立了一个全国的“四清”试点。我们医院响应党的号召，也派出了医疗队到高碑店进行医疗工作。我那时还年轻，可是院里却让我担任第一副队长，由一个指导员带队。我们这么一大群人就下去了，直接去了河东，就是白沟河以东。那是缺医少药、非常贫穷的地方，我们到那里就支起了用白布做的帐篷，大概有十几平方米吧，四角一坠就是一个密闭的空间，往地上洒些水不起尘土了，就可以做手术。

有一个老乡带着孩子来找我们，孩子的臀部有一个很大的骶尾部畸胎瘤，就像绵羊的那个大尾巴一样，这是从骨盆的下部往下长的，往下坠着，肛门功能受到了影响，肛门不是冲下，而是冲前了。因为这个畸胎瘤整个坠下来了，这个十二岁的孩子从小没有坐过，因为有这个畸胎瘤没法儿坐着。上学的时候不能坐凳子，所以只好蹲着。家长说去过北京，北京的医院要收四百元的住院手术费。当时村里面的一个劳动力一天一个工分才一毛几分钱，这四百块钱对他们来说是一大笔钱，所以就没有在北京进行治疗。我很同情他们，决定给孩子做手术。我给县医院打电话，让他们派人过来，一位麻醉科的大夫来了，他们主任也来了。我们就在公社的两间屋子里支起帐篷，给孩子做了切除手术。手术之后，住了几天院孩子就回家了。后来他父亲又来找我，说孩子走路老摔跤。我就纳闷怎么老摔跤呢？孩子父亲说小孩子走路的时候老是往前扑倒。我一下子明白了，小孩子屁股后面原来有一个瘤子坠着，所以孩子是往后仰着走路，现在突然切除了瘤子，他不平衡了，所以走路不稳当。我就告诉他回去之后让孩子挺着胸走路，锻炼一段时间就跟正常人一样了。孩子逐渐康复了，一家人非常高兴，夸赞“四清”医疗队真好。

这个手术做成功之后，一下子就传开了。固安县有一个肝硬化病人，脾脏很大，脾功能亢进，但是家里条件很差，确实没钱，问我能不能帮他解决。人家说得那样诚恳，作为医生就应该为病人解除痛苦，所以我就想办法给他解决，后来就在他家的炕上给他做了脾切除手术。这个病人恢复得也很好。

还有一个病人是脉管炎患者，脚已经烂了，疼得一夜一夜不能睡觉，问我们能不能给他做手术，把他的腿进行截肢，脉管炎一般要进行高位截肢。我一看他那么痛苦，而且疼得老想上吊，家里人还得老看着他，我就到他的家里，在他家的炕上给他进行了大腿高位截肢。

记得当时还有一个病人来找我，说他的屁股总是流脓，夏天的时候皮肤都有些溃烂，去县医院看过了，让交四十块钱的医药费，没有那么多钱，交不起。这说明当时农民们的生活确实很苦，我检查后觉得可以给他做手术，就让他按照我的要求去买些东西，半尺气门芯儿、两尺丝线。我告诉他回家后，把气门芯儿和丝线都放在碗里，再搁在锅里放上水，把两根筷子绑在一起，也放在锅里，绑筷子的线头要放在外边，再加上一根自行车辐条，用开水煮半个多小时。到了晚上，我拿着手术钳、一管麻药、几片止疼药、三天的消炎药，就去了他家。那时候天黑了，农村也没有电，只好点着一个小油灯，我让他家属拿着油灯站在那儿，可是他的老伴儿害怕，我就让她背对着我，举着油灯给我照着亮。我用那根已经磨得很尖的辐条当作探针，从破口伸进去找到内口，再用丝线和气门芯儿将患病的部位给圈起来绑上，然后用钳子夹紧，让他老伴儿一手举着油灯，一手用力拽着钳子，我再用丝线把肛门外面的皮肤系紧，实际上就是用丝线和气门芯儿紧紧地绑住了肛门处患病的位置，由于绑死了，患病处慢慢地就会缺血坏死，就会脱落下来。这种方法叫“挂线”，中国的老中医们都会。病人康复以后，找到我表示感谢，说没想到在县医院要花四十块钱，我给他做的手术总共才花了一块七毛钱。

以上这些病例都体现了党对农民的关心，所以我觉得党的政策非常好，非常必要，因此我就觉得当个医生很自豪。我说这些病例的意思是作为医生不只是技术问题，关键是医生的心。毛主席在《为人民服务》那篇文章里说，要全心全意为人民服务。所以医生的这一颗心要永远与病人、与病人家属的心紧紧贴在一起，将心比心。我认为当医生总结起来就是两条，一条是全心全意为人民服务，一条是技术要精益求精。

六、培养人才，把手术送到边区、老区、山区

大概在70年代初，我给卫生局打报告，建议卫生局对各县外科的一二把手举办为期一年的医疗提高补缺进修班。卫生局认

为这个建议很重要，马上下发了通知。各县陆续来了二十多个学员在我们医院进修学习。我给他们制订学习计划，有统一性的大班讲课，也有各专业的具体研讨。有的县医院缺少骨科，那就以学习骨科为主；缺少泌尿科，那就以学习泌尿科为主。根据各县的要求进行培训，大部分都是属于普通外科。经过一年的进修培训，这些人的外科水平有了很大的提高，都非常满意。

粉碎“四人帮”以后，党中央不忘边区、老区、山区，拨了一笔专项资金解决这些地区群众的大脖子病，就是甲状腺疾病问题。当时最急需的就是专业的医疗人员，尤其是能够做甲状腺手术的专业医生。

要办甲状腺手术学习班，医院派我去易县搞培训。为了更好地把这项任务完成，我决定分南北两批先后举办，北边在易县，南边在唐县。每个县要派五个人参加学习，这五个人，有两个医生、一个麻醉师、一个器械护士、一个巡回护士，五个人算一组，负责一台手术，我教他们怎样安全地做甲状腺手术，一边做，一边辅导技术要领，做到一丝不苟。两个月下来，在易县我们做了二百多例甲状腺手术，学员们的体重平均下降了十四斤。

在唐县办了第二个甲状腺手术学习班，人员来自另外五个县。我给他们讲课，头一天讲的课，第二天我就要提问，都是非常重要的内容。学员们学习态度认真，睡觉做梦都是手术。由于我要求特别严格，有一个涞源的医生紧张得晚上睡觉做梦，突然就站了起来，还说着甲状腺手术的内容，把同屋的同事吓了一跳。那时候，我们做手术一般都是早晨五点出发，晚上十二点才能回到住处。有的村很远，要翻山越岭走山路。有时候回去很晚了，我也要给大家开会，总结一下一天的工作，鼓励大家坚持做好工作。有的医生发烧感冒吃着药，为了更好、更安全地完成任务，一边扎着针灸缓解头痛，一边做手术，轻伤不下火线。有一个从涞水来的护士，由于过于劳累，工作的时候端着器械盘子就倒在地上了，经过简单休息，爬起来马上又投入到工作中去。

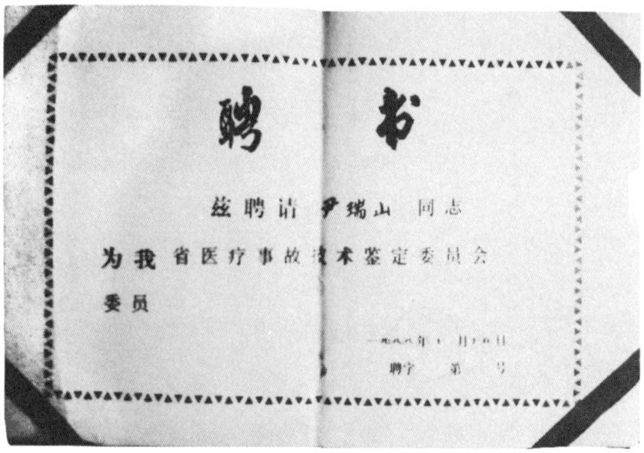

▶ 河北省医疗事故技术鉴定委员会委员聘书

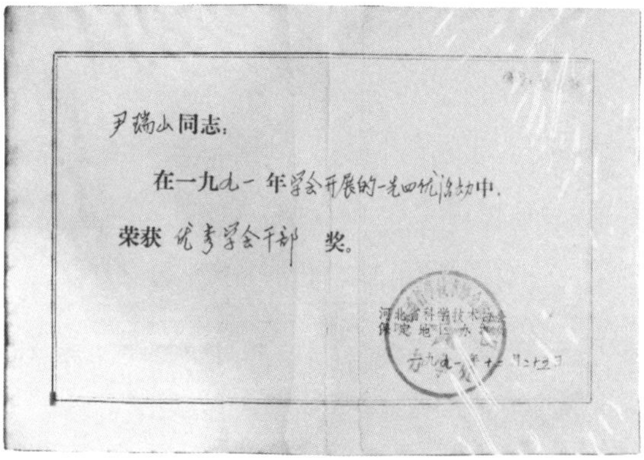

▶ 河北省科协优秀学会干部获奖证书

这两期学习班办完之后，我组织了一个医疗手术队，带着他们到山区各县，如阜平、涞水、涞源巡回手术，纪律严明、手术过硬、艰苦认真、不怕困难、任劳任怨，有点儿像抗日战争时期那种山区游击队。当时我们这个医疗队是指到哪儿打到哪儿，没人叫苦，一切为了病人，工作雷厉风行。等到这项工作结束的时候，大家已经建立了战友般的友谊，要分别了，抱头痛哭，难舍难分。学员们纷纷表示将来无论如何也要再组织类似这样的医疗队。

我记得在涞源的时候，当地的老乡说，“白求恩医疗队”又来了。这样的称呼和评价，我觉得我们是承受不起的，但是工作中必须认真负责、全心全意为人民服务，切实减轻老百姓的病痛。那次巡回手术的成绩得到了上级领导的肯定。

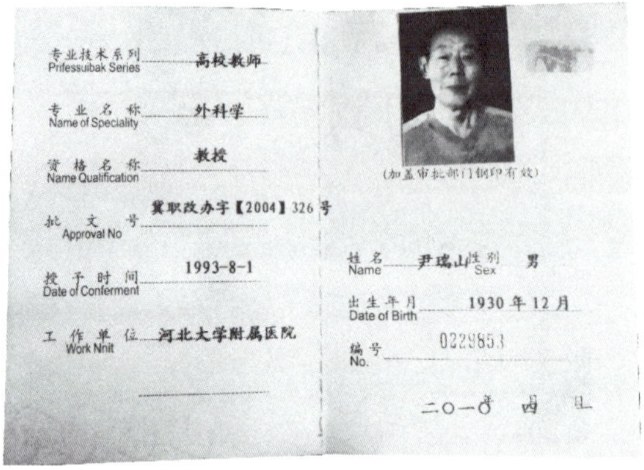
专业技术系列 Prifessuibak Series 高校教师
专业名称 Name of Speciality 外科学
资格名称 Name Qualification 教授
批文号 Approval No 冀职改办字【2004】326号
授予时间 Date of Conferment 1993-8-1
工作单位 Work Nnit 河北大学附属医院
(加盖审批部门钢印有效)
姓名 Name 尹瑞山 性别 Sex 男
出生年月 Date of Birth 1930年12月
编号 No. 0229853

▶ 高级职称证书

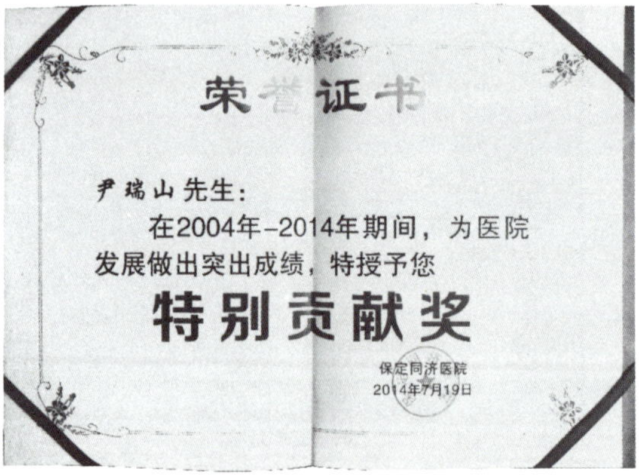
荣誉证书
尹瑞山先生:
在2004年-2014年期间，为医院发展做出突出成绩，特授予您
特别贡献奖
保定同济医院
2014年7月19日

▶ 特别贡献奖获奖证书

巡回医疗快结束时，县医院对我们提出了要求，让我为他们表演甲状腺切除手术，这种手术对于县医院来说就属于大手术了。我让县医院准备了一剂大承气汤，在手术时会用到。县医院的大夫，还有手术队的一些大夫都出席参观。手术时，我边做边讲，手术结束时把大承气汤注入了肠内，缝合手术切口。当时病人鼻子里面插一根管子到胃里面，是减压用的，胳膊上输着葡萄糖和生理盐水，我让护士把这两个管都拔掉，这叫“废两管”。我告诉病人家属，如果病人想吃东西，可以喝点儿水，吃点儿流食。原来的手术之后禁食四五天，全靠输液，现在不需要了。这两种方法合起来叫“废两管一禁”。当地的医生都很惊讶，做完手术竟然不需要输液就可以进流食了。第二天，我们去查房发现病人没了，同病房的人说今天涞源有集，他去赶集了。关于这个手术，我就告诉学员们，做手术要精细，不给病人留下后遗症，减少术后并发症。

我这一辈子主要是在医疗战线上工作，一个是教学，培养年轻的医生；一个是临床，为病人看病。我是保定市外科协会的主任委员，经常办一些外科年会和急救学习班，这对大家提高医学水平帮助很大。保定市科学技术委员会认为我们这个外科学会很活跃，活动很多，很受医界欢迎，就给我发了一个奖——优秀学会干部。

在省医院里我最佩服三个人，一个是我们的米毅院长，他的手术非常细致，特别认真，而且珍惜人才；一个是我的老领导罗庭桂主任，他引领我逐步成为一个有教养的人；还有一位叫石文滔，是胸科负责人，他非常钻研技术，视技术如生命，专业学习非常刻苦认真，是我院心脏外科的奠基人。

访谈后记

2019年暮春时节，我访谈了河北大学附属医院外科的尹瑞山老主任，地点就在他家的书房。书房中陈设简单，有沙发、茶几、书橱、书桌，书桌上摆放着字帖、毛笔、砚台等。尹主任坐在藤椅上，见到我，热情地跟我握手。经过简单介绍，我便开始了对这位年近九十的老人的访谈。

经过几次访谈，听尹主任讲了许多他既做教师又当医生的往事，我觉得这位老者的经历真是不一般。尹主任是1951年高中毕业后被保送到医学院本科专业学习的，仅就求学而言，可以说他是那个时代的佼佼者。毕业后分配到医院工作，同时在当时的保定卫校教学。他没有学过师范专业，为了能够胜任教学工作，竟然自学了凯洛夫的《教育学》，自编医学教材、自创实验；为了开好人体解剖课，亲自动手制作人体标本。每当他说到这些时，我甚至都有些恐惧，禁不住问尹主任：“您不害怕吗？”尹主任回答说：“怎么不害怕，也怕啊，但是咱们当医生的，不精通人体结构，怎么给病人看病？当着老师培养年轻医生，我要是害怕，还怎么培养他们？习惯了也就没什么了。”在整理尹主任这些访谈记录时，我常常问自己：“尹主任能够做到这些，难道仅仅是因为胆大？”

在完成全部访谈文字的整理后，我找到了答案。那就是尹主任说过的，医生要有一颗为病人着想的心，业务上一定要精益求精。或许正是那颗与病人紧贴的心，加上精益求精的执着，支撑着像尹主任这样的医疗工作者坚定地走在了这样一条利在万民的大道上。

韩愈说：“业精于勤荒于嬉。”王阳明说：“此心光明，夫复何求。”诚如是。

陈贤栎：做医生，要真正为病人减轻痛苦

访谈时间：2019年4月26日—6月21日（共两次）

访谈地点：河北大学附属医院老干部处

被访谈者：陈贤栎

访 谈 者：马海霞

（文中所有照片均由陈贤栎提供）

陈贤栎，1932年出生于上海，共产党员，河北大学医学部教授，河北大学附属医院主任医师，消化内科专家，荣获医院终身“德技双馨专家”称号，享受国务院政府特殊津贴，擅长胃肠、肝胆、胰腺疾病及内分泌疾病的诊治，发表学术论文十几篇，历任河北大学附属医院消化内科主任，医院院长、消化内科首席医师，现为河北大学附属医院专家组成员、消化内科返聘主任医师，曾当选第三届消化系病学会常务委员和中华医学会河北分会理事会理事。

一、求学时期

我是上海人。我的身份证上的出生年份是1927年，但我实际上是1932年出生的，不知道身份证上怎么弄错了。我的父亲是经商的，我们兄弟姐妹一共五个，我排行老大。

中、小学时代

我七岁的时候开始上小学，小学的名字是“崇实小学”。我在崇实小学毕业之后，又在崇实中学念初中。崇实小学和崇实中学是连着的，就在我们家附近，小学是六年制，中学是三年制。

初中毕业以后，我先是到杭州读的高中。当时，杭州的之江大学附属中学来上海招生，我就考到那里去了。之江大学原是美国教会创办的，1952年全国院系调整的时候并入浙江大学，现在是浙江大学的一个校区。之江大学附中现在还有没有我就不知道了。

我在之江大学附中只读了一年半。那是1949年前后，正处于杭州和上海解放期间，两地时常打仗。战争一起，我们上海人就赶快跑回上海了。因为人们都怕之后交通不便，回不去了，所以我也没敢在杭州读完高中。这样，我就回上海来了。回来以后，我考上了上海的民立中学。民立中学也挺有名，我就在这儿接着读高中。所以高中我是分了两半儿读的，前一半儿是在杭州，后一半儿是在上海。

考上南通医学院

我在中学的时候学习成绩还可以，高中毕业以后，我就报考了医学院。

报考医学院是我自己的选择。我们五个兄弟姐妹中，前三个都考上了大学。我最小的弟弟和最小的妹妹上学期间正好遇上了“文化大革命”，考不了大学。我小弟弟去了工厂，小妹妹成了知青，到东北的哈尔滨下乡去了。说起我为什么报考医学院，要从医，还得说到我小的时候。家里的老人跟我说，我从小身体就不太好，有时得这个病，有时生那个病，病特别多，经常去医院。去医院的次数多了，我就对医生有了自己的认识，觉得做医生挺不错，能治病救人，能解除病人的痛苦。特别是有一次，我烫伤了，挺严重的，但医生也给我治好了，这件事进一步提高了我对医学的兴趣，我更加想学医，想当医生了。我选择考医学院，走进医学这个专业，就是这个原因。

我考上的是南通大学医学院。那时候，南通大学有医学院、农学院、纺织学院这三个学院。过去那个大学，必须有三个学院才能叫大学，每个学院里头还要有好多专业。后来院系调整时，南通大学的纺织学院并入华东纺织工学院了，农学院也外迁出去了，只有医学院继续留在南通。

那时候南通大学医学院有本科，有专科，我考上的是本科。我们一共要上五年，上到三年级的时候就分班了，我学的是内科专业。当时我们医学院只分内科和外科两个专业。

上医学院期间的老师我都记不清了，我只记得，除了听课、实习，我也常常看些医学杂志。虽然那时候看的多是科普类的，但也增长了见识。

二、毕业分配：保定是省会，那我还留在省会吧

我从医学院毕业是1955年。为什么要强调这个年份呢？因为1955年我们国家有个运动——“肃反”运动。为什么又说到这个“肃反”运动呢？因为这和我们当时的工作分配制度有关。

那时候政治运动比较多。1955年，我们考试完了以后，突然就在大学生中开始“肃反”了。好多同学都被说成是“反革命”。是“反革命”的同学、有政治问题的同学，都要被隔离。像我们这些没有问题的人，就去看着他们。因为三青团、国民党什么的我都没有参加过，所以我属于没有问题的人。“肃反”运动还没有完全结束，我们就开始毕业分配了。当年，全国的高校毕业生都要全国统一分配。

我被分配到河北省。那时候河北省的省会在保定，河北省卫生厅也在保定。我们要到省卫生厅报到。那一年，我们南通医学院一共分到河北省六个同学。我是和其中一个同学一块儿报到的，大概是在八月份。当时河北省对待我们的政策还比较宽，人事处的人跟我们说，除了天津以外，河北省范围内的医院都可以挑，比如秦皇岛、唐山、石家庄等。但那时候我们对河北根本不了解，心里也没个准去处。当初我来保定报到的时候，去买火车票，上海火车站的人都不知道保定在哪里，只说让我先到北京再说吧。就这样，我先坐到了北京，又转回的保定。所以，尽管河北省卫生厅人事处任我们挑医院，可我们也不知道挑哪儿好。

当时我就想，保定是省会，那我还留在省会吧。这样，我就

在保定留下来了，和我一块儿报到的同学也留在了保定。之后，人事处的人又问我们，你们是愿意上医院，还是愿意到学校去搞教学？我那个同学是华侨，他愿意上医院，就分配到省医院了。我愿意去学校，因为学校有寒假和暑假，方便我回上海的家，所以，我就去了卫生学校，也就是现在的河北大学医学部的前身。后来，我从我们同学做的通讯录里发现，我们那一届毕业生，分配到各省的，百分之九十都到了学校。这也说明，那个年代医学教师很缺乏，所以很多医学院的毕业生去当老师了。

保定的这个卫校后来和通县（今北京市通州区）的卫校合并了，成立了“保定医学院”，像孙锡钦老师的爱人段均，就是从通县过来的。

三、边教学，边临床：我一直在这个医院

1955年，我毕业分配到卫生学校之后，开始当老师，搞教学。这个学校是个中专学校，学生都是初中毕业之后考来的，学医士、助产士和护士这些专业。那个时候全国医疗系统都非常缺人。工作了一年以后，我们这些搞临床的人，都要求去医院，因为我们临床系毕业的总不上医院就脱离了专业了。到第二年，我们学校的内科、外科和传染病科等专业的老师，都去了临床。从此以后，我就边教学，边临床，直到1999年退休。

消化内科的建立、恢复和发展

我到医院以后，一直就在内科，主要以消化专业为主。当时是大内科，大概有两个病区，那时候专业分得不太细，反正就是

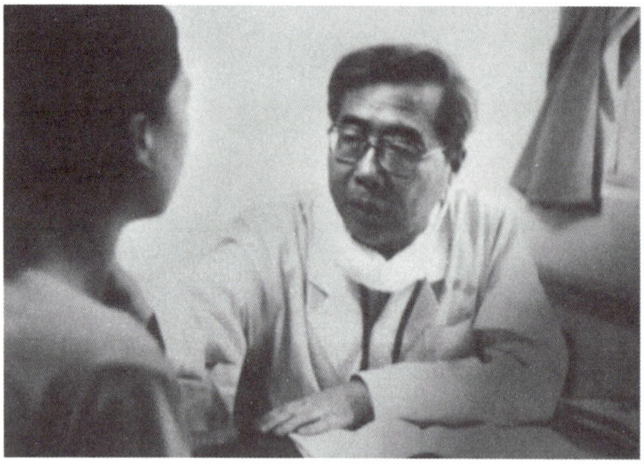
▶ 为病人诊病

病人来了以后，哪儿有地方就住哪儿。比如，一病区主要是收消化、血液这两个专业的病人，同时别的专业的病人也收，不像现在这么严格。

我来大内科的时候，科里人不算太少，具体多少人我说不上来了。内科主任姓苏，叫苏英俊。他是台湾人，留日回来的，各个专业都行，消化啊、心血管啊，什么都行，但是主要以消化专业为主。苏主任下面还有一个副主任，姓陆，叫陆留，是北京医学院毕业的。当时北医来了两个人，一个是到医院，就是陆留，还有一个是到我们学校。他们都是七年制的，比我早两三年来的。

那时候，我们科里所有的内镜都有了，像胃镜、腹腔镜、肠镜，都有。当然，那时候的那些内镜都是旧式的，都要手工操作。比如，胃镜还是第一代胃镜，前面是个皮管，皮管里面都是玻璃片，也就是三棱镜，后面是金属的，通过光学反射看。有了它，我们医院就能开展胃切除手术了。后来，我们又更新了胃镜，买来了光导纤维胃镜，它前面皮管里的玻璃改成了非常细的纤维，比头发丝还细，但也是通过光学反应成像。现在的胃镜都是电子的了。

另外，苏主任和陆主任的医疗技术也很高。苏主任在科里开展了肝穿刺。肝穿刺的技术要求比较高，一般大夫不能做，但苏主任和陆主任他们两个能做，而且做得不错。

五六十年代，直到“文化大革命”以前，我们的科主任主要是苏主任和陆主任，并且他们两个人的专业也都主要是消化。所以说，我们医院的消化内科是他们建立的。那个时候，我们医院的大内科其实已经有偏重的专业了，虽然没说具体分哪些专业，但是我们这儿主要以消化、血液为主。我们医院一直有消化内科这个底子。所以，不能说是我建立的我们医院的消化内科，当时我资历还浅。我是在80年代把消化内科这个专业恢复了。

“文化大革命”开始以后，内科的主任、副主任都在医院里劳改，他们开展的那些手术也都不让做了。后来，那些技术就都淘汰了。我在“文化大革命”期间没有受到过冲击，因为我的出

▶ 与科内同志合影（前排左三为陈贤栎）

身、成长经历都没有问题。

“文化大革命”结束以后，到了80年代初，我开始担任消化内科主任。那时候科里面就只有主任，没有副主任。我就把整个专业恢复了。当时，内科分三个病区，每个病区有两个科室，一共有六个科室：心血管内科、神经内科、消化内科、血液内科、呼吸内科和肾内科。这时，我们医院引入了当时最先进的胃镜，我和科里的同事恢复了消化内镜室。那时候科里面的医生也就八九个人吧，最多十个人左右。

80年代初，院里和科室又开始人才引进。有的和北京的医院挂钩，比如呼吸内科，北京的医院的大夫过来查房，就住在我们这儿，待上一段时间，然后再回去。我们消化内科没来过。

外出进修、开会和教学工作

1973年，我到上海第一医学院进修了一年，主要是进修消化专业，这是我从大学毕业分配到省医院以后第一次出去进修、学习。因为那时候我还不是共产党员，所以出去学习的机会少。80年代以后，我们出去进修、学习和开会的机会渐渐多起来，参加的会议有全国的，有省里的，有

▶ 参加河北省招飞体检组（第一排右三为陈贤栎）

医学会的。

就个人来说，1974年进修回来以后，我参加的学术活动开始多起来，直到80年代。我还参加了中华医学会消化病学分会、中华医学会内分泌病学分会及这些学会组织的学术活动。后来，我不当主任以后，外出开会呀、学术活动呀，就参与得少了。

除了这些学术活动，1983年3月，我参加了河北省的空军招飞体检工作。空军招收飞行员的体检特别严格，体检组有两个，一个是部队医院的，一个是地方医院的。如果两个组的体检结果不同，他们听部队医院的，不听我们地方医院的。

参加工作以来，我发表了十几篇学术论文。从我发表的学术论文里可以看出我们科室的发展变化，也可以看出我们医学院和医院名称的变更，因为单位署名那儿不一样。

我觉得不管是做医生给病人看病，还是当老师搞教学，都应该做好自己的本职工作。做医生，要真正为病人减轻痛苦，千方百计地把病诊断清楚。那时候，比如有的病人，我们弄不清他到

▶ 左为1991年发表的论文，右为2006年发表的论文

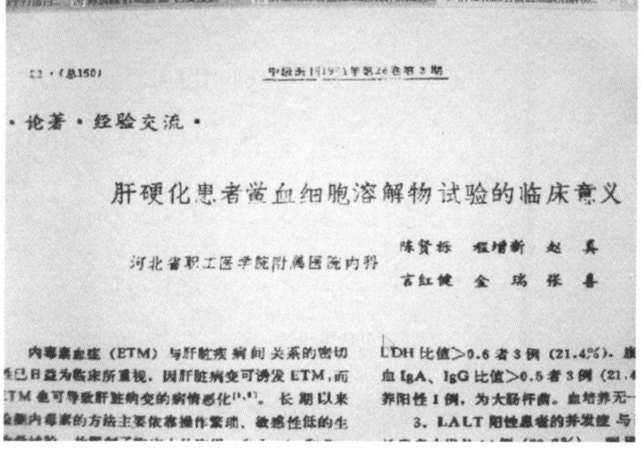

·论著·经验交流·

肝硬化患者酱血细胞溶解物试验的临床意义

陈贤栎 程增新 赵真

河北省职工医学院附属医院内科

吉红健 金瑞 张喜

内毒素血症（ETM）与肝脏疾病间关系的密切性已日益为临床所重视。因肝脏病变可诱发ETM，而ETM也可导致肝脏病变的病情恶化。长期以来

LDH比值>0.6者3例（21.4%）。

血IgA、IgG比值>0.5者3例

3. LALT阳性患者的并发症与

CLINICAL PRACTICE

罗格列酮治疗非乙醇性脂肪肝的疗效与脂联素相关

崔克勤，赵翔伟，张耀，康小红，孟杰，陈贤栎

Efficacy of rosiglitazone in treatment of nonalcoholic fatty liver disease and its relations with adiponectin

Ke-Qin Cui, Xiang-Wei Zhao, Yao Zhang, Xiao-Hong Kang, Jie Meng, Xian-Li Chen

Ke-Qin Cui, Xiang-Wei Zhao, Yao Zhang, Xiao-Hong Kang, Jie Meng, Xian-Li Chen, Department of Endocrinology, the Affiliated Hospital of Hebei University, Baoding 071000, Hebei Province, China

Correspondence to: Ke-Qin Cui, Department of Endocrinology, the Affiliated Hospital of Hebei University, 108 Hongxing Road, Baoding 071000, Hebei Province.

nectin level (r = -0.685, $P < 0.01$) and HOMA-IR (r = 0.447, $P < 0.01$). The safety was not notably different between the two groups ($P > 0.05$).

CONCLUSION: RSG is effective and safe in the treatment of NAFLD and serum adiponectin level can be used to predict its efficacy.

Key Words: Rosiglitazone; Nonalcoholic fatty liver disease; Insulin resistance; Adiponectin; Efficacy

摘要

目的：寻找有效、安全、简便治疗非乙醇性脂肪肝的方法及预测疗效的指标。

方法：非乙醇性脂肪肝患者（除外肝硬化

底得的什么病，我就很早到病房，仔细看显微镜，看看他血液里面的细胞有什么变化。简单来说，就是对得起病人吧。对学生们也是，我尽量把自己知道的告诉学生，想办法搞好教学。

我记得很清楚，第一天到学校我就在日记里写了一句话：“我一定要当一个好老师。”

可是怎样才能当个好老师呢？我当时来的时候，卫校的校长对我帮助挺大。这位校长叫白正仪，学药学出身。他挺让我尊敬的，因为他在教学方面比较有经验。我刚来学校的时候，根本不懂教学，因为我当时刚从医学院毕业，虽说专业知识有，但是什么教学方法都不具备。白校长就听我的课，跟我说应该怎么教学，应该看看哪些教学方面的书，经常帮助我，我很受益。把自己会的东西给学生讲明白，让学生学会了，还是挺需要方法的。

那时候我很年轻。北方的孩子上学都比较晚，我跟学生年龄差不多，下了课我就跟他们一块儿玩儿，一起做课间操、打排球。有些爱学习的、喜欢跟我交流的学生，课下我也给他们讲讲专业上的问题，这些一般都是学习成绩好的学生。

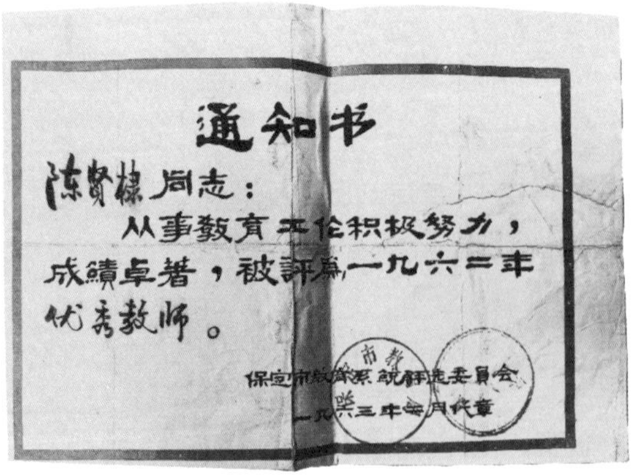
通知书

陈贤棣同志：

从事教育工作积极努力，成绩卓著，被評為一九六二年优秀教师。

保定市教育系統評选委員会

一九六三年[illegible]月代章

▶ 优秀教师获奖通知书，“陈贤棣”即为陈贤栎

在我当老师大概两年以后，保定市教育局就给了我一个优秀教师的证书。

除了在学校教学和在医院实习，我们还经常带着学生下乡。下乡的任务，一个是防疫，一个是教学，到农村去办教学班。我们学校一直都主张那样。所以，除

▶ 全国优秀教师获奖证书

了阜平，保定地区所有的县我都去过了。第一呢，经常去参加会诊；第二呢，带着同学出去搞教学基地。比如涿县有我们的教学基地，我们就得轮流着去。保定市也一样，保定市的各个医院，很多也成了我们的教学基地，我也经常带着学生去。

很早以前，我就自己做幻灯片辅助教学，比如，我让同事帮我用投影仪把胃镜成像的图片放给同学们，让同学们看各种病灶。这样能够让他们比较直观地看到各种病的特点，对知识了解得更清楚、具体一些。

我也做过一些教学改革。1983年，我们学校改成河北省职工医学院以后，属于成人教育了，就是让医院里的一些职工到这儿来上学。全国各个省、自治区、直辖市都有一个这样的职工医学院。那个时候我们都不愿意叫这个名字，说别人能明白“职工医学院”是干什么的吗？其实，就是卫生系统的职工到这儿来进修。过去，医院不像现在这样讲什么专业、学历，有的从部队出来就到医院工作了。这些职工最多只有中专文化程度，需要提高业务水平和学历层次，但他们在医院工作好几年了，也考不了别的大学了，所以，就让他们到职工医学院来学习。这样，我们就改成了职工医学院。

1984年，单位让我当医学院医疗系的主任，我就跟系里面的同志一块儿，根据职工成人教育的特点，进行了一些教学改革。我们把课程、教学方法进行了一些改动，考试、实习也都改了改，跟我们原来一般的教学不太一样了。这些改革得到了单位的认可，我也因此获得了一些荣誉，受到了奖励。1989年被评为“全国优秀教师”，1995年被授予“全国卫生系统先进工作者”称号，国家给我这样的荣誉，我很荣幸。

行医过程中印象深刻的两个病例

我愿意把我的本职工作搞好，一个是教学，一个是医疗。

诊断病人、治疗病人，要仔细问病史，必要的时候要考察他们的生活情况。在这方面，我自己感觉有两个病例比较突出。

第一个病例呢，是在80年代以前了。当时，我正好放暑假在家。像我们这样既搞教学又搞临床的人，一般都是有课就去教学，没课就到医院来上班，不放暑假的，但那一年我放了个暑假，在家休息。一天，有一个医院来找我会诊，说一个病人出现了心脏停搏，他们抢救以后，心脏又复跳了，让我赶快去。那个时候他们请会诊不是说心脏停搏就必须请心脏科，所以就请我了。我去了以后，就跟他们医院的人一块儿问病情，一块儿了解病人的病史。我了解到，这个病人低钾。怎么会低钾的呢？他原来其实有个病，是肾脏的问题，叫失盐性肾病。这个盐包括钾和钠，所以失盐性肾病分失钾性肾病和失钠性肾病，他得的是失钾性肾病。这次住院是因为感冒发烧了，他强烈要求住院。住院以后，医生没有仔细问出来他的病史，就立马给他输上了葡萄糖。结果输了一半儿，他就心脏停搏了。为什么会这样呢？病人肾有问题，身体就容易丢纳或钾，而葡萄糖输进身体以后，它就要利用钾。病人原来就低钾，这样一来，钾就更低了。钾低到一定程度，病人就心脏停搏了。在我们了解病史的这个过程中，这个病人在办公室里又心脏停搏了两次，我也跟他们一起抢救了两次。那个时候的抢救治疗跟现在还不太一样，是直接把针扎到心脏，叫心内注射。把针扎进去以后，心脏马上就复跳了，现在这种方法不让用了。等我们了解清楚病人的情况以后，马上给病人输了两针高浓度的钾盐进去，病人的病情很快有了好转。后来这个病人就转到我们医院来了，经过治疗后痊愈了。

这个病人我印象很深刻，他心脏停搏三次都被抢救过来了，很不容易的。这说明，仔仔细细地问病史是非常重要的，漏掉病史是会出问题的。

第二个病例呢，大概是80年代初。一位老大娘肚子疼，非常严重，每天都疼，用什么止疼药也不行，同时伴有顽固性便秘。后来，她下肢动不了了，走不动。收了这个病人以后，我们都弄不清她这病是怎么回事儿。后来，有一次，我在显微镜底下——那时候我们那儿有一个显微镜——观察她的血液。我一看，她的血液里有一种特殊的细胞。这种细胞，贫血的病人会有，溶血的病人会有，铅中毒的病人也会有。我突然想到，铅中毒的病人会出现顽固性的腹疼，神经系统也可能会麻痹。这样，我就想到了铅中毒。再仔细看看病人，她真出现了铅中毒

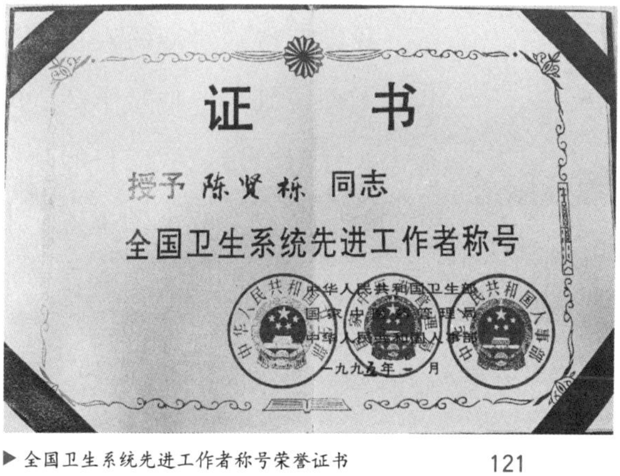

▶ 全国卫生系统先进工作者称号荣誉证书

的现象。为什么呢？因为她的牙龈上有个铅线，就是牙龈发黑。我感觉她可能是铅中毒了，可光感觉到了不行，还要有依据。可这个依据不好找。为什么呢？因为铅中毒的一般都是用铅壶喝酒的人，或者从事和铅接触的工作的人，这个病人是个老大娘，她怎么可能铅中毒呢？我就让我们科里的医生到她家里面去家访。那时正是冬天，老大娘住在保定四八二厂附近一个非常小的房子，房门外挂着门帘子，屋子里用炉子取暖。结果我们的医生发现——他们回来跟我说的，我没去——她取暖的煤是从一个工厂里来的，煤里掺着工厂里的下脚料，下脚料里有铅的残渣！这就对我们的整个诊断有帮助了。然后，我们赶快找省防疫站，让他们来测她房间里空气的铅浓度，然后再测她血液里铅的浓度，尿液里铅的含量，最终证实了我的猜想。后来经过驱铅治疗，只两个疗程，病人就走着回家了。这样的病例，我感觉挺有意义的，印象也比较深刻。要不是这样仔细观察，细细推测，实地考察，我们是想不到也找不出她的病因的。

像我尊敬的人那样工作

我没有特别崇拜的人，尊敬的倒有几位。一位是白正仪校长，前面说到过。他是学药学的，懂专业，懂教学，对我帮助很大。还有一位是我们科的陆留主任，前面也说到过。陆留比我大不了几岁，非常勤奋，一直钻研业务。我记得他几乎每天都在一个很小的屋子里看显微镜。夏天的时候，天气特别热，他就把上衣脱了，坐在那儿看。陆留主任主要是搞消化和血液专业，除此之外，他还研究病理学。一种是脱落细胞学，比如病人长了胸水或者腹水了，细胞就会掉下来，他就用显微镜观察它们的变化；另一种是穿刺细胞学，比如淋巴结穿刺，病人淋巴结大了，不用动手术，扎个小针进去，吸出一些细胞成分，涂个片，做诊断。

我尊敬的人里，还有一位北京协和的专家，姓张，叫张孝骞，专业上全国有名。我跟他没有联系，就是打心眼儿里挺尊敬他。有一年，我参加全国消化系病学会会议的时候，听他做过学术报告。他说了一句话，我感觉挺震惊的，也因此对他很尊敬。他说，在医院里工作的时候，一定要有“如履薄冰，如临深渊”的这种心态。我觉得这位老专家讲得特别好。

我尊敬的这些人，都是非常敬业的人，也都是专业上有成就的人。我尊敬他们，也愿意像他们那样工作。现在，因为我每个礼拜五查房，所以科里的同事每个礼拜三给我写上我要查哪个病人，然后，我就自己看病人、看病历，发现里边什么资料需要补充，就到图书馆去查。科里需要我去查房的，一般都是比较疑难的情况，现在年轻大夫都是硕士研究生、博士研究生，所以我得掌握新的知识才行。医生不能完全靠经验给病人看病。

当院长

医院院长我是勉强当的，那是医院刚更名为河北省职工医学院附属医院的时候，也就是1983年。一天，我们职工医学院的院长到我家去了，说：“您明天就得上班，就得当院长去。”这位职工医学院的院长当时就住在我家楼上。那个时候他让我当院长，是指当附属医院的院长。那时，职工医学院领导这个医院，医院是职工医学院的附属医院。当时的情况就是那样的，事先我根本没有时间准备。但我不愿意当也不行了，他说我当也得当，不当

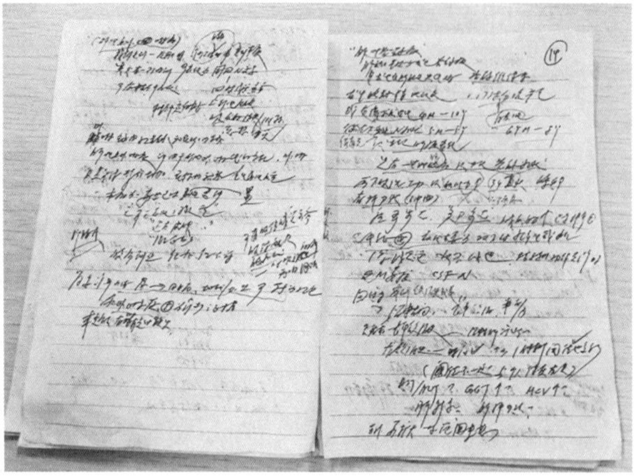

▶陈贤栎手写医疗笔记

也得当。其实我知道自己没有管理能力，也不愿意做管理工作，管理工作和医生的工作不一样，所以医院院长我当到1984年就不当了，开始做医学院医疗系主任。

我对自己是有要求的

在医生、老师、院长这三种身份中，我用力最多的是医生工作，我最看重的也是医生身份。当然，不管我做什么，我心里一直对自己是有要求的。有一个阶段是一个向“钱”看的阶段。我说我不向“钱”看，我从来不收红包啊什么的，所以大家对我的评价还是不错的。

四、医院发展：继续把医院的质量搞上去

医学院和医院的关系

我刚到学校的时候，我们跟省医院是协作的关系，所以，现在我的编制还在学院，跟医院的编制是两回事儿。那时候，教学还是以我们学校编制的人为主，医院的医生一般不愿意教学。那时候两个单位还是协作关系，说起来就是，你们学校你们就教去吧。后来医院和学校合并了。学校和医院的名称变得很多，什么保定医学院啊，什么河北省职工医学院附属医院啊，现在，医院

变成河北大学附属医院了。

虽然现在医学院和医院都属于河北大学，但编制也不统一。如今，我们一部分临床的大夫还是学院编制。我所说的不统一，就是发工资不一样。我在河北大学那儿领工资，跟医院不是一回事儿。

我们学院老师的职称晋升有两种：一方面是教学系统的，一方面是医疗系统的。所以我既有学院老师的职称，也有医院医生的职称。

在保定，这个医院是最正规的

1955年，我毕业分配来的时候，医院就已经搬到现在的地址了，那时候我们医院就有了各种仪器。

医院门口挂的大牌子就是“河北省医院”，在保定，这个医院是最正规的，比别的各个医院都要正规得多。在河北省范围内，它也是个很不错的医院，是个大医院。当时的院长叫米毅，他挺有名的，是从部队来的，挺能干，样样都行。

医院正规在哪儿呢?

一是医生的来源都是全国各地正规高校培养出来的毕业生。我们那个年代，大概从1953年到1957年这个阶段，什么医学院分配来的都有，好多还都是挺有名的学校。像我是从南通医学院来的，也有北京医学院的、上海第一医学院的、上海第二医学院的、武汉医学院的、湖南医学院的，还有本地的河北医学院的。就一个专业来说，比如神经内科有中国医大毕业的，还有同济大学、北京医学院毕业的。有比我早两年来的，有和我同时来的，还有比我晚两年来的，都是全国各地分来的。所以说，那个年代，医院的确是人才济济。除了我们内科的苏英俊主任和陆留主任，我记得我们医院里比较有名的还有一个妇产科的主任，是美国留学回来的。这个医院比较正规，首先就在这儿。

二是医院的制度和管理一直比较正规。

在这个医院，毕业生来了以后先当住院医生，一般来说，五年以后，应该晋升成主治医生，然后有条件的再当主任医师。这不仅是名称不一样，工作内容和工作范围也不一样。住院大夫管住院病人，比如每人管着十个病人；主治医生参加或指导住院医生诊断、治疗，然后就是按时查房。

五六十年代，我们上班的时候，制度更严格。早上六点钟我们就得到医院去，七点钟去吃饭，八点钟去上班。那个年代，如果是住院大夫的话，一定要在八点以前到病房，把病房里的病人看一遍，然后主治大夫来了再查房，住院大夫再汇报。所以这个医院的制度还是挺严格的，比一般医院要求高。

医院的管理也一直是比较严格的。原来的管理是旧的管理办法。曾经有个院长，他的管理就是老式的。晚上去查房，查哪个护士睡觉、哪个医生值班没到位，他就管这个。现在不用这样管，规章制度细化了，用不着领导那么去查了。现在的管理方式挺不错的。

医院现在发展很快

“文革”刚结束时，医院没钱，学校也没钱，再加上老人们也都老了，该退的也都退了，所以呢，医院就落下来了。到了80年代以后，医院里一方面由上面拨资金，一方面自己筹集资金，就又搞活了。

现在我们医院发展得很快，几个院长工作得也挺好的。过去跟现在没法儿比了，你看原来的照片里，医院很破旧，哪有这么好的病房啊！当然，也有国家政策的问题。我当院长时正是医院穷的时候，那个时候医院就靠上面拨款，没有别的经济来源，医院根本没钱，没法儿发展，买仪器都没法儿买呀。医院现在的医疗条件基本符合三甲的水平，这不是光看病房、设备，还要看各种技术是否过关。

对医院未来发展的建议

从1955年毕业分配到这儿，我回上海的时间挺少的。我的爱人也是上海人，我们也想过回上海，但是医院不愿意让我走，所以我一直待到现在。与其说我是省医院的教授和省医院的专家，不如说我一直都是省医院人。对保定，我也比较习惯了，就是饮食上还保留着上海人的一些习惯，比如喜欢吃米饭，不喜欢吃面食。

不管是从对医院的感情还是从对保定的感情上来说，我都非常关注医院的发展。我们医院现在一直在发展，发展得也很快，但是我感觉我们医院比起省里面的三级甲等医院，如河北医科大学附属医院，还是有点儿差距，跟北京的更没法儿比了。医院要想往更好里发展，一个是要引进人才，并且要想办法留住人才。政府和医院都得想办法吸引人才来，留住人才。再有一个就是建立专业的团队，光一个人行没有用，得科里的、医院的整体水平都上去才行。一个医院的好坏，它是整体的，不是说一个科好就好，要好多科室协作才行。三甲医院都有评定标准，需要种种技术过关了才行。我们这里有些技术还不是太牢固，还要尽力把医院的质量再搞上去。再有一个建议呢，就是咱们医院现在比较

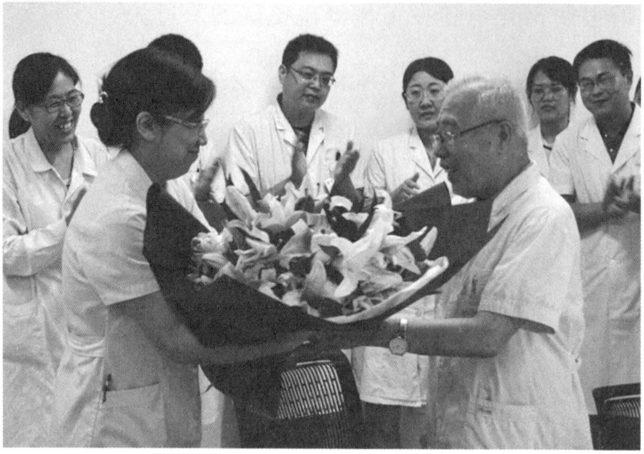
▶86岁生日时收到科里同志送上的鲜花

大，病人比较多，人们看病还是不容易，所以应该想办法改革，让病人看病更容易、更方便一些。

想想我刚毕业的时候是二十三岁，现在退休都很多年了，时间一晃就过去了，真快呀！退休以后，医院一直返聘着我，只要还在上班，我就一定会坚持做好自己的本职工作。

访谈后记

能访谈陈贤栎医生是我的幸运。

2019年4月26日下午两点，我依约来到河北大学附属医院老干部处访谈医院的老专家、河北大学医学部教授陈贤栎老师。陈老师还曾担任河北省职工医学院附属医院的院长。

我们约的是两点半开始访谈。这是我对陈老师的第一次访谈，尽管早已准备了访谈提纲，也通过网络和陈老师的同事稍稍了解到了一些基本情况，但我内心还是有些忐忑。因为陈老师曾身兼三职，在行医和从教上成绩斐然，成就极高，我不知道年事已高的陈老师是否健谈，记忆力如何，我也不知道我能否充分挖掘出这位宝藏级老专家的价值。

当我调试好录像、录音设备，看了一下表，正准备出门去迎一迎陈老师的时候，陈老师从楼门口走了进来。时间是两点二十。

陈老师个子不高，戴着眼镜，面带微笑地和我打招呼。老人的头发大多白了，可身板真直呀！我不禁也直了直腰。我注意到陈老师穿着一件褐色的夹克衫，里面是衬衣，干净整齐。当时，古城保定的春寒还没有褪尽。

等我把访谈的目的跟陈老师简单介绍之后，我们的访谈就正式开始了。陈老师说："你来问，我来答吧。"我突然觉得眼前这位声名赫赫的老专家原来如此可爱。访谈很顺利，因为陈老师已提前认真地阅读了我的访谈提纲，并在提纲上做了笔记。陈老师真是一位严谨、认真的人！

陈老师不疾不徐地讲述着，回忆着过往的岁月。虽然老人从不肯把一句赞扬的话加诸自己身上，但一句"我毕业之后一直在这个医院工作"已足以让我动容。陈老师作为一个上海人，从1955年毕业起，就一直在河北大学附属医院工作。云水悠悠，六十四年过去了，陈老师的学校和医院，几度更名，而陈老师一直留在这里，不管是他成为"全国优秀教师"，还是获得"全国卫生系统先进工作者"荣誉称号。从二十三岁的青年教师，到八十七岁的老专家，陈老师一直没有离开保定，没有离开这家医院。

桃李不言，下自成蹊。

将近两个月之后，我又对陈贤栎老师进行了补访，希望能再了解一些陈老师专业成长和自我追求的精神来源。时间是2019年6月21日，此时，夏至已至，古城保定正是炎热时节。陈老师这次比我到得还早，正坐在办公桌边看书，看到我走进来，站起身和我打招呼。陈老师穿着一件干干净净的薄料白色衬衣，依然那么谦和、可亲。

陈老师向我讲述了他尊敬的一些人，既有自己医院的老主任，也有全国知名的专家，还对医院未来的发展提出了自己的建议。这次让我特别感动的是，陈老师说，医院应该想办法，让病人看病更容易、更方便一些。身为知名专家而能体恤普通人之难，此乃医者仁心。

访谈结束，我把陈老师送出门外，心里不禁涌出一句话："这是一个高尚的人。"这不是我说的，而是这家医院的一位中青年专家赵兴洲大夫说的。诚如是。

孙锡钦：我是个大夫，一定尽到大夫的本分

访谈时间：2018年7月26日—8月2日（共五次）

访谈地点：河北大学附属医院老干部处、孙锡钦家

被访谈者：孙锡钦

访 谈 者：肖　艳

（文中所有照片均由孙锡钦提供）

孙锡钦，1934年出生于河北新河，1955年毕业于河北通州医士专科学校，河北省职工医学院附属医院呼吸内科原行政主任。从事内科诊断和教学工作四十余年，在呼吸系统疾病治疗方面有多年临床经验和独到研究，与爱人段钧共同研究开发自家疫苗，利用免疫疗法，提高病人免疫力，在慢性支气管炎治疗方面取得了较好的效果。

一、家庭影响：遇困难，越挫越强

我是河北省新河县人，因为爸爸做生意，也因为“闹日本”，全家搬到河南。我的家庭和亲人中，对我做人和做事影响最大的

是我的妈妈。

我们家是这样一个特殊情况：爸爸的第一任妻子去世后，撇下了我哥哥和姐姐，我妈进门就当了后妈。家境并不宽裕，爸爸长年在天津做学徒，家里家外妈妈一力承担。日子虽然过得艰难，但是妈妈悉心照顾着三个孩子，对待哥哥、姐姐比对我还要亲。当时女人都还裹小脚，我妈结婚以后就把我姐裹着的脚给放开了，说不叫闺女受这个罪。到姐姐该上学的时候，我妈不顾大妈的反对，说不管怎么也得让闺女识字。姐姐上到完小毕业，那个文化程度在当时的农村就比较不错了。

哥哥在天津跟我大伯做买卖，后来得了肺结核，我妈心疼地哭了好多天，说儿子不容易，那么小就出去学徒。得了病之后，我妈妈不让他跟我们吃一样的饭菜，都是单独给他做。我大伯说："你哥哥花的钱是最多的了，一支链霉素，就是一袋面钱，你哥哥打了五十多支，这命可是钱买出来的呀！"

我妈就觉得这两个孩子从小没了亲妈，爸爸又在外面做买卖，她必须要把这两个孩子养好。我妈经常教育我们：人得活出个样儿，有多大的难处，自己都得顶着，无论是学习还是其他方面都得自强自立。

我妈手特别巧，特别能做活儿。新中国成立后，街道上办了一个鞋厂，我妈就在鞋厂里当工人。她看看你的脚，量量你的脚趵面，就能给出鞋样，做出来的鞋就正好。后来我爸爸没了，我就把她接到保定来了。我妈妈跟着我过了二十八年，我的一个孙女、一个孙子、一个外孙女，都是我妈看大的，一直看到了上幼儿园。我五十六岁就退休了，因为我妈妈当时都八十多岁了，行动不方便，也有点儿糊涂了，我就觉得我妈太受罪了，她这辈子不容易，进了这个家就没有过过好日子，该我好好照顾她了。

二、坎坷求学：回家难，学业中断

我六岁上了小学，那时候日本人还没投降呢，还要学日语，拼音跟现在学生学的也不一样。念到四年级的时候，日本投降了，国民党又来了。

1948年的后半年，城内的国民党被解放军给包围了，他们的子弹和粮食都是空投的。从老百姓家里拆房砍树地找材料去修工事，城门、城墙下都垒了很高。后来国民党没粮食了，就上老百姓家里抢去。我们家要是有点儿米面之类的细粮，我妈就在晚上把它们装到罐子里，要么挖个坑埋在地底下，要么就藏床底下。小孩子身体灵活，我妈就叫我钻到床底下去，把搁了粮食的罐子使劲儿往里推。这个记忆特别深刻，从上三年级开始就叫我藏粮食。

形势不好，国民党对老百姓的检查就更严了，出城、进城都要检查，连袜子筒都要翻开来检查。学校在城外，我家在城里，回家就很困难了。有时候借住在城外同学家里，但次数多了也不合适，跟家里联系不上，大人也担心。老师就说别上学了，等解放了再复课，我的小学生活因此中断了。

解放那天晚上，我们一宿都没睡，听着外边街上整齐的队列走过的声音。第二天，家家户户都打开门欢迎解放军，门口两边、街道上都插上了五星红旗。扭秧歌、唱歌，大人孩子都在街上庆祝，非常热闹。人人都高兴地说："解放了！解放了！"我妈说："这下好了，没人抢咱们的粮食了。"

我在新中国成立之后上的中学，因为性格外向，爱跟人交流，学校选我做学生会的主席，管理一些事，后来又在市学联做过委员，主要负责向学校传达市里的通知，组织学生活动以配合政府的宣传工作。

三、大学生活：忙碌充实又丰富

国家想培养新中国成立后新一代的知识分子，在中学毕业生里有计划地用分配的方式决定学生学什么专业，我被分配去学医。我想我学医可以，只要不学妇科去接生就行。

我们是春季班，正月十五以前学校给了“河北通州医士专科学校”（下文简称“医科学校”）的入学通知单，给了我一起入学的同学的名单，让我带队去卫辉报到。这所学校是1950年成立的，培养学制为半年一期，分春季班和秋季班。我们是1952年入学的，就是建校招生以来的第四期。第四期一共四个班，一百六十人。医科学校的书都是国家给发，吃饭不花钱，只有日常生活用品要自己买。

同学来源地也广，广东、江苏、山东、河南等地的都有。同学中最小的十七岁，大的还有三十多岁的，还有一部分同学是干部学员。这些干部学员有的已经成家生子了，他们参加革命早，文化水平低，进入学校接受再培养时英语、化学之类的课程零基础起步，我们这些文化基础好一些的同学就得一帮一地教他们。

医科学校的学习实行军事化管理，早晨五点半起床，六点集合，之后跑步、练队列，七点吃饭。学生们的学习劲头儿特别大，吃完饭就赶紧去教室学习。老师都是从北京高校和医院请来的，比如儿科请了北京儿童医院的业务院长。从北京来的老师讲完课就走，也没时间辅导，有不会的内容我们就靠自己看参考书，课余时间去图书馆自学。基础课、解剖课都得下功夫去学去背，那时候不要说平时，就是礼拜天也没有人去玩，大家都在认真学习。

1953年，整个校区人员全部搬到通州，人员增多了，学校的房子不够用，我们就劳动建校。我记忆里从上学就一直在劳动：搬砖、和泥、弄瓦。正好赶上“三反五反”，我们有时候上课，有时候还要参加“看老虎”“打老虎”，我们年级低的还能坚持上课，高年级的受影响更大。

虽然不能回家，学习生活也紧张，但课余生活比较丰富，每个礼拜都有晚会，节目也很丰富。我一开始在学生会的生活福利部，后来又上的文体部。管理学生的赵宪鹏老师爱好文娱；那些干部学员们会的更多，比如相声快板之类的，特别活跃；学校还跟医院一起组织联欢，跟潞河中学的篮球队、排球队不时地打比赛……

▶通州医学毕业留念（第二排左二为孙锡钦）

学校医学专业学习紧张，学习风气端正，文体活动丰富多样，班级里气氛好，同学之间关系也融洽，互相帮助，来自全国各地的同学聚在一起，也开阔了眼界。所以即使没有假期，我也不那么想家，一门心思地投入到了学习中。

毕业之后，我们同学有的选择继续攻读，考取河北医学院这样的院校深造学习。我家里经济条件不好，供不了我再读书。那时已经和段钧确立了恋爱关系，我要继续读本科，他肯定会供我，但是当时我想：要是他供我上学，一辈子得记着这个情，我不想落人话柄，我做人一定要自强自立。

四、通州医院：专业固定长经验

1955年2月，我从河北通州医士专科学校毕业以后被分配到通州地区医院实习一年，实习主要内容就是接生。那时候都是土法接生，孩子成活率很低，产妇易得破伤风，我们负责宣传普及正规接生。

我刚参加工作是在通州卫生院。当时，卫生院跟防疫站在一块儿，通州政府部门的一些工作人员都去那儿看病、拿药。我年轻并且干活利索，同事们都愿意叫我帮忙。负责内科的屈德石，还有一个年龄大一些的季大夫，觉得来了一个正规医学校毕业的学生，都对我很好，手把手地带我，让我学了不少东西。

那时候医院一共就十多个人，分科也不严格，另外我年轻，哪儿需要我，我就到哪儿去帮忙。有些外科换药、包扎、缝合这类的业务，我也去学去做；一个五十多岁的印尼华侨老大夫搞挂线儿治疗，我就去给他做助手，帮忙麻醉；有时候就诊病人不多，我也帮着药房拿药。

我们这儿职工少，工作忙，也不休礼拜，年轻的吃住都在单位里，同事之间处得像家人似的。食堂里的一位张大爷特别照顾我们，想着法儿给我们改善生活。有时候病人看不完，张大爷就给我们留着饭，馒头和菜都放在笼屉里热着。

后来，卫生院门诊就跟通州地区医院合并了，原来的卫生院就变成专门的防疫站，我到了通州地区医院内科。因为曾经在这里实习过，并且当时我是实习组长，跟老师们接触得多，护士长对我也很关照，能继续在这儿工作当然高兴。

▶ 摄于毕业实习期

我开始了在通州地区医院内科结核病组的工作。这些结核病人是抗日战争、解放战争时期在部队上得了病的老革命，地区医院给免费治疗。这些人脾气比较大，给他打针打疼了，就发脾气；给他血管扎不进去，马上就给你摔，有的时候还打人。我没让他们发过脾气，因为给他们治疗前我都下一番功夫，保证技术过硬并且态度好。

结核病有传染性，因为怕混合感染，医院专门为结核科找了个平房，带个小院儿，和原来的中原结核病医院（现在的通州结核病医院）对着，一个路南一个路北。那时候结核科就两排房，一共三十多张床。有的病人因为家里穷看不起病，发病非常严重了，才到医院来看。我们接诊的都是开放性结核，咳痰中有结核菌排出，传染性强，医生必须做好防护工作。在地区医院结核科工作时，我经常去结核病医院听课，也一起参加会诊和医院组织的其他研讨活动。当时有一个关于呼吸及结核病方面的协会，是以北京为主的在全国呼吸领域有影响的专家们组织的，协会经常组织活动，有时是讨论疑难病案，有时是由专

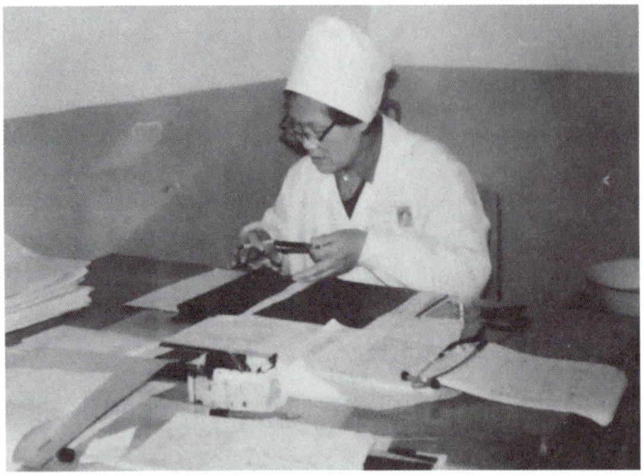

▶ 研读病历

家讲课，同时发行《呼吸疾病及结核》杂志。我是协会的会员，订了这本杂志，也经常参加活动，因此，我学到很多专业知识。

通州划归北京后，结核病院跟靠沧州附近的一个结核病院合并。不久，医院就给了我一个信封，让我到潞河医院人事科去，把这个信交给他们。我去了人事科，人事科说："你从结核病医院那边调过来了。"当时我跟段钧已经结婚了，平原省医科学校要往保定搬，我也得调回附属医院（当时为保定医学院第二医院），结果没有马上去，先上了潞河医院的结核科，还负责保健工作。那时候潞河医院有家庭病床，有的老病号就不让他总跑医院了，家庭病床定期给做检查。另外，要是有传染病，不上医院住院，也须在家庭病床治疗。再一个就负责学生升学和参军的体检，每天都很忙。当时又赶上麻疹大流行，我整天领着两个护士去家庭病床防治麻疹。

我的人事关系转到附属医院了，我所在医院离不开人，就借调我一年。1959年春天，保定医学院第一医院（1959年改名为"保定医学专科学校附属医院"）通知我回来。

五、附属医院：向下扎根，向上生长

从通州回到保定之后，我在保定医学专科学校里工作，1960年前后，生活困难，学校成立了营养食堂，我在学校卫生室里整天拿着算盘子扒拉计算，一斤白菜或一斤豆子含多少热量和营养成分，后来还管各个班的卫生。在卫生室帮了一段时间的忙，我就要求上医院去。当时学校和医院是一个单位，负责人让我找王启仁王院长。王院长问了我在什么科室做过哪些工作后，因为当时结核科正好缺人，就让我上结核科了。

结核科：常规工作

进入附属医院结核科工作后，我一个礼拜定期出几次门诊。结核科有一个留日的大夫叫洪跃滕，我一来他可高兴了，因为我专门治疗结核病。那时候治疗结核病的方法主要有两个：一个是气胸气腹，一个是从气管滴入抗结核药。气胸治疗就是往胸腔里打气，把身体里结核烂成的空洞压缩，使它的壁跟壁贴住了，这样愈合后根据病人的情况再用抗结核药。如果结核在肺的下部或者背部，就打气腹。根据空洞的大小往腹腔里打气体，使肺的膈肌升高，肺就压缩了，然后再用药。从气管滴入抗结核药就是把细的导管，从鼻腔一直插到气管里。插好导管后，拿注射器顺着导管慢慢地滴，因为滴得快了会引发咳嗽。这种治疗方法对技术要求很高。

当时，每星期我需要出结核科门诊两三次，气管滴入的病人每天都需要治疗，所以工作量特别大。后来因为气管滴入时病人咳嗽厉害、反应大，这项治疗就取消了。这段时间，北京呼吸及结核病协会有活动给我发通知，请不下假来去不了，我就找给我们讲过课的老师咨询，寻找新的治疗方法。

结核病传染性强，及早发现、及时就医才能防止相互传染，可是老百姓们缺乏医学相关知识，忙起农活来也不太注意身体的变化，所以来就诊时就已经非常严重了，这就对医护人员预防感染提出了较高的要求。我们工作所在的平房墙壁薄，夏天热得不行，但是口罩得用多层的，那时候我提出来要求医院发十二层的口罩，最少十一层；另外得多给，一个月至少给我们五个口罩；还要给我们一个储槽，我们用过的口罩洗了、拿消毒水泡了，再冲几遍，晾干了再放在储槽里高温消毒，这样处理之后我们一天一个地使用。

结核科一开始在旧门诊楼，紧挨着放射科，有两间房，一间做门诊，一间存放消过毒的物品。结核科的病人不能跟普通病人一起在大厅里候诊，看门诊可以从东边儿那个门进来。后来我们病人多了，医院就在原来渔人码头东边的院子里盖了三间小平房，结核科门诊就搬过去了。

结核科跟放射科关系特别密切，放射科给病人拍片子，结核病的确诊跟胶片质量和拍X片技术都有关系。胶片质量不行，比较浅薄的病灶就给漏出去了；电压稍微高一点，就跟没病一样，所以医生要根据病人胖瘦、病情的改变，给相应的电压，瘦人给的电压小一些，胖人给的电压得大一些。结核治疗恢复得慢，所以我的病人必须带着X光片来，对比之后才能有针对性地治疗。

生活困难时期，咱们国家生产不了那么多胶片，一个月只给我二十张。我一天挂二十几个病人，有时加班三五个，一天就接近三十个病人。如果病人就是用药，开了药就走还好一些，可是，新来的病人病情什么样，病人用药一段时间之后治疗效果怎么样就必须拍片子来看，这样片子就不够用了。实在没办法，我就自己去透视，原来在结核病院的时候我也会透视。后来放射科郭林希主任跟我说："孙大夫，你这样不行，你总给病人透视，你要是得了放射病可不按放射科大夫对待。你匆匆忙忙地来了就做，也不注意防护，这危害你知道吗？多少得放射病的都治不好。"我说："我知道，可是我顾不上考虑这些，要是不看看，不清楚病情没办法给病人用药。"他说："可别这样了，你是好意，是敬业，是为病人着想，你也要为自己的健康着想。你不是你自己的人，你是国家的人。"既然郭主任好心提醒了，我就赶紧去做了相关检查，一查白细胞两千多，已经非常低了。郭主任就给我开了一些药，嘱咐我注意营养。我心想，我也没法儿注意，都吃不饱，有点儿好吃的都尽着孩子和爱人。后来我总申请要X光片，郭主任说："我跟他们说说，多给你几张片子，为这个我也得多给你几张片子。"

大内科：分专业筹划

根据《医疗机构设置规划》里的规定，附近已有传染病医院的，综合医院可不设传染科。我就跟医院提出来：既然国家有相关规定，咱们医院结核科就取消吧，我回内科工作。

内科一共有三个病区：一楼是一病区，二楼的东侧是二病区，二楼的西侧是三病区。每个病区五十张床，再加上加床，基本上一个病区就接近六十张床。当时没分专业，来了病人哪个病区有床就住哪个病区。医护人员也少，内科一共才二十多个人。我们年轻的就门诊、病区轮转，有时也值急诊班。1963年，保定发大水，那天我正好在门诊值班，水都漫到楼下来了。除了看病，我还得帮助药房往楼上搬药，从中午一直忙到下午四五点钟。

那时候医院不分专业，都是大内科。在内科待得时间长的、有资历的有：苏英俊，原来是省卫生厅的工作人员，后来调到咱们医院来，当过院长；孙倩、李坚如、李宗年、张砚渊、陈贤栎、陈长录，都是医科大学或者河北医学院毕业的；陆留，外语特别好，高中时就能直接翻译英语原文，大学学了两个专业，一个生物，一个医疗；还有一个叫李扬的，"文化大革命"以后调走了。

比我毕业晚或是比我来医院晚的有：任琢珊，原来是结核病医院的护士，后来上中医院进修，回来才干的中医；姜静中，比我早毕业两年，和眼科的车月九几个人都是西医学中医的；王介明、张文联都是后进医院的；付连麟后来调到了保定医学院。

1967年前后，内科计划分心血管、呼吸、消化、血液、肾病这几个科室，当时让几个人牵头：李坚如主持消化科；心血管科的牵头人是孙倩；血液科是陈贤栎；肾病科是陈长录或是张砚渊，我记不清了。带头人再聘请专业方向所需的相关大夫，当时就讨论决定了谁分到哪一科，我被分到呼吸科，当时科里还有田磊和龙梦林。

呼吸科：一切为了工作

"文化大革命"中，我专心在科里给人看病，整天在门诊、病房、值班室忙着。一会儿叫我去门诊，一会儿上病房，当时人少忙不过来，这边处理完了赶快去那边，我就来回这么跑。

如果值月，我得二十四小时在医院的急诊科，不值月时我下班也晚。急诊科里碰到棘手的问题，也叫我们这些医疗经验稍微多一些的去给他们解决。当时就不分上下班，各自根据自己的工作，抽空儿赶紧跑回家吃点儿饭，一点儿规律都没有了。

那时，我们一切为了工作，都不拿自己当个事儿。我们这一代人，经历过旧社会的苦日子，非常珍惜和平安定的生活，自觉服从单位安排，工作上干劲儿十足。自己生病了，也不跟人说，担心说了单位让休息。大家都是那样，一心扑在工作上。

我生完第二个孩子，休完产假赶上大炼钢铁，中间没有喂奶的时间，孩子饿了就喂点糊糊，那时候也没有奶粉，就是炼乳——把奶熬成糊糊，特别特别甜，不放水都齁得慌，孩子就吃那个。后来我长奶疮了，奶肿得很红很大一片，还发高烧。我就这么一只胳膊抱在胸前，一只手砸铁。一直觉得冷，别人穿单褂子，我穿着薄的线衣还打哆嗦，也不敢请假。我们护士长说："孙大夫，我给你请个假吧，体温三十八度多，奶都化脓了，该切开了。"到医院就给我切开了，放很深的引流条，隔一天去处理一次，每次都导出好多脓。

当时我们的主治大夫要求我们背病历，哪天给病人做的什么检查，用的什么药，化验单指数是多少，都叫我们背出来。背病历、背检验结果、写病程记录，我都非常用心，上级大夫从来没有因为这个批评过我，但是也不表扬。上级大夫怎么要求我就怎么做，实际上这样做对病人有利，病人的检查结果和用药一目了然。

遇上值夜班，我都是提前来接班。各个病区走一遍，哪个病区有重病人，重病人的情况和注意事项都弄清楚，然后再看交班志，还有不清楚的，就把他们的病历拿出来看一看，白天用的什么药，我值班应该注意哪些问题，做到心中有底。三个病区一个值班大夫，再加上住院总，不是这个病区重病人抢救，就是那个病区重病人抢救，一宿就不停脚。自从做了医生，我一直以病人为主，不管有多累，也要把工作做到最好。我从来没出过什么医疗事故或者让病人家属告我。

这期间，我做过一次住院总(也叫“值月”，就是能胜任住院总医师工作的大夫二十四小时在医院值班）。遇到要抢救的病人，住院总要协助和指导各个病区的值班大夫抢救；急诊科收诊过程中遇到困难解决不了或者急诊科抢救任务大，住院总要去急诊科协助；还有一个是组织各科的会诊，住院总先去诊治，能解决的自己解决，解决不了的，再联系经验丰富的大夫一起会诊；有特殊情况，晚上需要出诊的要跟着出诊。当时我家里非常困难，孩子还小，送孩子、接孩子的事就都交给我爱人了。我那时候就二十八九岁，做住院总半年，在不同的病区查房讨论病案，每个专业我都能学习。

通过住院总的工作和学习，我的业务能力提高得非常快，对各个专业都有了初步的认识，病症大概应该怎么处理，应该注意哪些问题，我心里就有底了。我们同事都说只要孙大夫值班，危重病人一般不会死在她班上，她想尽办法也得把病人抢救活了。我始终坚持一个原则：不管有多大困难，我都得好好地学习，提高技术。新的检查项目、新的仪器设备引进来之后，我就积极主动地去学。大家都知道我是个有责任心、工作兢兢业业的人。

阜平战备医院：为贫下中农服务

1970年，医院下放一批大夫到阜平、唐县的战备医院去，我被分派到阜平县东下关战备医院，在那儿工作了将近八年。

我带着孩子去了阜平，当时段钧刚解除劳动改造四五天，整个人情绪很低落，把孩子交给他我不放心。医院带着家属去的大夫们借住在当地老百姓家里，阜平是老解放区，民风淳朴，老百姓对我们也很照顾，我的房东热心帮我照顾孩子，这样，即便是进村入户的出诊，我也能踏实地去工作。

段钧有个错觉，觉得我把孩子领走就是不跟他过了。那时候段钧虽然平反了，但是还在劳改队。他个性特别强，被当作“右派”对待他心理负担重，接受不了，压力很大。本来不吸烟的他也吸烟了，总是低着头很少说话，叫干活拉着车就走。我们是11月份下乡，到阜平不久就该过阴历年了，过阴历年的时候，医院派人下乡慰问我们。我就跟学院派来慰问的人单独谈话，说：“如果段钧得了精神病或者有了别的问题，我这个家就没法过了。在阜平医院里我还是业务上的主力，离不开岗位，你跟领导请示请示，让段钧请假来一次，我给他做做思想工作。”那人特别好，跟我说：“放心吧，我回去跟领导说，给他请假。”

假请下来了，早晨四点段钧带上干粮骑着自行车就来了。阜平山多，从县城坐汽车还得走两个小时的山路，更何况骑车？段钧走到半路，差点儿掉到山底下摔死，车子坏了，他就推着走。看见东下关公社的拖拉机，他就跟开拖拉机的人打听东下关战备医院，说是那里医生的家属。因为我经常出诊，又经常在公社广播里宣传怎么预防疾病和防止传染，老百姓都认识我。他一说我的名字，人家就叫他“赶快上车”，把他带到了战备医院。

我们医院是在半山腰盖的三排房，叫第一战备医院，开拖拉机那个人顺着大高坡把他带上去时我正在门诊处理妇产科的病人。知道他来了，我就赶紧去见他：我都要不认识他了，脸上全是泥，只露着眼睛，哪儿哪儿都是黑的，人也特别瘦了。

▶ 孙锡钦、段钧和儿女们

我跟医院请假，把他送回了我和孩子的住处。正好孩子也放假了，都在家里边。我就交代孩子先烧水，跟爸爸一起等我下班。

回来以后，我就给他做思想工作。“你怎么变化这么大啊，你怎么了这是？”我问。他说：“我觉得你们都走了，我没家了。你跟孩子都在这儿了，你肯定就不要我了。”

我说：“没有不要你，我一辈子都不会不要你。当初你被打成‘右派’，我都没跟你离，现在孩子这么大了，我能跟你离？儿子是你的儿子，闺女是你的闺女。我带着一帮孩子走，谁要我啊？你就放心吧。”

我领着他爬山，给他做思想工作，他太孤独了，后来我就叫二儿子跟着他回保定了。他很感激我，觉得我没变心，从此精神也慢慢地恢复了。平反后，他回到教研室工作，赵宪鹏整天说他：

“段钧，你可不能忘了锡钦啊，她一直这么维护着你，她可是你的救命恩人呢！”

在战备医院那段时间，我们不仅巡回医疗，还负责传染病防治工作。内科其他两个人，田磊主任得了甲亢去治病了，一个护转医的还没有实习过就下放了，所以挑大梁的就是我。小儿科的病人我会看，妇产科的病我也会治。

当时，我们住老百姓家里，一个大院儿里住好几家，跟一家人一样。有时候工作一忙，我就顾不上管孩子，这家给几个窝头、菜团子，那家给几个土豆，都像亲人一样。他们也说，孙大夫这个人没有架子，跟咱们村里人一样。在那儿待了七年多，跟村民们有了深厚的感情，后来医院组织我们重回阜平义诊，从到那儿开始我就没在卫生所里待过，这个老乡叫着去聊天，那个叫着去家里看看，好像我原本就是那个村里的人。

我们在阜平的这七年多，户口和人事关系都跟着下来了，如果不是“四人帮”倒台，就一辈子在那里落户了。

重返呼吸科：奋起直追，技术精进

1978年4月，医院撤销阜平、唐县、雄县的五个战备医院，下放的医务人员返城回院工作。

回来以后，我感觉自己像是换了一个人，在科里也有了一定的威信。年轻的大夫或者是新毕业的大夫要在各病区轮转，我就跟着他们轮转，去各个病区值班。我的知识面比较广，能指导他们，他们跟着我能学东西，也愿意跟着我。

我去会诊，各个科的人也都尊重我，妇产科有产后心脏病的或者是本来有心脏病又难产的需要我去会诊，我正查着房也敢拽着我就走，因为妇产科的同事知道我性格随和。我跟她们开玩笑地说："你们怎么不敢对别人这样，就敢拽我？"她们跟我关系都特别好，知道我去了之后能给他们解决问题。牙科的碰见病人有输液反应不知道怎么处理了，夏大夫也拽我。她年龄比较大，我说："我跑吧，你慢点儿。"到那儿我就问清哪个病人有输液反应了，然后赶紧处理，直到病人没事了我再离开。夏大夫现在还总说当年我跑得比她快的事。反正在业务上，我觉得大大小小的诊治没有难住我。

我在技术方面的成长，是大家帮助我的，也是我自己主动学的。

医院原来商量过要分专业，我们那些资格老的大夫们也开始筹备建立呼吸科。我买了抽气胸的气胸器，还买了一个肺活量计，将来搞科研或是教学，都用得上。下乡回来后，什么都没了，我就满世界地去找，后来我们科里一个卫生员跟我说："孙大夫，那会儿你们病区的东西都给搁到那间废品屋子里去了。"过去一看，我的肺活量计也折了，压力管也没了。

回来以后，医院又重新组织人员细分专业，成立呼吸科，我就跟医院提出进修的要求。我觉得下乡这段时间，我的医学知识丢了八年，很多前沿的治疗我已经落下了。协和、朝阳医院的呼吸科都是比较先进的，他们那儿已经有了肺功能检查，呼吸系统的各种检查资料特别多，上呼吸机、血气分析都是行业领先的，当时咱们医院还没有这些技术，我就去参加了北京的呼吸系统进修班，还上北京大学医学部参观学习，看检查的一些项目怎么应用。呼吸科的高级专家带着我们学习，给我们讲课，我就努力跟着学。

▶ 北京市卫生局第四期呼吸学习班结业留念（第二排左二为孙锡钦）

另外一个提高自己技术水平的途径是虚心向业务骨干学习。

张砚渊脾气不好，有谁哪句话说错了，他就训斥人家一顿，但是没有训过我。我特别尊重他，有不明白的，他说完了我再问他。

李坚如性格外向，特别爱说，有脾气，胆儿大，敢担责任。我管病人，他查我的房，要求我背病历，还得把化验结果记住。不能看病历，不能翻化验单，哪个病安排什么治疗方案，都得报给他。他拿着病历看我说得对不对，检查记住了没有，特别严格，我觉得这样挺好，把我给锻炼出来了。他还教会了我穿刺技术。我们离白洋淀近，水区里面有寄生虫，当地百姓易得阿米巴肝脓肿这种病，肠炎病发病率也高。李坚如带着我查一个阿米巴肝脓肿的病人，首先要确定脓肿部位，然后才能进行穿刺，我说我检查定位，你看我查的手法对不对。我就按着病人肋下最疼的地方，距离第几肋间有多远来定好位，然后拿棉签点点儿做上标记，让李大夫再检查一遍，如果我的定位和他检查确定的一致，就可以进行穿刺。我说："我不敢穿，李老师你来穿吧。"他一边穿一边教："看着啊，抽成真空，脓肿就到了针腔里，一下就出来了。"他就这样教我，后来我就可以独立完成穿刺了。

我跟陆留老师学过做肝穿刺。陆留做肝穿来筛查病人是传染性肝炎还是肝癌。穿刺完成之后，取出来的样本再去做细胞学诊断，用显微镜检测是癌细胞还是正常的细胞。当时这种手术就是最先进的治疗手段了，只要把体内的脓抽出来，当天晚上病人体温就能降下去，疼痛立即就减轻。

田磊主任耐心细致，沉稳持重；陈贤栎爱读书，抓紧一切时间认真学习，他知识面广，在血液和消化方面都有不错的成绩；龙梦林大夫话不多，为人随和。他不做冒险的事情，但是他有经验，查房时特和气，他给病人叩这儿摸那儿，然后问我是怎么认为的。我跟他说我的意见，要是对了，他就点头；要是不对，就说下次再仔细地查查，该做哪方面的化验。

那时候不分专业，但是几位老师专业方向和诊疗特点上各自不同。我跟着这些老师们学到很多专业知识，对诊断治疗也越来越有信心和底气。

除了跟这些老师们不断学习，我也参与每个礼拜科室里的病案讨论，同时下班后就去查资料研究学习临床中碰到的疑难问题，这样，业务水平就逐渐提高了。

教学工作：精心准备，教而有方

我从二十五岁开始承担一部分教学工作，在医院组织的进修班上讲“物理诊断学”理论知识，一共是八个小时的总课时，我把人体各部位怎么检查，用什么手法等这些内容都讲完后，跟进修的大夫们说课程内容结束，下节课要换其他老师来讲了，他们都说：“这就讲完了啊，我们特别爱听。你不是只讲授书本知识，而是给我们讲实际怎么操作，我们虽然也做了这么多年的大夫了，但是听你这么一讲还是非常受益。”我备课的时候本着学生能更好地接受的原则来组织内容和讲课，我把自己的实践操作经验总结到讲授内容中，比如心脏移位就要求大夫仔细琢磨检查手法的不同才能得出准确的检查结果，非常受大家认可。不断提升自身业务水平，同时精心组织教学内容，实践和理论结合着进行教学，才能让学生真正地有所收获。

无论是给学生讲课还是带学生实习，都需要用到一些典型病例的X光片作为例子来形象教学，我就跟放射科的大夫们交代好，有典型的片子就给我留着。为了能得到这些X光片，我和放射科一样的作息时间，放射科比其他科室提前半小时上班，我就提前上班，和放射科的大夫们一起看片子，也算是跟他们一起交流和会诊，有典型呼吸性病例的X光片就自己留下一张作为教学资源。就这样，我保存了用于教学的有代表性的片子一百多张。除了用来教学，给年轻大夫们讲解病情的时候这些片子也非常实用。

退休后：助力保定市法医院建设

退休时，我是副主任医师，副教授，因为“文化大革命”，职称晋升工作停了好多年，等到后来重启职称评审工作的时候，我都五十多岁了，即使晋升了也干不了几年就该退了，就把名额留给年轻人吧。

五十五岁退休以后，我帮助法院成立了法医院。法院的几个院长都认识我，因为我给他们的家属看过病，他们也了解了我的水平，就极力让我帮着建法医院。有一段时间，我每天下午四点过去培训相关人员，把伤情鉴定的程序、顺序给讲清楚，也做法医院的伤情鉴定，法医院的责任鉴定书得由我签字才能出具。我帮助他们成立组织、定好制度、确定了流程和标准，法医院能正常运转了，我就辞了。

六、爱人段钧：爱岗敬业苦钻研

我的爱人段钧，是我的校友也是同事。他是平原省医科学校第一期的学生，后来被学校选送到协和重点培养，是著名的微生物专家谢绍文的研究生。

段钧的老家河南辉县是一个文化城市，历史上文武状元都有。段钧家是书香门第，他爷爷念过私塾，又考的政法大学，毕业后就在浙江查税局管查税。日本人来了以后，老头儿说不给日本人做事，就辞了工作，回家教自己家的孩子们念私塾。段钧五岁念私塾，背书学习都很优秀。

▶段钧

他初中上的河南辉县的百泉中

学，那个学校分数要得特别高，教学质量也特别高，现在也是有名的好学校。1948年前后，段钧初中毕业，也就十四五岁，和几个同学商量着一块儿去参加革命了。他爷爷想让他继续上学，他偷偷跟几个同学一起去解放区加入了卫生队，当时也叫黑热病防疫队。

段钧聪明能干，学习上进。他要求自己干什么都要干好，干出成绩。他非常热爱自己的专业，天天想的都是教学研究的事，家里的事从来不操心。我们家工资低，生活比较紧张，但怕在技术上落后，我们一直坚持订杂志学习。每天晚上下班他都在学院教研室里边看书，准备第二天的工作。他是协和毕业的，导师谢绍文对他们要求特别严格，经常提出问题让学生自主研究解决，段钧按这样的模式要求自己也要求教研室里的同事，他的教学标本都是他带着实验员亲自制作的。新来的老师他都去听课，然后

▶ 平原医疗队化验黑热病工作照（看显微镜者为段钧）

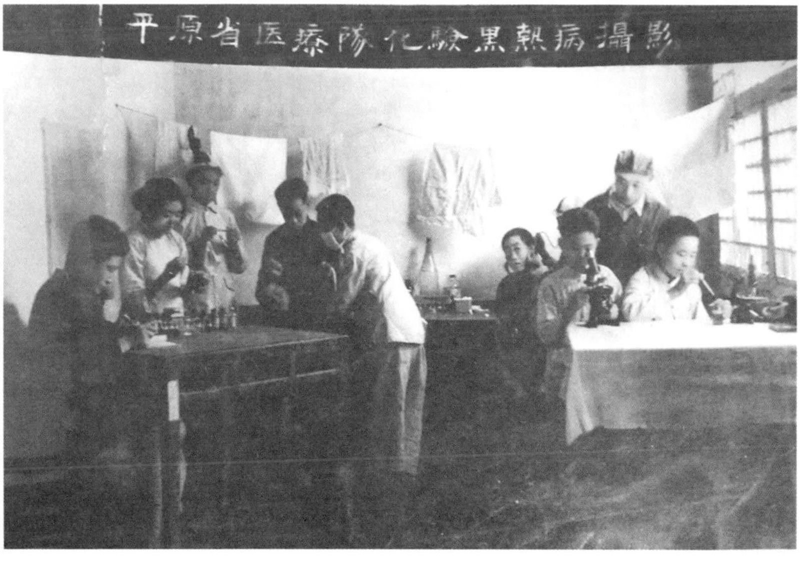

▶ 段钧工作照

▶ 段钧和同事们（第二排右一为段钧）

再提意见。

他靠自己的专业知识殚精竭虑地为学校谋发展。在通州时，给学校办细菌肥料厂，开发人造肉，给学校筹集资金。后来学校搬到保定，学校就用赚到的这些资金办了药厂，买地种植生药。当时学校有药学专业，这对学生的学习有很大帮助。

他这人手还特别巧，生活困难时期，我工作忙，没法儿照顾家，他学会了裁剪，给孩子们做衣服，还给别的同志做。劳动改造时，他还给学生们做锦旗等宣传用品。

从通州往保定搬家的时候，抬冰箱时他被压了一下，然后就病倒了，病休了四年，精力刚一恢复就上班了。上班后，他依然兢兢业业，照常上课，辅导实习。

"文化大革命"时，段钧被当成"右派"对待，但是并没有正式的批文。

1978年，国家出台了55号文件，段钧平反。他说："我总算解脱了，心上的结儿总算解开一点儿了，但还没有完全解开。"

▶段钧（第二排右九）和检验士提高班合影

▶段钧（第一排左五）和进修班合影

我就劝慰他："经过挫折倒好，你长了不少见识，也历练了自己。"

段钧觉得这么多年落下好多功课，为了学习专业，他去国家基础部研究所继续交流学习。1979年，他牵头成立学校中心实验室，为了能提高教学质量，能有更先进的设备和技术培养年轻教师，他去省教育厅、地区卫生局找领导申请给学校和保定地区办中心实验室，购置先进仪器。因资金少，他精打细算，尽量少花钱多办事，有时还自己出钱。他还给急救中心建立化验室，医院不能做的实验、检验可以送中心实验室研究，这样就给临床诊断提供了有力的技术支撑。

利用中心实验室，他申请办检验提高班，为学校、市和县级医院培养化验室人员。检验班的结业证书，省里承认学历，对这些人员的职称评定都有用。后来中心实验室解散，先进的设备仪器都转给医院检验科了。

段钧也搞科研，他翻译了一本免疫学，也曾参加专业微生物及免疫教材的主编等工作。他还搞发明创造，想尽一切办法改进

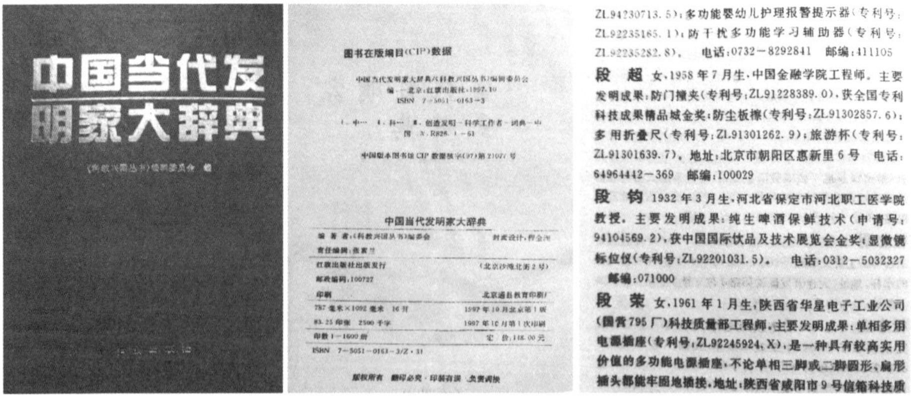

▶ 段钧被收录进的《中国当代发明家大辞典》的封面、版权页及内文

教学。他发明了一个标位仪，通过标位仪在显微镜底下看细菌，学生们看得明白，找目标方便。后来他找了一个工厂，专门生产标位仪。

我跟他说我的病人太可怜了，治疗的药用了好几种，但是对肝脏有副作用，不用药病人喘不上气来，多痰，问能不能给我想个办法。他就跟他的顾问商量，做病人的痰内细菌分离，对细菌进行药敏试验，一个人要分离一次菌，还得挑着菌再培养，培养了以后还要再去种，针对性地进行免疫治疗。这绝对是有效的，就是特别费事，这个科研成果叫“自家疫苗”。有些慢性支气管炎合并肺心病、支气管哮喘，常年不好，最有效的治疗就是免疫治疗，提高免疫功能，增强抗病能力。因此，我们医院很多病人用自家疫苗，治疗效果特别好。

他常说：“我是党培养的，从十几岁开始，共产党把我养大，把我送到学校学习，使我成了有知识、有技能的人。我来自于人民，党培养了我，我更要服务于人民。”

七、结语

我这人责任心强，工作中始终坚持一个标准：我是个大夫，一定尽到大夫的本分！对待病人我像对自己的亲人一样：对老人，就像对我自己的爸爸妈妈一样；对年轻人，就像对我的哥哥弟弟一样。有人背后说我是“右派”分子的爱人，我也不当回事。每个人有每个人的看法，是我的问题我改，不是我的问题我也没必要在意。别人怎么对待我是别人的事，但我要求自己走得直、立得正。

这一辈子，我一直跟着这个医院转，到现在都跟了六十六年了。医院对我有恩，我特别感激医院，谁要是说医院不好，我心里就觉得难受，跟说自己不好是一样的。

访谈后记

在炎热的七月，走进一位八十五岁老人的生命中，在一次次的讲述里重温那些激情燃烧的岁月，在时空的交错中重新审视现实生活。

作为一位医生，她悬壶济世，治病救人，不管八小时还是节假日，只要有需要就出现在工作岗位上；无论是结核病还是呼吸性疾病的诊治，只要是自己的职责范围她都认真钻研，深入学习；在物质匮乏、工作条件简陋的时期，她用自己的医术、医德、医风坚守初心，服务人民；在运动频仍、个人随时代颠簸的年月里，她不忘责任与使命，默默在岗位上耕耘；无论城市的诊疗室还是乡村的预防宣讲台，都留下了她辛勤的汗水……她本着医者父母心，兢兢业业，自强不息，勤勉上进，用辛劳和认真一笔一画地写出医生的担当与职责，用奋斗和坚强一点一滴地累积出人生的高度。

作为一位妻子，她用自己纤弱的肩膀担当起家庭的重担，与丈夫伉俪情深、甘苦与共，抚养儿女成人，八十五岁高龄时还在为大家庭无私付出。在工作繁忙和丈夫被错划“右派”的重压下，她工作上没出一点儿纰漏，照顾好了每一位亲人。她用东方女人的温柔贤淑把一个家庭遇到的风雨化成阳光，用善良和智慧照亮了一家人前行的道路。段老师病中，最不舍的是孙老师的守护，不许别人替换，这是段老师一生对孙老师爱的依赖，是两位老人爱情坚贞的最好诠释。

作为一位八十五岁高龄的老人，应该是一种什么样的生活状态？顶着骄阳步行到老干部活动中心，音声爽朗，笑意盈盈，灿烂得像太阳。每次听到她中气十足的讲述，我都会恍惚：时间似乎并没有在这位老人身上留下印迹，她还是精力旺盛的十八岁，还是热血沸腾的如花岁月，有情趣地丰盈着每一个日出日落。

“墙角数枝梅，凌寒独自开”，恰如孙老师的一生，她用乐观和上进让流年有了傲然的姿态，用坚韧和豁达让岁月有了沁人心脾的清香。

郭瑞芬：我们医院不简单

访谈时间：2018年7月23日—11月20日（共三次）

访谈地点：河北大学附属医院老干部处

被访谈者：郭瑞芬

访 谈 者：张 哲

（文中所有照片均由郭瑞芬提供）

郭瑞芬，1935年11月出生于河北清苑。1952年6月，毕业于河北省第一人民医院护士班；1952年6月至1958年9月，任河北省医院助理护士；1958年9月至1965年10月，任保定医学院第一附属医院外科护士，其间于1960年进修于阜外医院心脏外科、北京宣武医院神经外科；1965年10月至1970年11月，任保定地区第一医院外科副护士长；1970年11月至1978年4月，任河北省阜平县第二战备医院副护士长；1978年4月至1984年12月，任保定地区第一医院肿瘤科护士长，其间，1979年进修于北京日坛医院肿瘤科，1980年12月晋升为护师，1981年9月晋升为主管护师；1984年至1990年4月，任河北省职工医学院附属医院外科护士长。

我，1935年出生于清苑中冉。爷爷奶奶有三个儿子，大伯、二伯和父亲，大伯和父亲在保定市的粮店工作，二伯在老家。父母共有五个孩子，我排行老大，下面有三个妹妹、一个弟弟，我比小弟弟要大十八岁。

长大后，我二妹妹在天津当医生，三妹妹护校毕业之后做了护士，四妹妹在小提琴厂工作，弟弟在农业机械厂工作。由于家风很好，兄弟姐妹的工作也都很稳定，生活很好。

我爱人1955年毕业于唐山卫生学校，当时他们学校进入省医院工作的学生一共八人，他被分配到外科。我们在工作中互相交流，后来自由恋爱走到了一起，并于1957年7月7日结婚。1960年，我爱人调入手术室工作，因为是家中独子，父母又都在唐山，他申请去了放射科。当时，放射科每年有一个月的假期，他可以利用假期去探望父母。

我们家的生活一直都很有规律。我们工作从来不迟到、不早退，早上起来就会把中午的饭炒出来，中午回家吃了饭休息一会儿。我对老人很孝顺，每次去看老人的时候都拿着大包小包的东西。

我爱人工作非常敬业，跟学生的关系也很好。家里人尊老爱幼，跟周围的关系处得也都很好。

学医最受益的群体就是子女，感冒等小病我自己就直接给解决了，包括外孙女儿也是。我父母都是八十多岁去世的，算是长寿了，这也得益于我学医。

一、感受着红色教育长大

家人重视教育

小时候，我跟母亲在老家长大。因为父亲在南关的粮店工作，上小学时我跟着母亲来到了保定市。

在老家时，我家是一个大家庭，二十多口子人在一起生活。我受到的家庭教育是传统的、讲究道德品行的教育，家里人行为都很正派。大家庭讲五伦五常、四维八德，爸爸妈妈一直教育我们要爱国爱家。妈妈没有上过学，但她总是教导我们在外面要老实，上学的时候要听老师的话。由于家里孩子多，排行老大的我承担起了家里的主要家务。家里弟妹都很和睦，兄弟姐妹之间从来不打架。母亲勤俭持家，从不浪费，为人处事信守承诺，从不跟人吵架，我耳濡目染地学到了很多。

六岁时，我跟着一个远房爷爷和姑姑在私塾里学习，每天上课见到老师要先鞠躬。从上午八点到十点，私塾先生领着我们念《百家姓》《千字文》等，并要求我们能背诵。老师还会教我们写书法，有时还会讲一些如“姜子牙下山”这样的老故事。私塾学习让我积累了很多名言名句，像“路遥知马力，日久见人心”等，现在仍记忆犹新。

我七岁到市里上的馆驿街小学，这是一所六年制的新式小学，语文、数学分科教学，一个老师教一个学科，上学之后，我爱好很广泛，跑步、篮球等我都很喜欢。六年的小学生活整体来说平淡且顺畅。

我的抗日印象

姥姥家在保定市郊李八庄村，离省医院大概有三十五里地，当时属于解放区，舅舅、舅妈都是老八路。到了保定上小学之后，我经常能看到舅舅、舅妈背着枪出去。虽然小，理解得不深，但我能够感受到他们是在保卫国家。耳濡目染，我对舅舅、舅妈有了一种崇敬之情。日本侵略者侵略中国的时候，我刚几岁，老乡们一边喊着“日本鬼子来啦”，一边带着家里人到处躲藏。我从小很受家里的保护，因为离着解放区近，所以，日军一来，我们就会往解放区跑，那里相对更安全。

二、带着憧憬开启护士班的学习

1949年新中国成立后，中学的招生工作由之前的冬季招生改成了夏季招生。这中间的半年时间，我参加了补习班来为考中学做准备，落榜后正赶上河北省医院护士班招生。当时我一直憧憬着“白衣战士”这样的一个职业形象，很羡慕白衣天使可以治病救人，本着这样的信念，我参加了招考。

当时父亲很支持子女继续求学，又因为我在家里排行老大，家里面很愿意让我学护士这个专业。

当时的护士班招了三个班，府学后街一个大院里面有两个班，省医院里面有一个班，我们班就被安排在了省医院。由于班级设在医院里面，除了上课，每天早上起来我们都可以参加晨间护理、做卫生等。

医学院的课程比较多，又需要在一年多的时间内完成，上午、下午都是满课。因为受过私塾教育，我背书很快，学习对我

▶ 河北省第一人民医院护士班毕业合影（第二排左七为郭瑞芬）

▶ 护士班同学毕业六十年聚会合影（第一排左三为郭瑞芬）

来说很容易。

1952年6月，学校响应国家号召，派出学生去参加抗美援朝，学生们刚走到涿县就停战了，派出的学生就留在了涿县的康复医院。

三、医院里的人和事

我十六岁入职开始工作时，医院是由十一个院组成的园林式医院。院长是米毅，书记是张步胜。当时，医院护理部的主任刘英娥给我们进行入院教育，讲了一些医院的规章制度。

我眼中的米毅院长

米毅院长是对工作极端负责任、对同志和人民极端热忱的好院长。他擅长战场抢救、战伤手术和治疗，精通外科，医术高明，把“救死扶伤、实现革命人道主义精神”贯彻得很深入。米院长的手术解剖部位清楚，止血完善，手术出血少，能指导外科医、教、研工作全面展开，引领了全院各项工作的发展和进步。

他来省医院之前在华北后勤总院工作，曾与白求恩同志在一个战壕里抢救伤病员，一个手术台上做手术。毛主席说：白求恩同志毫不利己、专门利人的精神，表现在他对工作的极端的负责任，对同志对人民的极端的热忱。米毅院长与白求恩同志工作、学习、生活在一起，耳濡目染，深得真传，他学到了白求恩同志毫不利己、专门利人的精神，学到了对技术精益求精的精神。1948年11月22日，保定解放，米毅院长带领他的团队接管了河北省医院，组成了领导班子：书记张步胜，院长米毅，副院长黄田，院部秘书徐胜，政工秘书张昆，病房秘书曹登文（1953年调去包钢）、杜新广，医务科主任罗庭桂，总务科长刘刻让。1953年，赵永生任总务科长，张金铭任总会计。这些领导多是从部队到地方来的，所以，当时医院采取的是军事化管理。

1952年，医院筹建新址，米毅院长从土木建筑到室内各科设备样样过目，室内桌椅等多方面木器，抽人绘图纸，专门定做。1954年9月，新院建成，一切就绪，准备搬院；1954年10月4日上午，上级领导前来参加剪彩和庆祝大会。

医院新领导班子有些变化：党委书记李玉堂、院长米毅、副院长徐胜、人事科长张昆、病房秘书杜新广、总务科长赵永生、会计张金铭、医务科主任郝奕隆。搬到新院后，行政上米院长工作深入，经常巡视院落。当时的省医院院落清洁整齐，花草树木有专人管理，全院各科分片定期大扫除。业务上，米院长通过每天的统计一览表了解医院的情况，他常年住在办公室，经常夜间巡视病房，发现问题及时解决。米院长对工作负责的精神让大家非常感动，我至今记忆犹新。

米院长对同志、对人民极端热忱，医院职工有病，不管住院不住院，院长都亲自看望。1972年，陈护士患黑色病盆腔占位病变，米院长和外科护士长任秀爽亲自陪同陈护士到北京、天津、上海去看病，因为病重，哪个医院都没收，最后还是回到省医院由尹瑞山主任等人做了手术。

张××，女，三十多岁，河北省望都县大魏村人，患腹腔巨大肿瘤，1967年入住我院十病区普外，经治医师是王殿臣，我当时担任外科护士长，负责她的护理工作。张××住院时做了术前的各项检查，而后病人不见了，听说在先进卫生科做了手术。后

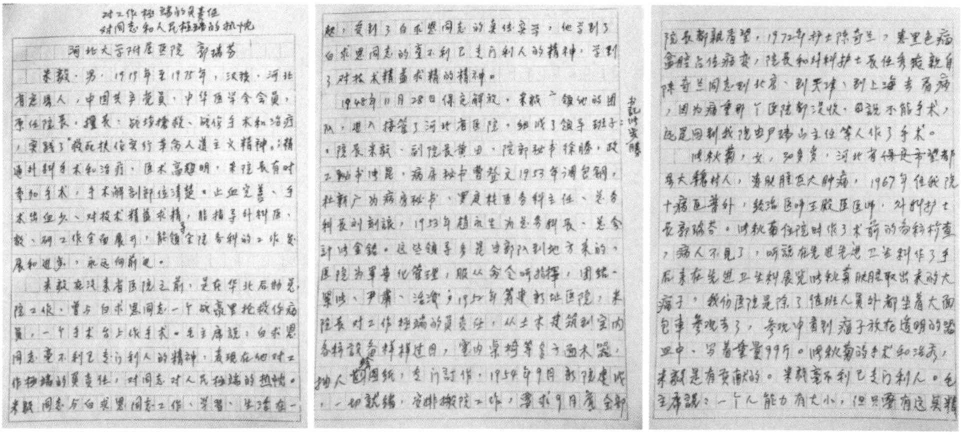

▶ 回忆米毅院长的手稿

来在先进卫生科展览从她腹腔取出的大瘤子时，我们医院除了值班人员外都坐着大面包车参观去了，她的手术和治疗米毅院长是有贡献的。

医院可是了不起

医院建立于1909年，原址在西关，后迁到兴华路。当时只有几间平房，六七个人，原名叫防疫医院。

1951年我入院学习的时候，医院是园林式建筑，大门楼上挂着白底黑字儿“河北省立医院”，各方面都是一流的。医院由多个套院组成，大小共十一个院子，院落里面种的树很多，尤其丁香花开的时候，很漂亮。医院的房子全部都是砖瓦建筑。走上院门口的高台阶，紧挨着大门口的就是传达室、收发室、挂号室、候诊厅；往里面走就能见到一个四合院（1号院），这个四合院四角都有门，通往内、外、妇、儿、耳鼻喉、眼、皮肤等科室的门诊；从西南门向西走是西药房、制剂室、放射科（2号院）；1号院的西北门向北行路西为院部，有院长室、院办室、医务科等。医院还有南房一排和北房一排，路西是个月亮门，向南有条幽静的小路，通往2号院；路东会议室，是开会和讲课的地方；北行为手术室、外科护理站、外科更衣室、外科换药室。护理站后面路东、路西各四排房，有四个门口出入。

全院床位一百七十五张，外科六十张，儿科十张，五官科十张，内科七十张，妇产科二十张，结核科五张，全院工作人员共二百多人。

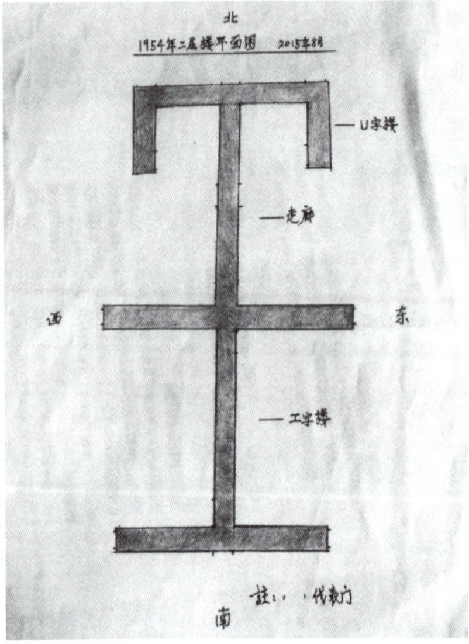

▶ 手绘1954年省医院院址平面图

1955年，省医院搬至东城外红星路5号，坐南朝北，门口挂着“河北省医院”的长牌，附近只有省防疫站、省卫生学校，其他均为良田，路也是土路，没有路灯，夜间一片漆黑。当时医院大门口有解放军站岗，进门东房为警卫室、接待室，西房为传达室、收发室，前院为桃林，西行是车库、小卖部和家属院，南行是U型楼和工字楼组成的医院大楼主体。U型楼为各科门诊室，二楼东侧为院部及其他行政部门；工字楼有长廊与U型楼相连，工字楼北侧东西向的病房设置是一楼东侧为儿科，西侧为二病区五官科，南侧东西向的病房设置是南三病区、西侧四病区为内科，东侧为化验室。二楼东侧五病区为妇产科，西侧的六病区、南七病区为外科，南侧为手术室。

当时儿科有床位五十张，五官科五十张，内科六十张，妇产科四十张，外科七十张，合计二百七十张。

病房楼的西侧为营养食堂，食堂西侧是洗衣房、缝纫室、男浴室、女浴室、理发室和供应室。南行西房是伙管室、教室，南行西侧是花房、库房，院子中间是礼堂、职工食堂，南行为单身宿舍，最南边东五排为托儿所，食堂东侧为篮球场，北行是锅炉房，北行有东大门，运煤、运物等，院内清洁整理，有花坛树木。

当时全院有三百名工作人员，米毅任院长、徐胜任副院长，具体人事安排为：组教科长张昆、医务处主任郝奕隆、内科主任苏英俊、外科主任罗庭桂、妇产科主任郭淑芳、儿科主任刘明、五官科主任同实、检验科主任耿士庸、护理部主任刘英娥、儿科护士长赵淑玉、五官科护士长田玉英、外科护士长王志典、手术室护士长焦启新。

1958年，河北医学院搬走。1959年，省医院对院舍布局做了调整，门诊搬到现在的皇庭假日酒店那栋楼，原门诊改成了病房，一病区为血液科和肾内科，二病区是神内科和呼吸科，三病区是心内科和消化科；行政从门诊楼搬到药厂楼，四病区为儿科，检验科搬出病房楼，原病房楼变成了五到十病区。

此时，病床已发展到了四百八十张，其中内科一百五十张，外科一百六十张，妇产科六十张，儿科五十张，五官科五十张，皮肤科十张。全院工作人员也增加到了五百人。

边工作边学习

我们班共二十一个人（其中五个男生），毕业后都留在了省医院。我们来医院报到的女同学共有十六人，住在医院的两个宿

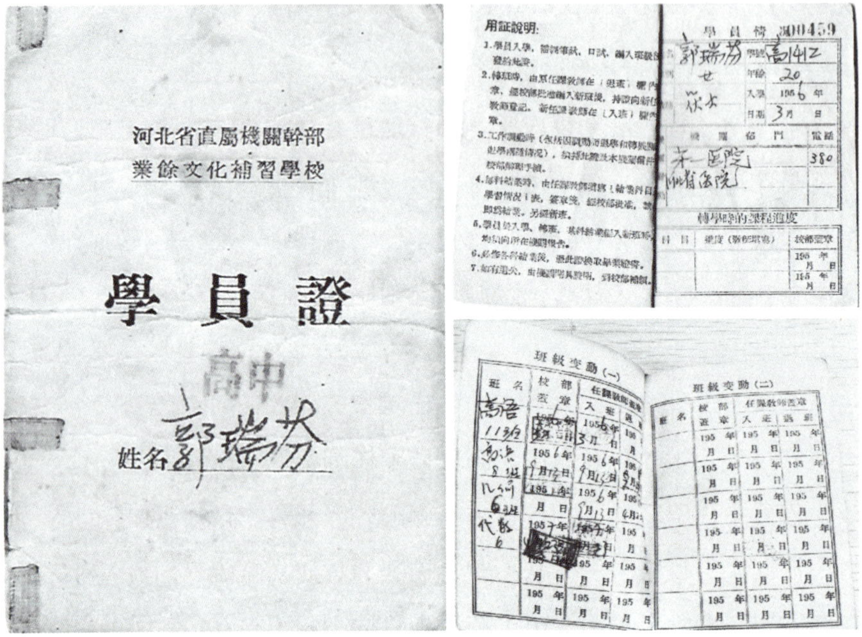

▶河北省直属机关干部业余文化补习学校（高中阶段）学员证

舍里，而其他五名男同学住在院外。1952年，我刚参加工作时在内科，那时的内科在平房里，护士长带领我们熟悉工作及学习，工作三班倒，早班、下午班和夜班。一班几个人，每天都有分工，巡回病房、输液打针等。董自生1953年调入河北省卫生学校后，内科主任换成靳文堂。当时内科病人很多，病床都是满的。六十张病床，一共五六个护士。护士长张勇祥，是一位男护士，从部队来的，处理事情很果断。

大夫会在空闲的时间给护士们上课，讲病情、病理及需要注意的问题。当时，陆留大夫给我们上过课，他是协和七年制毕业的，理论和医学技术过硬；李宗年、李坚如大夫也给我们讲过课。护校里的老师也来给护士们讲课。讲课分成上午和下午两次，护士根据自己的排班情况选择自己的听课时间，一次课程两个小时。大家都很重视这个学习，学习态度认真，都很积极地做笔记。

工作后，我在河北省业余学校补习了初中和高中的知识。我1952年开始上课，那段时间每天五点钟起床，上班前先上早课。业余学校的教室安排在市里的各个小学，他们利用一早小学还没有开始上课的时段——六点到七点半左右，组织上业余学校的人们上早课。下课之后，学员们各自回单位上班。每天早晨天还特别黑的时候，一听到外面有泼水声，我就赶紧起床。一边工作一边上课，时间很紧张，但也很充实。

1954年，省医院搬到了现在的地址，那时我仍在上业余学校。同时，我刚转入外科工作，一进入外科就得到了何春贤等老大姐的帮助。我认为，在护士工作当中，观察病人最重要，转病房是护士工作的重中之重。当时，护士工作岗位一般会以调动的形式来变化，医院指派调动科室，本人不会提要求；现在，护士工作之初需要进行一年的科室轮转。

1958年，我通过全国统考取得护士资格证书，成为正式护士，这和我一直以来的认真学习分不开。当时，除业务学习外，我每天晚上吃完饭就开始学《毛选》。这种集中学习从1952年开始，一直持续到“文化大革命”以前。星期一到星期

▶护士资格证书

五，每天都有政治学习，星期六下午还会利用半天时间学习相应的文件及《毛选》。

一心一意帮助病人

内科有三个小房间收治结核病人，护理时要求必须戴口罩，严格防护。一般结核病的病人都是部队下来的军人，脾气比较大。如果处理不及时，就会发脾气。

大概1952年左右，收治的结核病人就单独安排在后面的一个小院儿里了，那里有五六张床，都是独立的房间，派专人负责病人的护理。

有一个张姓病人在外科住院，他个子很高大，脾气也很大，从部队下来的，不爱说话，总是因为要求得不到满足或者不满意护士们的照顾，动不动就用东西扔别人。即使这样，我们也尽心尽力地照顾他。

病人王×，后来是保定市重要领导，1952年由于髋关节结核，住在外科，住的时间很长，对我们的评价很高。

山东的一个女演员演戏时受了伤，住在骨科。由于当时照顾得很好，二十年后这个演员来保定演出，还来给医院送票。当时，骨科的病人每天都要擦一个澡，大小便也都由护士来接、来管。

还有一个周姓病人，1958年住院，大便解不出来，护士只好用手给他抠，帮助他解除痛苦。

只要工作有需要，我们都会想方设法完成。

四、见证大外科的发展

在内科工作了两年后，1954年，我调到了外科，见证了整个外科的发展。

我们医院分科早，分科细。外科跟内科的区别就是外科大夫走路很快，做事很快，因为他要抢时间；儿科、内科更加求稳。我在护士岗位上一直都秉承着救死扶伤、工作第一的原则，有时过年都不能在家里吃饺子，也毫无怨言。我做工作很深入，抢救、术后护理，不管是哪一项工作，我都深入学习，积极参与。

外科护士一直有一个按需轮转的工作惯例。普外、泌尿、胸外和脑外，只要有手术，即使在休假也会被叫回，到岗后立即带领团队参与到抢救、手术和护理工作中去。

在外科工作的时候，我亲身经历过的成功病例太多了，它们都凝聚着医护人员的艰辛和智慧。

1957年，外科开始做心脏手术，其中有个病人是四八二厂的工人，男，二十岁，患风湿性心脏病二尖瓣狭窄，在低温麻醉下体外循环，行二尖瓣分离术，术者为石文滔主任。当时，石主任刚从上海进修回来，麻醉师请的是二六三医院的陆旺，正在唐山休假的我，被医院的电话叫回做术后护理工作，手术获得成功。术后患者曾多次来院复查，后来我们心胸外科多次做心脏手术，多为风湿性心脏病二尖瓣狭窄，术者多为石文滔主任，有时河北医学院附属医院的刘振华教授也做相关手术，手术都很成功。

1958年，伤寒病流行，经常有肠穿孔造成肠瘘的病人。刘××，男，十三岁，肠瘘，住院时间长，痛苦大，营养不良，消瘦，整天呻吟，先后共做了五次手术。最后一次手术是在晚上随着社会发展和科学技术的进步，大家共同努力，外科各专业取得了辉煌的成就。

1992 年从旧楼搬入 3 号外科楼时，外科床位 200 张；2006 年搬入 1 号综合楼时，外科床位 414 张；2015 年外科床位 438 张。以下是外科床位变化表：

年	1951	1954	1959	1992	2006	2015
床位数	60 张	70 张	160 张	200 张	414 张	438 张

▶ 外科病床数量明细表

八点多，病人腹痛难忍，医生看过后，说紧急手术。我们赶紧把他推进了手术室并开始术前准备，罗庭桂主任小跑着进了手术室。夜间十二点多，手术做完后，病人被推回病房。经过一段时间的精心治疗和护理，他恢复健康，出了院。由于当时病程长，痛苦大，病人被治好后，决心长大做医生，治病救人。几年后，听医学院里讲课的老师说，这位刘姓病人真的考上了咱们学校。

陈林堂主任负责骨科，当时接诊的多为腰椎结核和截瘫的病人。

1958年，徐水大王店炮药爆炸，炸伤数十人，外科抽出大量人力组成了烧伤抢救组。医护人员全力以赴，经过数月的抢救治疗，伤者全部痊愈出院。1963年，河北农业大学女学生付××，二十岁，洗澡时不慎掉入热水池中，因水温太高，烫伤面积达百分之九十四。阴慎齐主任带队的抢救组成功抢救了病人。为了病人，术后前三天他们昼夜没有休息，连续四个月没有休假。1964年，在保定地区召开的全地区医务界大会上，我们获得了表彰。

普外科多年来抢救大面积烧伤的病人，积累了很多宝贵的经验和操作规程，如早期抢救、休克暴露疗法、水治愈疗法、抗感染用药去痂、保持创面清洁、三度烧伤、植皮等，抢救成功率很高，取得了很大成绩。

普外科大夫多次参加县医院会诊，参与抢救烧伤病患。1966年7月的一天下午，雄县县医院外科请我院外科会诊，因为他们收治了三名烧伤病人。病人都是男性，三十多岁，烧伤面积均在百分之五十以上。阴慎齐主任带我去了雄县县医院，到达后我们先看过病人，做好了治疗护理方案。病人躯干部受伤需要采用暴露疗法，用翻身床可以减少病人翻身的痛苦，我们就从医院要了一些医疗设备过去。我们不仅在当地参与抢救工作，还指导当地医护人员工作，一周后病人病情稳定了，我们才回到省医院。

那个年月，因为住院没有家属陪床，护士的工作内容就不单单是护理，还需要帮助病人处理各种各样的事情，如洗衣服、买东西、写信……一说开饭了，都是护士来送饭，进食不方便的患者，还需要护士来喂饭。当时的医患关系很好，病人出院之后还会回来看望我们。

1960年12月，神经外科成立，专业发展很快。当时有这样一个案例：患者梁×，男，三十岁，脑外伤，颅内血肿伴昏迷，首先做了血肿清除术，经过半年的治疗，患者神志清醒。主要技术实施和手术由周桂平主任完成。

普外科的尹瑞山主任，1962年开展了肝叶切除术。一位五十多岁的男病人，肝癌，请示外科罗庭桂主任，请示米毅院长，同意手术，行右半肝切除，术中术后顺利，病人恢复健康出院。后来尹瑞山主任又做过肝左叶切除和肝中叶切除术。

泌尿外科在80年代开展肾移植术、膀胱再生术，手术由朱保翰主任完成，获得成功，朱主任在计划生育工作中也做出了突出贡献。

2000年，我们院的副书记赵×，男，脑出血伴昏迷，行血肿清除术，经过半年治疗，神志清醒，肢体无障碍，能简单会话，生命延续了十三年，经治医师是李春辉主任。

2002年，患儿田×，女，五岁，脑外伤，脑干损伤昏迷，经过五个月的治疗，配合高压氧舱治疗，患儿清醒，智力恢复正常，肢体语言无障碍，七岁时正常上了学。

这些病例展示出当时省医院大夫们精湛的医术和全心全意为患者服务的医德。

一直保持最高昂的精神面貌去工作

当时学习很多，经常不定期举行政治学习，还会组织学习谢秀梅、向秀丽等人的先进事迹。当时家属很少陪床，护士们都用最高昂的精神面貌去工作，一切以工作为主，工作初心就是解决病人的困难，大家认为一切都是理所应当的。

护士长们也都很好，所有的基础操作她们都会毫无保留地教给护士。我来医院后的指导老师有王振敏、何春贤和小昭静江。日本人战败时，医院只有小昭静江留了下来。1958年，小昭静江调入唐山工人医院，地震的时候去世了。王振敏、何春贤两个老大姐什么事儿都会干在人前。本来安排她们上下午班，她们上午还会来，看看是否有需要帮助的地方，责任感很强。

当时的工作流程及要求很细，三查五对都要求做好。每天提前十分钟到岗进行交接班。交接班需要转病房，写好床头交班日志，需要到床头去看一看，巡查一遍，重点观察有引流的病人。而后进行晨间护理，打扫卫生。床、桌子、窗台，整个房间都要整理一遍。这个工作现在也是如此进行。然后大夫查房，护士就开始根据医嘱在治疗室里配药，在病房输液，随时对病人进行观

▶ 读书学习笔记

察。病床床头有铜铃，病人需要护士就会摇铜铃，护士根据声音传过来的方向判断是哪个病床。午休时，有一名护士值班；下午两点上班，工作就是继续观察没有输完液的病人，为第二天手术的病人备皮，做其他术前准备等，如对手术病人进行心情疏导。为了保证患者夜间能够睡好觉，偶尔也会让病人服用安眠药，服药时间一般是晚上九点到十点。这就是一个护士的基本工作流程。

医院组织的业余活动也很丰富，有打篮球、文艺演出等。每逢过年过节的时候，医院都会组织文艺演出。1953年宣传《婚姻

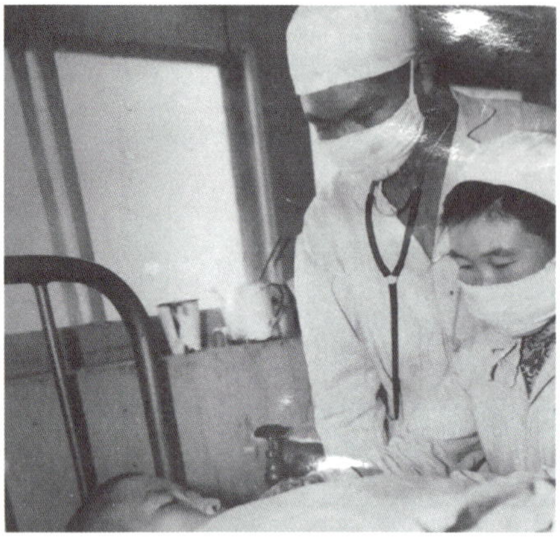
▶ 为病人做护理（右一为郭瑞芬）

法》的时候，我曾在《柳树井》和《锁不住的人》里面饰演角色。《柳树井》在新华大礼堂进行了很长时间的公演。演出的时候，十几个人，有现场乐队。1961年还公演过《千万不要忘记》，这部剧是反对资本主义阶级斗争的。1958年以前，医院组织的男、女篮球队还在保定市体育场打过比赛。

"着调"是我对自己最重要的评价。我做工作都是提前准备，积极配合医生的每一步治疗。工作中不想个人，总是想如何才能配合好别人，我有一个很好的全局观。

不断学习，成长为业务骨干

1957年到1958年，阴慎齐主任到协和医院学习麻醉。1958年，医院成立麻醉组，归外科罗庭桂管理。

1959年到1960年，孙国良主任到北京宣武医院进修脑外科。我和段金秀于1960年6月至12月到北京宣武医院进修。进修结束后，我又和段金秀到阜外医院进修心脏外科护理。1960年12月，医院成立脑外科，孙国良任主任，段金秀任手术室护士长，我负责病房护理工作。

为改变各县专业麻醉人才短缺的情况，1963年到1964年，省医院举办了一年制的麻醉医师进修班，各县大夫来学习，阴慎齐是主讲教师。我记得有安国县医院房秀生、雄县县医院王广成、易县县医院王文生、清苑县县医院徐秀华等。

1948年到1966年，外科护士长由王志典担任。当时的护士长不是聘任，而是由上级领导任命。1965年，我开始担任外科护士长，当时的外科有四个病区，二百来张床，每个病区由五六个护士负责。我觉得自己的责任更大了，应该多做工作。

1967年3月到8月，我跟随医院医护工作者到唐县的军城下乡，与刘楠、李宗年等大夫在当地开展防治流脑的工作。

在内科工作的时候我就开始带学生；在外科，我还管一些学生实习。记得护士班有个叫张奇桐的，因为年龄和我相差不多，跟我关系不错。在工作和生活方面，我为同事和学生做了榜样。这种榜样不只是通过工作上的严厉来体现，更多的是生活态度及生活方式的影响。

肿瘤科成立

阴慎齐主任在肿瘤科成立之初，因为看中我的工作能力，点名要我到肿瘤科工作。我下乡回城后，1979年，医院派我到北京日坛肿瘤医院学习肿瘤专科护理，半年后学成归来，到肿瘤科开展工作。

肿瘤科刚成立时只有肿瘤门诊，主要通过放疗技术开展乳腺、腹

▶ 1980年肿瘤科成立时科室人员合影（第一排右三为郭瑞芬）

部和直肠肿瘤的诊疗，后来还开展了胸腔肿瘤的诊治，科内有许秀峰、贾宜有、王宝莲、胡庚坤、石冀敏等十几名医护人员。当时我们在机房办公，同时积极筹建病房；还有同事积极调试专业仪器设备，以便日后全面开展诊疗工作。筹建工作告一段落时，肿瘤科已经有了近五十张床位。

职称评审工作

1980年到1983年，我在地方卫生局做了三年半的职称评审工作。这项工作由卫生局局长负责，地区医院、干疗院以及地区防疫站各抽一人，我是作为地区医院的代表参与这项工作的。这项工作时间紧，任务重，很多文件有连续性，我就本着先抓主要矛盾的原则，有计划、有步骤地做好所有工作。

河北省晋升办公室主任到保定市检查工作时，评价我的工作做得很好，晋升材料完善。

这一时期的晋升工作有这样一个背景：从“文革”开始到1980年之前的很长时间内都没有进行过医生、护士的晋升，所以工作重，任务急。1980年上半年的一天下午，地区卫生局一个工作人员骑着自行车过来接我，说去局里报到领任务，而后第三天拿文件、通知并组织各县的卫生局负责晋升工作的人员到卫生局开会。开会当天早晨，高阳县负责晋升的工作人员还没有到，我打电话，那边告诉我因为坐早班车来会稍晚些，等人来全了之后我就开会布置晋升工作。晋升工作中初级职称由考试来进行评审，中级职称由考试加面试考核来进行评审，高级职称通过评审来进行。我秉着公正的原则来进行晋升工作的评审，但有时还需要在坚持原则的前提下灵活掌握。当时有一个兵团来的医生，已经提到了医师，虽然年限短，但因技术过硬，允许通过双考来晋升。

1983年8月，晋升工作一结束，我就回到肿瘤科。1984年4月，我回到了外科工作。我1985年入党，1986年转正，1986年至1991年连续六年获得了优秀党员称号。我一直在外科担任支部委员，积极组织支部党员活动，直到1990年12月底退休。

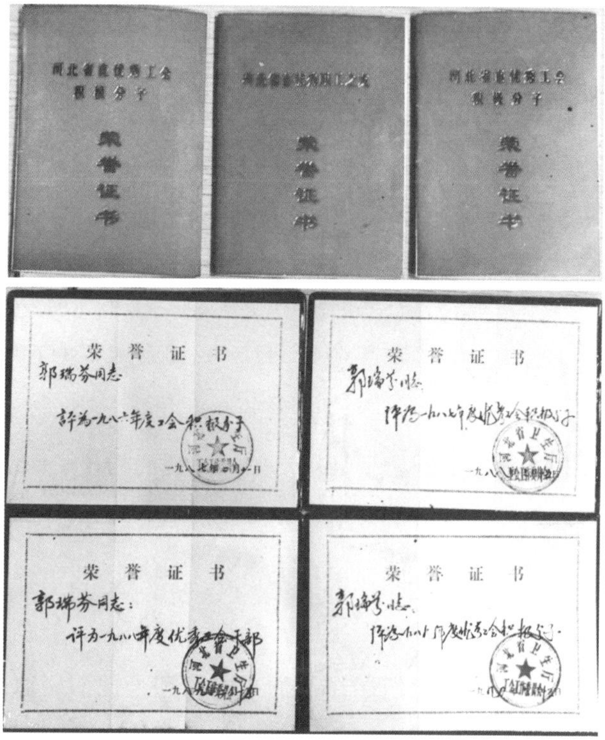

▶ 所获党内荣誉

五、下乡，一去就是八年

1965年6月26日，毛主席提出“把卫生工作的重点放到农村去”，指示卫生部把医疗卫生工作的重点放到培养农村赤脚医生、建立农村卫生室、组建农村卫生医疗网上面。

当时，医院内共有五百名左右的医护人员。为响应“6 · 26”指示，全院抽调了五分之一的医疗人员先后到唐县白合、唐县军城、雄县、阜平东下关、阜平沙窝五地下乡，改善当地农村医疗条件。下乡工作领导小组由医院书记和副书记牵头。由于下乡工作的目标是培养“不走的大夫”，即培养当地的赤脚医生，所以我们要把最好的医疗力量带下去！当医院发起号召后，我们积极报名，医院从中择优，筛选出技术好、工作能力强的工作人员，组成下乡医疗队。我们下乡时，积极贯彻中央的文件，落实政策，按照安家落户到农村的指导要求，是抱着终身扎根农村的决心，带着档案走的。

我院共有六十名医疗工作者到阜平下乡。1970年11月20日至1978年4月28日，我和爱人双双在阜平县沙窝区第二战备医院下乡。我们这个下乡点共有三十一个人，另外，还有二十九人被派到阜平县东下关区。我们的孩子们都由老人帮忙照看。

罗庭桂负责沙窝点的工作开展，石文滔负责东下关点的工作开展，医护人员分工明确。我负责住院部分及巡诊、出诊安排。建立卫生网，培训赤脚医生，鼓励赤脚医生带着问题上课解答，我们还经常抽半天时间为他们讲课。门诊在院子里的头一排，病房、手术室、护士办公室和一半医生办公室在第二排，宿舍、食堂、行政以及后勤的办公室在第三排。带家属的医护人员住在老乡家，书记、副书记及单身的医护人员住在医院的宿舍。当地很重视下乡工作，新盖好的房子给我们用，还为我们配了缝纫员，为我们做白大褂等一些针线活。

1970年10月，在下乡期间，患者王××，女性，三十多岁，肩部巨大纤维瘤，王殿臣主任参与手术，李跃伟主任实施麻醉，手术时间长达十多个小时，手术成功，无神经损伤，无肢体功能障碍。

骨科后来还开展了再植手术。1970年11月，我们来的第三天就发现了当村的病人刘×，五十多岁，患食道癌。医院非常重视，多次讨论治疗方案，仔细检查病人的身体状况，为手术做好准备。虽然医院手术室简陋，部分器械缺少，为了确保第一例手术的顺利进行，小组成员不惜回原单位借器械。第七天，一切准备就绪，罗庭桂主任、刘金刚医师、徐立生医师、牛永才医师、陈维宗医师等人参加了手术，手术非常成功，1978年我们回来时病人还健在。

1971年，患者顾××的妻子，二十七岁，患泌尿系结核，用小X光机做了肾盂造影，发现一侧肾盂积水。经过周密的检查并征得家属的同意后，罗庭桂主任为患者实施了手术，助手刘金刚医师、郑永万医师和徐立生医师，麻醉是陈维宗医师。医护人员齐心合力，手术取得成功，术后患者身体状况良好，出院之后还生育了一个孩子。

妇产科主任陈德芬是1949年毕业的大学生，技术很硬。下乡期间，阜平县医院请她会诊手术，一〇五医院也请她去坐诊，阜平县的第一战备医院也经常邀请她去手术、会诊。她培养的一名赤脚医生，专门学习了妇产科，后来还转成了正式的国家工作人员。

当时村里有一名年轻的已婚妇女，患盆腔炎，久治不愈，经陈德芬主任治疗后，患者痊愈，生育了孩子。

眼科主任刘楠医疗技术高超，医德医风高尚。他的病人多，手术多，常有外省外县的病人到医院来找他看病，蠡县县医院的刘建峰医师到沙窝医院跟刘主任学习过眼科。

沙窝公社关帝村张××，男，三十多岁，是一名教师，患有风湿性心脏病，有心律不齐、心动过速和期前收缩的症状，病情发作的时候，我们经常带着药箱赶到他家中，给予及时而准确的治疗，直到病人病情稳定。

上堡公社离医院较远，要翻一座山，如果不翻山，就要绕路去坐汽车过去。有一天，上堡公社来电话说有病人，请出诊。已经是夜间了，没有病人家属来接，臧熙元医师和我只好翻山越岭，走出五里地到龙王庄，从东沟上山，可是我们不认路，只好找龙王庄大队部帮忙。正好大队书记张国义值班，他把我们送上了山，直送到通往上堡的路，总行程三十多里。经过治疗和处理，病人病情好转，第二天下午我们原路返回。

沙台大队白××的妻子有病，请我们出诊，赵素兰医师和我走了四十多里路的山路，从龙王沟的大竹庵，翻过山，到沙台。我们治愈了这位病人之后，又看到村子里有许多别的病人需要治疗，就多留了几天。我们经常一出诊走好几天才能回来。

龙王口有一个风湿病患者，病症是发烧。如果治不好，就会造成风湿性心脏病。得到消息后，我就跟着内科大夫赵素兰一起出诊，为他们发放药品，指导赤脚医生为病患做医疗处理。下乡方便了当地的农民，使他们得到了及时救治。八年的时间，我们在乡下确实为当地的老乡解决了很大的困难。下乡工作的最大意义还在于培养了不走的医生。他们每周都能上站问，我们也会在出访、出诊的时候对他们进行指导。

“文革”时，我们的工作有条不紊地开展，在乡下跟老百姓建立了良好的关系，他们经常会给我们送菜。

我们在乡下调查民方、谚方，碰到有用的方子就会记下来。1971年，我们在乡下的主要任务是攻克气管炎。当时发现了一种植物，叫“小叶满山红”，治疗咳嗽、哮喘效果特别好。我们就采回来很多，用大锅给老百姓们熬满山红药水治咳喘。

下乡期间，我们还想各种方法利用当地的资源，为当地的老百姓解决医疗问题。在我们的帮扶下，当地的医院水平不断提高，医疗设施更加完善。

六、我的退休生活

1990年12月底退休后，我被医院返聘到老年门诊，在老年门诊工作了十年。这十年里，我负责老年人的保健输液，积极地为病患解决痛苦。如果发现重病号，就收治住院。另外，我还负责了一段时间医院内部的晋升工作，担任工会女工代表，负责计划生育、夫妻纠纷调解等，还负责卫生、为托儿所采购桌椅板凳等工作。

退休之后，我把家务活安排得井井有条。我的业余生活更是丰富多彩，每周四唱合唱，周一到周五不定时地参加舞会。因为是老干部处的支部委员会成员，过节慰问的时候，我经常跟着医院老干部处的领导们去看望住院的老干部。

作为河北大学老教授协会会员、理事，河北大学附属医院老教授分会理事，我一直积极参加并协助董俊洲院长（河北大学附属医院老教授理事长）组织我院老教授协会会员参与河北大学老教授协会的各种活动，如座谈会、纪念会、绘画、义诊、老专家大讲堂、参观学习等。2015年，由于工作成绩卓越，河北省老教授协会授予河北大学老教授协会附属医院分会“协会先进单位”荣誉称号。

我们医院不简单！2010年，神经外科建科五十周年之际，我院荣膺“全国医院文化建设先进单位”称号，王洪院长获“中国医院优秀院长”荣誉称号。这些荣誉鼓励着全院职工，经过不懈

▶ 证书全景

努力，我院顺利通过了三甲医院的复审。2016年，张海松院长获得“优秀医院院长”奖，2017年获得政府的嘉奖。火车跑得快，全凭车头带，院长的车头带得好，职工们各司其职，干劲儿十足。

我感恩中国共产党，感恩我院的领导，感恩和我一起工作的同志们，感恩我的老师，感恩我的家人。

访谈后记

第一次见到郭瑞芬老师是在2018年6月26日“重走下乡路”活动中。在去往下乡地的路上，郭老师和老专家们唱着《习主席寄语》。老专家们唱的歌词中透着他们对自己的严格要求，他们的革命作风深深地打动着我。去当地的赤脚医生家做客，郭老师一直说：“一会儿大部队要集合了，咱别回去晚了。”严谨、积极、对自己要求严格是郭老师给我的第一印象。在下乡路上与郭老师交谈，又是倍感亲切，就像是自家的长辈，关心、照顾一直在身边。

再一次见到郭老师是我跟着王国英院长、种竟梅老师和肖艳老师在河北大学附属医院老干部处开始我们的访谈工作的时候。郭老师可以清晰地记住很多老故事里面的小细节，俨然附属医院的一个大宝库。每每提到医院的发展，郭老师都会自豪地说：“我们医院不简单！”她见证了医院的发展，并积极地用自己的本职工作为医院的发展做着力所能及的贡献。

郭老师总是谦虚地说自己的一生平凡，虽然平凡，但是很有成就感，因为没有任何的差错。谈到生活和工作，郭老师多次提到“细心”。郭老师用她积极向上的生活和工作态度感动了我。

郭老师用“着调”两个字评价自己，多么朴素的两个字，但这是持之以恒的细心与认真才能达到的高水平。人贵在坚持，郭老师为了自己的追求坚持了一生。

苏广苓：对病人好的医生才能称作好医生

访谈时间：2019年6月17日—6月20日（共三次）

访谈地点：河北大学附属医院老干部处、苏广苓家

被访谈者：苏广苓

访 谈 者：李萌薇

（文中所有照片均由苏广苓提供）

苏广苓，1936年10月11日出生于河北任丘，副主任医师，副教授。在河北大学附属医院工作四十七年，退休后一直在慈和疼痛门诊出诊。世界疼痛医师协会中国分会委员，中华医学会疼痛学分会委员，河北大学附属医院疼痛科创始人之一。擅长小针刀、神经阻滞等治疗方法，擅长三叉神经痛、带状疱疹等疾病的治疗，多次获得保定市科技进步一等奖。

一、家庭文化忆童年

我老家是河北任丘辛中驿乡。我爷爷是个秀才，父母是农民。我们家的教育方式是说教，我父亲教育人很厉害。因为我学习不是很好，父母对我要求很严格。我母亲很早就去世了，当时我们不知道母亲得的是什么病，我当了医生之后觉得她可能得的是胸膜炎。受爷爷的影响，我父亲有点儿文化，毛笔字写得很好。他活到了八十多岁，村里面大大小小的事情他也都了如指掌，什么时间应该做什么，他都知道。虽然在村里面算是一个“知识分子”，但父亲是地地道道的农民，还是以种地为生，对农作物了解得非常透彻。

我们家哥儿四个，我大哥是农民，没有上学，毛笔字写得挺好；我二哥上过学，高小毕业；我三哥没上过什么学，但是他的毛笔字写得非常好，最擅长的就是“虎”字和“寿”字。我还有两个姐姐，大姐没有上过学，很早就结婚了，但她毛笔字写得也不错；我二姐上的师范学院，毕业后在教育局工作。

因为我们小时候在家有时间就学毛笔字，所以我们家的人毛笔字写得都不错。哥哥和姐姐们都有常性，所以他们写得都比我好。每逢春节的时候写春联儿，人们把纸全都送到我家来，一个人写不过来，我们就全都帮着写，一定全都给人家写出来，因为到大年三十的时候就需要把这些对联全贴上。

我家一共有十四口人，那个年代吃饭很成问题，我们吃饭需要占两个桌子，女人一桌，男人一桌。那会儿吃的饺子分三种面，白面饺子很少，绿豆面一部分，还有高粱面饺子。因为男人需要劳动，在我们家，白面和杂面饺子让男人吃，女人吃高粱面饺子。我小时候家庭困难，家里人都比较尊重劳动人民，这些给我的印象比较深。人口多，再加上那时候大家都很能吃，家里的粮食很快就会吃完。家庭收入基本上靠种地，家里的粮食除了自己吃还会卖一些，另一部分收入靠我大哥，我大哥会弹棉花，家里给他买了一个脚蹬的弹棉花机器，冬天的时候弹了棉花赶集去卖，卖棉花的钱就会买一些酱油和醋，维持家用。因为大哥年龄比我们大很多，所以他在家里面承担的责任就比较大一些。我大哥心灵手巧，桌椅板凳做得特别好，家里房顶坏了，他一看就知道怎么修。大哥在农村属于有能力的人，他有一技之长。小时候这些事深深地影响了我。我形成了一个习惯，买什么东西都提前做好计划，比如说我的鞋穿坏了才会扔，家里添置家具我都提前做好计划，什么东西应该买，什么东西不应该买，什么时间买合适，我都提前计划好，买东西的时候我也会考虑物品的结实程度及实惠程度。

我的童年生活很简单，每天除了上学就是玩儿。我有三个爱好，滑冰、游泳、打篮球。我游泳很厉害，保定这几个大水库，我都横渡过。另外，我滑冰也不错，跑道、滑道我都会。我还很擅长打篮球，一直打到了七十五岁。

我在我们村上的完小，现在叫中心小学。这个学校条件比较好，周边村里的孩子都在这儿上学。当时给我印象比较深刻的老师是王宝珍老师、孔玲玉老师。王宝珍老师不是我们村的，但是这个老师特别认真，什么都会；孔玲玉老师特别会写字，毛笔字特别漂亮。

我脑子比较笨，在班里坐在中间的位置。我觉得小学老师对我要求挺严格的，比如我去晚了或者上课不好好听讲，老师就会让我罚站。现在想起来老师对我很好，是实心实意地帮助我，让我走正路。虽然当时我觉得她们让我在讲台上站着挺丢人，但现在想想，老师这样教育也是一种办法，不惩不罚，我不会改正错误。

二、机缘巧合踏医路

我高小还没有毕业，抗美援朝战争就开始了。国家动员青年学生参军，支援朝鲜战场。当时来河北军区卫生学校的时候是在县城报的名，我们三个同学一起去的。报名第二天，一个大汽车拉着我们去了沧州，过了十几天就来到了保定。保定是我们的大本营，我们在这儿换的军装。我来河北军区卫生学校，家里面不同意，但是已经出来了，家里面叫我回去，我也不回去了。我觉得我们兄弟姐妹比较多，出来一两个家里不会受到特别大的影响。

那时候我十六岁，还很小，也很舍不得离开家。刚开始，我们从任丘到沧州待了十几天，当时我们队里有一个男同志受不了就回家了。因为那时候我们还没有穿军装，不想当兵就可以回家，如果穿上军装再回家就属于开小差了。

河北军区卫生学校就是当时的华北军区后勤卫生干部学校。河北军区属华北军区管，华北军区比较大，有五个军分区，分别是北京军分区、天津军分区、河北军分区、山西军分区、内蒙古军分区。军队上的生活很简单，早晨出操，出完操上课，中午吃饭、午休，下午又上课，晚上点名，每天基本上就是这样一个流程。我们那个时候有大队长、小队长，每天晚上都要点名，总结这一天发生的事儿，比如说张三起晚了，谁和谁打架了，出现什么问题就会挨批评。在河北军区卫生学校，我们就学一本书——《护理学》。军队里面老师不称作老师，称教员。我记得当时有一个姓甄的教员，他是一个医生，给我们上课，教我们一些医学上的知识。学校里面有军医期、有调剂期、有护士期，我学的都是护理的知识，也就是护士期，现在看来就是护理系。我们当时还学了很多其他的知识，比如政治课，给我们普及一些组织性、纪律性知识。虽然当时我们称作学校，但在管理方面和军队是一样的，吃饭统一、走路统一、玩儿也统一，在校期间不允许回家。

我们是抗美援朝预备队，全国都是预备状态，不只咱们河北，其他好多地方都是这样，十六岁到十八岁的青年都去当兵了。那个时候刚解放，人们全心全意为战争服务，比如单位上的汽车、司机以及私家车全都送到战场上去。河北军区卫生学校分了三个中队，一中队、二中队、三中队。当时一中队已经准备好了，一个月后就要去朝鲜，但没有去成。那时候没有人提朝鲜战争的事情，我们既没有手机也没有电报，更没有电台，除非领导告诉我们抗美援朝战争的情况。但是领导平时不会说这些话，后来转业以后才知道朝鲜战争早停了。那个年代，消息比较闭塞，不像现在，中央发布一个什么政策、文件，人们很快就全都知道了。我们在河北军区卫生学校的时候，接触的对象应该是抗美援朝的伤兵，但是由于地区的限制，伤兵一般不来咱们这个地区，所以其实我们接触的患者很少。

三、平凡岗位打基础

新中国成立之初，各行各业都比较缺人，我们同学干什么工作的都有。一般如果你学医，就会被分配到医院，凡是我认识的那些同学，当时都被分配到医院里面去了。

我被分配到普济医院，在沧州献县的天主教堂里面。医院的院长是国家派去的，副院长是教堂的修女。因为我大学学的是护理知识，刚到医院时就是当护士。因为普济医院属于疗养性质而不是治疗性质的医院，所以我在医院的表现比较平淡。

后来发大水普济医院被冲了，我们来到了保定的康复医院。我在康复医院做的也是护士，这家医院和普济医院的情况不太一样：普济医院的病人基本上都是行政干部，比如省委、市委、县委的一些机关干部；康复医院的病人一般都是从朝鲜回来的志愿兵。在保定康复医院，我们是协助人家、帮助人家工作，也不可能长久地做下去，我们早晚要回普济医院，医院被冲后要建一个新医院是很难的，不是三年两年的事儿。医院还没有建成，得知河北省医院比较缺人，我就到这儿来了。后来普济医院在石家庄建成了新医院之后，叫我们回去，部分人回到了石家庄，部分人留在了保定。我认为保定是省会，离北京比较近，就选择留在了保定。

到了省医院，我才开始真正地接触临床医学，之前在其他医院的时候都是走马观花。我刚进省医院的时候，在普通门诊工作了一段时间，后来就到了手术室，我不怕苦，不怕累，每天坚持认真工作，领导让我怎么做我就怎么做，保证不出意外事故。门诊一天可以做二十台小手术，手术室一天下来做十几台手术，在保定市也可以算得上是首屈一指了，因为手术室才有五个手术台。

因为饮食习惯问题，当时人们得胃穿孔、肠梗阻等病的很多。现在这些病基本没有了，普外就是肝脏、脾、胆囊等方面的手术，出现最多的就是阑尾炎手术。

四、省医院初印象

刚来省医院时，院长是米毅。医院里面大约有一百八十人，真正的医生才五六十个人，行政人员挺多，护士那时候也能达到五十人左右。

医院是两层小楼，条件比之前好多了。那时候刚解放，在全国范围内来看，这条件也是了不起的。从建筑来看，这家医院是苏联专家盖的，窗户不是现在这样，现在的窗户是一层玻璃一层窗纱，那时候是两层玻璃一层窗纱，里面和外面是玻璃，中间是窗纱。楼房是苏联专家根据苏联的情况建设的，墙体是用灰砖盖的，房顶中间凸起，两边有一定坡度，材质全是瓦的，这样能起到保暖效果。门诊大楼一楼是门诊，二楼是院办室。

我刚来到这家医院时感觉这个医院名头儿很大，叫作河北省医院；主任们名气也都很大，全是高学历。内科主任苏英俊是日本留学回来的，他的医术很高，过去省委书记来到保定看病全是找他；外科主任罗庭桂，个子很高，待人接物特别好，而且普外科、胸科、泌尿科，他全都擅长；妇产科的郝云龙是留美回来的，他来医院的时候带来了一些妇产科器械，都是比较先进的工具；还有就是小儿科的刘明……这些医生知识渊博，学历和医术在当时都是比较高的。我认为我们医院在河北省很出名和这些出色的医生有很大关系。

当时，还有很多医生是华侨。他们这些人知识面很广，有时候用英语说话、交流。实际上我们不知道人家说的什么意思，就跟着他们学。有些时候，医院从北京协和医院请一些专家过来，人家会讲英语，他们在做手术的时候就会用英语交流，刀子不说刀子，剪子不说剪子，全用英语，所以我们也会适当学一些英语。虽然我们不可能达到全会，但是有一些简单的医学术语、一些器械的名称，我们还是能掌握的，如果不会可能会耽误了人家的手术。我们平常私下里在器械室没事的时候，就会问问他们这些器械的名称怎么说，当时我有一个比较好的朋友叫张会民，英语特别好，我经常向他请教、学习。

五、下乡辅助建制度

1963年保定发大水，那时候人们说保定市应该弄一个防洪堤，变压器厂那边有一个大堤就是那时候人工弄的。满城水库发大水的时候了不得，水到了大人的膝盖左右，很深。我记得当时雨下了四十天左右，但不是每天都下大雨，今天阴天，明天下雨，后天晴了，大后天又下起来了，一直到8月15号。天气晴了以后，地委让医院组织一个医疗队下乡到望都去。8月15日我们决定去，有二十多个人，我记得有靳万堂、黄炳英、王彩贤等，卫生局副局长姜振恒带队，我们背着药。刚开始让我们坐汽车去，但是汽车把我们送到农大南门的时候，已经到处是水，迫不得已我们只能走着去。那附近有很多铁路，有的铁路是单轨，有的铁路是双轨，双轨铁路已经被大水冲成麻花似的了。我们一直从早

▶ 1979年唐县下乡（第二排左三为苏广苓）

上八点走到晚上八点才到望都，其实望都离保定九十里地，并不算很远，但是我们身上背着药，铁轨被冲断的地方我们还需要过桥，所以路途有些艰难。第二天，我们下乡到杨家村，老百姓家里全是土坯房，整个村子整个乡（那时候叫公社），没有一间好房子了。房子全倒了，他们刨东西、挖东西避免不了受伤，有的人砸到脚，有的人让钉子扎伤，情况严重的会导致伤口感染。我们在那儿就负责给病人看病，比如磕伤、碰伤以及伤口感染，给他们处理伤口，换药。

1979年我去唐县下乡，在那儿待了半年。白求恩医生在唐县这个地方待过，当地人民对医院足够重视。那时候，唐县的医院盖了三层楼房，让我们医院去一部分医生——小儿科、妇产科、麻醉科、内科、眼科等全都去了——帮助他们按照正规医院的模式进行建设。我们帮他们建立了一些制度，比如看病不能全家人陪同，不能在医院里面支起小灶过日子；重症病人可以有家属陪同，其他的就不用家属陪同了；病人要保持病房的清洁，不能大声喧哗；手术室应该有两道门，先打铃通知，有什么事情再进来；在手术室必须换鞋，保持清洁。我当时关注他们的麻醉设备，看看麻醉医生的手术记录得详细不详细。因为当时他们来我们医院进修过，把我们医院的一些制度、体系也借鉴到他们自己医院，所以我记得当时麻醉做得还可以。现在唐县医院发展得挺好，是保定市第四医院，等级比其他县级医院要高。

六、参加援非医疗队

我是70年代初出的国，大概是1975年，我随着中国医疗队去了非洲扎伊尔（刚果民主共和国）。医疗队是1975年成立的，当时有十四个人，被卫生部派遣到扎伊尔。第一年我去的，第二年小儿科赵大夫去的，虽然我们不是一年去的，但是我们算一批，这样回来的时候我也比他早回来一年。

参加医疗队需要有一些条件，必须是结过婚的，二十多岁的党员，出身比较好，体质比较好。因为扎伊尔局势比较混乱，晚上出现什么情况的话，必须是结伴儿出行，不能一个人出去。他们的官方语言是法语，虽然我们也会一些法语，但因为去的时间比较短，工作上简单支配还行，其他的交流就比较困难。

在非洲，一个国家没有几个医生。之前我们医院的医生去刚果（布）的时候整个国家就七个医生，扎伊尔还比较多，有上百

▶ 与外国友人合影（左一为苏广岑）

▶ 援非医疗队合影（第二排右一为苏广岑）

个。但这些医生大多是从国外来的，扎伊尔本地没有几个医学院毕业的。出现这种情况的原因一方面是国家比较落后，另一方面就是这个国家没有医学院，如果本国的医生想要上医学院必须要到法国去，考试通过才会被录取。医学院是七年制，毕业之后还要实习，实习不好也不行，不给毕业证，所以他们想当医生特别困难。

援非医疗队是河北省组织的，队员是从全省抽调的。我们去扎伊尔的医疗队一共十四人，分为两组，一组管麻醉，一组管手术室。

我们当时在扎伊尔负责两个医院：一个首都医院，一个妇产医院。他们医院的麻醉规模比较小，当时有两个麻醉医生，三四个护士。两个医生都是从瑞士进修回来的。他们做腰麻挺好，做全身麻醉也还可以，但是硬膜外麻醉方面比较欠缺，而我们去的这些医生正好擅长硬膜外麻醉。

援非的时候分工没有那么明确，我既管麻醉也管手术室。他们那边的手术室不好管理，他们的仪器多，但因为社会治安问题，仪器总是丢。手术室的仪器今天有明天就没有了，不翼而飞了。好的药品也是一样的，必须锁起来，不锁的话就会丢。扎伊尔出现最多的是痔核、疝气、阑尾及鞘膜积液等病例。扎伊尔当时的手术器械消毒方面做得还可以，用电高压锅消毒，但手术室建筑很简单，就两间房子。后来，我们提出房间太窄，不符合医院要求，所以首都医院又盖了三间房，这样就有五间手术室了。他们的建筑和我们国家不一样，房屋屋顶用瓦片，房体用铁板，以铁柱子为支撑，每个房间一个空调。总之，手术室十分简易。

我们对扎伊尔的医院影响比较大的就是医疗制度的改革，比如无菌方面。他们的无菌条件太差，我们就教他们建立无菌制度，要求他们严格换洗衣服，手术服在做完手术之后马上洗，洗完之后进行消毒；进手术室必须换拖鞋，不能穿着鞋到处走；消过毒的物品使用时间不能超过一周，一周之后要重新消毒。我们去扎伊尔的时候带了很多的医疗器械，其中就有麻醉机，那时候的麻醉机全是上海生产的，在扎伊尔非常受欢迎。当时我们的医疗队很多，比如坦桑尼亚、赞比亚、索马里、安格拉以及刚果（布）等一些地方全有。在扎伊尔，我们没有受到外界环境的影响，坚持做好了自己的本职工作。

七、麻醉科室助医术

当时，全国各个医院麻醉科系统还不完善，麻醉科只有北京协和医院有，其他的一些省级医院根本没有。后来医院成立了麻醉科，主任是付寿亭。付寿亭是朝鲜战场上下来的转业兵，不管对病人还是对工作都特别认真。那时候大家都怕他，因为看椅子放得不对他要说两句，东西摆放不是很整齐他也要说两句。无论哪一方面的工作做得不好，他都会说几句。虽然他经常会说人两句，但是他说得全正确。有些同志不太适应，觉得付主任像女同志一样，实际上他这个人就是比较认真。因为麻醉工作不能马虎一点儿，病人把整个生命交给我们，稍一疏忽病人可能就没有生命了。当时麻醉科只有六七个人，医院有五个手术台，一个手术台平均两个麻醉医生。当时，医院的医生比较少，后来县级医院的医生来医院学习进修，麻醉科的人越来越多。

“文化大革命”时期局势很乱，但我们医院没有误伤一个病人，也没有迟缓抢救过一个病人。

▶ 1982年，麻醉学习班结业留念（第一排左一为苏广岑）

刚开始我在病房待过一段时间，做得比较好就被调到了手术室，后来工作突出又被调到麻醉科。在病房的四五年，我刚开始在内科，每天三班倒，早班、晚班、夜班。那时手术室有四个手术台，后来变成五个手术台，现在变成二十一个手术台。麻醉科专业性很强，也很讲究。麻醉分椎管内麻醉、全身麻醉、区域组织麻醉、局部麻醉，病人适合什么样的麻醉我们就要给什么样的麻醉。比如做胃部切除手术、开胸、食道癌、肺癌、开颅、脑肿瘤或脑外伤这些手术都需要全麻，疝气、阑尾手术只需要局部麻醉就可以了。心脏复苏是麻醉医生必须具备的基本技能，病人心脏骤停了，要立即抢救；麻醉复苏也是必须要掌握的一门技术，麻醉后病人多长时间清醒，怎样能让病人快速醒过来，这些技能都要掌握。

刚学麻醉的时候，我经常在旁边看，慢慢就了解了一些关于麻醉的知识。之前的麻醉和现在的麻醉不一样，那时候的麻醉通常是全身麻醉，也叫“乙醚麻醉”“吸入麻醉”。全身麻醉分为一期、二期、三期，三期又分为一级、二级、三级、四级。麻醉级别由病人的症状而定，病人出现什么样的状态我们就能够明白麻醉达到几级，决定是否可以停止麻醉，是否可以给少点儿了，是否可以开始手术。那时候麻醉药品种类有限，用药需要麻醉机来配合；现在的麻醉种类多了，药物品种也增加了。

当时，麻醉流程基本上是手术前一天拿到麻醉单，把它给手术室。麻醉前把病人的病例抄写在麻醉单上，麻醉单后页附有一个简单的病历，记录病人的病情、住院时间、目前出现的症状、手术内容、手术时长、量血压的频率、病人的血压情况、呼吸以及脉搏等信息。麻醉单是两页，第一页给病人，后面那一页医院存档，如果将来有什么情况，可以拿出来进行讨论。

麻醉科主任根据病人的情况安排麻醉医生及麻醉种类。麻醉医生需要在手术前去看病人的情况，告知病人注意事项，如早晨不能吃饭等。如果患者在医生不知道的情况下吃了饭，很容易出现气管窒息的危险。大人比较听话，但是小孩儿有时候就会出现吃饭的情况。我就碰到过这样一个案例，患者是一个小孩儿，前一天我已经嘱咐了患者家属，告诉他第二天早晨一定不能吃饭，但是当时那个小孩儿就吃东西了，他奶奶也没有告诉我。麻醉的时候小孩儿就吐了，我就赶紧把小孩儿的头给扭过去，如果不及时处理，异物就容易把气管堵死，小孩儿就会出现生命危险。

阴慎齐老师是麻醉元老。他是全国第一批参加北京协和医院麻醉学习班的，当时医院有一个名额，就派他去了。给他们讲课的谢荣医生是从美国回来的，那时候中国没有麻醉科，所以她给国内的医生办了一个学习班，给大家讲了讲麻醉是怎样一回事，麻醉要用什么，麻醉机是什么样子的，哪国生产的等，阴慎齐老师回来之后，就给麻醉科的医生培训。

麻醉科一路走来变化很大，无论麻醉方式、麻醉药品还是麻醉机器都在不断发展。初期阶段的麻醉方式是乙醚麻醉，乙醚最开始是美国出的，后来咱们国家也有了。乙醚麻醉是用药把病人一点一点麻醉过去，效率很高，但病人醒后的后劲儿很大，过程中也会很受罪。给病人进行乙醚麻醉还会导致医生身上留有乙醚的味道，味道很大。我记得有一次做手术，我给病人进行的乙醚麻醉，到了第二天去买粮食，在我后面排队的一个女同志说："怎么这么个味呀？"我也不敢说，其实就是我做完手术身上留下的味道。

乙醚麻醉耗量比较大，它是点滴形式的麻醉，一个病人做四个小时的手术需要十五六瓶乙醚，后来因为各种原因就改成了麻醉插管。插管必须要在麻醉机上使用，没有麻醉机就不能实行麻醉。后来有了麻醉机，药品耗量就减少了。插管是个技术活，进行麻醉必然要进行插管，以此保证病人的呼吸通畅，保持病人的呼吸量，避免痰和分泌物，还有就是通过插管给乙醚来达到麻醉的效果。

后来医院麻醉药品种类也越来越多了，比如安氟醚、异氟醚、七氟醚等。

麻醉科在付主任退休之后搬到了外科楼，我也调到肿瘤科继

▶肿瘤科留念（左一为苏广苓）

▶疼痛科工作照

续当麻醉医生。肿瘤科和麻醉科是两码事，肿瘤科没有夜班，没有急诊手术，比较单纯。当时肿瘤科有两个负责麻醉的医生——我和李士奇，我们关系挺好。在肿瘤科，我通过考试晋升成为副主任医师。

八、麻醉思想代代传

每个医院都有业务学习室，医院也会经常组织一些业务学习。我们的文化程度普遍不高，业务学习有助于提高专业素养。我在普济医院和保定康复医院的时候就经常参加业务学习，给我们讲课的一般是医院里一些医术精湛、知识渊博、技术水平比较高的大夫。

我在医院麻醉科的时候遇到了好老师——付寿亭主任。我刚到麻醉科的时候，付主任带着我，手把手教我。麻醉中插管，给硬膜外麻醉，给硬膜给到什么程度，都是老师手把手教我的。付主任做麻醉的时候我经常看，看一个不行，看两个，两个不行，看二三十个，经常看我心里也就有数了。付主任带我的时间不长，三四个月左右，但是我跟他学到了很多东西，也深受他的影响。付主任让我知道如何兢兢业业，麻醉没有结束不能下班，不能中途放下病人自己去吃饭。后来我自己带学生也一直坚持做到这一点。

我告诉我的学生，病人在手术中是否存在疼痛感是判断麻醉医生技术好坏的重要标准。我认为作为医生最重要的一点就是关心病人，为病人服务。我觉得不管一个医生的医术和职称有多高，只有对病人好的医生才能称作好医生。

印象比较深刻的两个学生是耿学英和唐县医院的张银祥，现在也全都退休了。他们在医院进修一年，专门学习麻醉，那时候以我带他们为主。麻醉科室对医生的要求很高，我带教的时候主要注重几个方面：关心和了解病人的病情；麻醉的时候要慎重；麻醉的时候要考虑周全，不仅要想着为病人麻醉，还要考虑到复苏问题，想到抢救病人的措施；不仅要考虑好的方面，也要考虑清楚不好的方面，不考虑清楚，手术时就会措手不及。如做胸科手术，病人突然心脏骤停了，没有思想准备是不行的，发现心脏骤停要赶快进行心脏按压、心脏复苏；比如硬膜外麻醉给病人用药用多了，病人的血压下降，时间长了就会有生命危险，这就需要赶紧给病人升压，给升压药，输血，采取急救措施。

九、麻醉医生“杂货铺”

我记得1970年我进入麻醉科时，麻醉科的医生很少，有的医生下乡，有的执行“6 · 26”指示。那时候，我们在医院一个人顶两个人，因为保定地区比较大的手术都在我们医院做，手术比较多。我记得有一年的大年三十到初一我值班，一天一夜做了八个手术：两个胃切除，两个胃修补，两个剖腹产，一个眼科，一个耳鼻喉科。这些手术都属于比较费事而且比较危险的。那时候就我一个人在医院值班负责麻醉。

麻醉科医生，既需要体力也需要脑力，一个大手术往往需要三四个小时，麻醉医生在手术途中一步都不能离开，测量血压、脉搏、心电图，坚持不下来不行。现在医院里面都有监测仪器，过去在手术室需要几分钟量一次血压，因为病人血压不能太低，太低了马上用升压药，血压高就赶紧降压，这些情况都需要麻醉师掌握。

麻醉科医生不仅要会看心电图、化验结果、简单的B超、CT及核磁，还需要懂药理。有些知识不要求有多么专业，但是基本情况我们还是要会看的，所以麻醉科也是一个“杂货铺”。

十、知识技能再深造

我高小毕业直接去当兵，文化知识方面存在不足。1956年至1958年学习成风，不光是医院学习，学校学习，那时候工人也学习，大家都利用业余时间上业余学校，提升自己，每个人都去。我们上业余大学的时候，地方不断地换，需要找空闲的教室，人家不用时我们才能在里面上课。比如说某个地方放假了，我们就可以在那儿上课，等到人家开学返校了，我们就需要换地方。我当时在保定附属小学，也就是现在的保师附属小学学习。学校刚开始在莲池周边，后来就搬到财政学院那边，也就是体育场那边。

这种业余学习是国家组织的，讲课的老师都是国家聘请的，不光讲医学知识，也讲各方面的文化知识，比如数学、文学等。国家给我们提供了一个机会去学习，提升了我们的文化课水平。

付寿亭主任组织过麻醉学习班，他请了很多专家讲课，比如阴慎齐院长。阴慎齐院长是咱们河北省第一批学麻醉的，他带领大家把麻醉科搞起来后就去了外科。我参加了第二批学习班，这个学习班的规模比之前的大一些，各个县（如定兴、顺平、蠡县）的医生都来学习，保定市第一医院、保定市第二医院、保定市第三医院的也都有。那时候负责讲课的就是麻醉科的付寿亭主任，还有李跃伟等。

因为我经常在手术室工作，看麻醉看得比较多，看多了就熟悉了，稍微一培养就可以工作了。医院最开始没有麻醉科，也没有单独的医生搞麻醉，现在很多医学类的院校都有专门的麻醉专业，学生毕业以后就可以直接当麻醉医生。

后来，我又去北京中苏友谊医院学了一年。北京那边的医院条件比较好，刚开始我觉得我们医院各方面条件都不如人家，但时间长了发现都一样。条件好可以造就人，条件不好也可以造就人。我记得很清楚，去北京学习的时间是1977年7月7日，因为当时的日子很有意思，四个“7”。在北京学习时带我的是范炳哲医生。我印象中那儿有一个谭主任，他是高阳人，我当时一听他和我说话差不多，就觉得我们是老乡，他专业理论比较强，专业素质和医德都比较高，做事情不急不躁。从国外留学回来时，他还带回一些比较先进的仪器和药品。

在北京学习的时候，我看到一种麻醉药不错，药效比较长，能够为病人减少痛苦，就决定将它引进到我们医院。在手术的过程中，每过三十分钟都要给病人进行一次药物麻醉，每给一次药，病人血压就会下降，风险很大。我们的药用一次只能坚持半个小时，而北京友谊医院的药用一次能坚持三四个小时，所以我们就把人家的药方拿来进行研制并推广这个药品。后来研制出来的药品效果很好，对麻醉科的发展也起到了一定的作用。

十一、返聘续铸疼痛科

1993年我被返聘到麻醉科时间不长，因为医院要建三甲，需要成立一个疼痛门诊。疼痛门诊是新生事物，成为疼痛门诊的医生必须要副主任医师及以上职称。刚开始，我们轮流到疼痛门诊去给病人看病，1995年医院要求疼痛门诊的人员固定下来，领导就派我去了。

我在疼痛门诊为病人治疗颈椎病、椎间盘、肩周炎以及带状疱疹后遗神经痛，病人有需要住院的就住院治疗，不需要住院的就门诊治疗。疼痛门诊刚开始建立的时候就我自己一个人，因为那时候我们都不知道什么叫作疼痛病，后来才慢慢地明白，比如病人得了颈椎病不做手术就可以疼痛治疗，椎间盘不做手术也可以疼痛治疗。在患这些病的人中，十个人有九个不做手术，但是怎样才能治疗这些病，后来人们才知道可以选择疼痛门诊。

疼痛的知识我也是一步一步学习的。当初我们医院成立疼痛门诊的时候基本上还没有相关专业的书籍，只有一本《疼痛治疗学》，后来《疼痛学》《疼痛临床》等相关专业的书籍才有，到现在当然更多了。90年代，病人一般不知道疼痛门诊治疗什么，即使本医院的职工也不是很清楚，没有多少人去看病，后来知道是治疗慢性疼痛。等到人们熟悉疼痛门诊之后，看病的病人就越来越多，往往中午都下不了班。随着社会及医疗事业的发展，现在大小医院都有疼痛科了。

疼痛科与麻醉科有很大的关系，麻醉科是为了止疼，疼痛科也是为了止疼，这两个科室只是通过不同的方式为病人治疗。麻醉科属于疼痛科，麻醉科的医生对疼痛科比较在行。疼痛科给病人治疗疼痛，可以通过给药、打针或者使用玻璃酸钠的方式，有的时候还需要比较好的止疼药。有时治疗疼痛和做麻醉是一样的，需要为病人下导管，比如带状疱疹疼得比较厉害，通过下导管给病人实施镇痛药，十天半个月后病人的疼痛症状就消失了。后来我经过学习还可以通过微创射频的形式为病人治疗疼痛，用小针刀等为病人解痛。

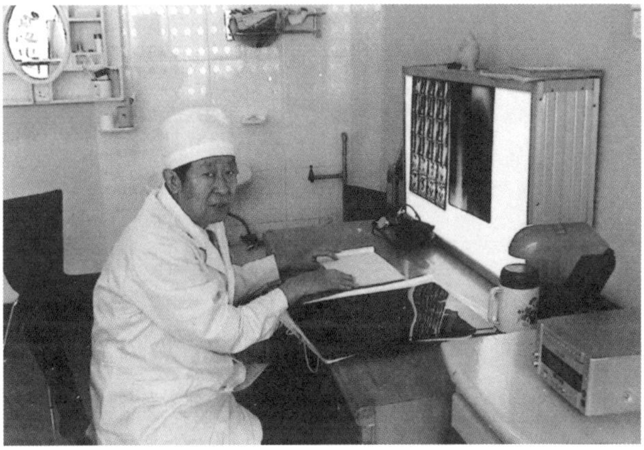

▶疼痛门诊工作照

带状疱疹，也就是咱们俗称的“水泡”，长在腰上和胸上的情况比较多，个别人会长在脸上或大腿上，患病时间超过两年会有后遗症。最近，我收了一个徐水的病人，他得带状疱疹两年零三个月了，我告诉他必须住院，因为他身上的好多后遗症都是因为乱治病导致的。带状疱疹属于皮肤病，但实际上这个病应该看疼痛科。我对带状疱疹的治疗进行过研究，曾经写过一篇关于带状疱疹的研究文章，通过两个实验组对比超激光治疗法和神经阻

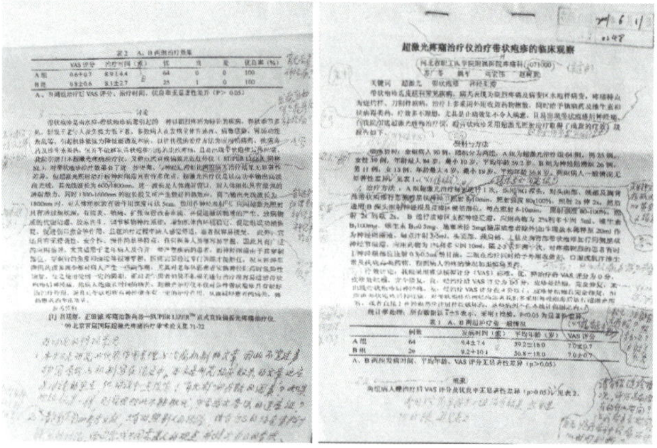
超激光疼痛治疗仪治疗带状疱疹的临床观察

▶ 学术论文手稿

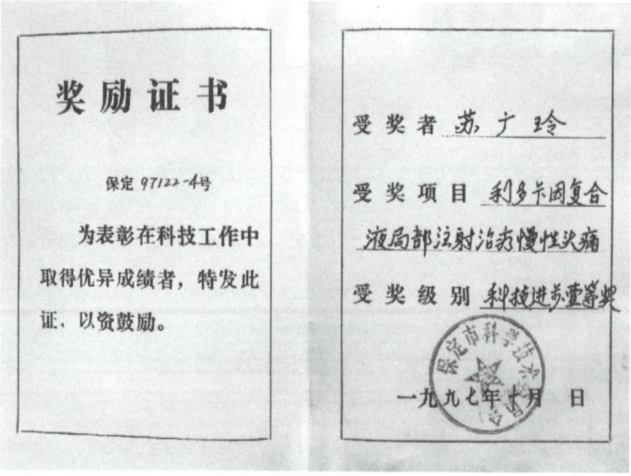
奖励证书

保定 97122-4号

为表彰在科技工作中取得优异成绩者，特发此证，以资鼓励。

受奖者 苏广玲

受奖项目 利多卡因复合液局部注射治疗慢性头痛

受奖级别 科技进步壹等奖

保定市科学技术委员会

一九九七年十月 日

▶ 1997年保定市科技进步一等奖获奖证书（苏广玲即为苏广苓）

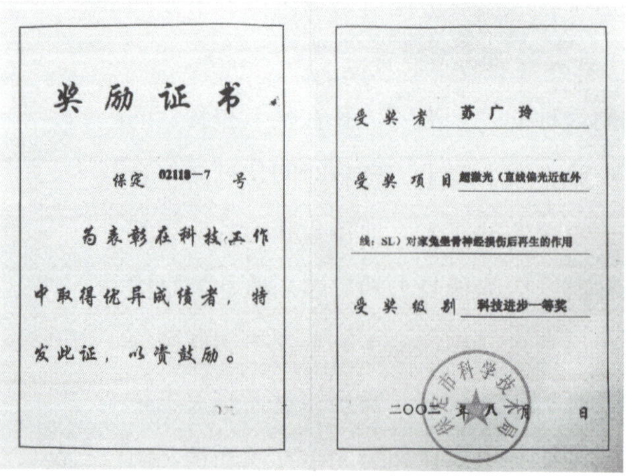
奖励证书

保定 02118—7 号

为表彰在科技工作中取得优异成绩者，特发此证，以资鼓励。

受奖者 苏广玲

受奖项目 超激光（直线偏光近红外线：SL）对家兔坐骨神经损伤后再生的作用

受奖级别 科技进步一等奖

保定市科学技术局

二○○二年八月 日

▶ 2002年保定市科技进步一等奖获奖证书（苏广玲即为苏广苓）

滞治疗法的疗效，经过临床实验案例对比得出，两种方法都有自己的优势和劣势。超激光治疗法具有一定的优越性，表现为：没有明显的禁忌；患者容易接受；比较适用于老年体弱或者有严重心肺疾病的患者。在带状疱疹的治疗方面，我认为应该将两种治疗方法相结合，这样会取得更好的治疗效果。在慢性疼痛方面我也做过多项研究，曾经获得过几项奖项。

我在疼痛门诊待了七八年，2002年的时候从疼痛门诊正式退休。

十二、平凡亦是不平凡

职业生涯中有一个印象很深的事情：一个食道癌患者做手术，需要开胸。开胸是个大手术，要分离肺门、肺叶，手术时我发现病人的脉搏消失了，医生还在给病人进行剥离，我二话没说，急忙拿了一个注射器，准备好药品，把伤口一拨，就把药注射进去了，告诉医生按压心脏，这样病人才恢复了生命体征。过后我想，我处置还是比较及时的，如果等到我告诉护士，护士再准备药品，给病人注射，可能几秒的时间就把病人耽误了。

我认为，作为一名医生首先应该全心全意为人民服务；其次就是要具备多样的知识，什么知识都要懂一些。我上班兢兢业业，从没有因为家庭的事影响到工作。

我对我自己的评价就是：这一生平平凡凡，一辈子兢兢业业，领导让做什么就做什么，没有做过什么伟大的事业。

访谈后记

初次访谈苏广苓老师是在河北大学附属医院老干部处，当我还沉浸在对一位老人家的想象中时，老人家如约来到访谈地点。苏老师迎面走来时我有一丝惊讶，可谓是健步如飞、精神抖擞，决不应该用“老人家”一词来形容他。后来了解到，苏老师是一位名副其实的运动健将，游泳、滑冰、打篮球样样精通。

在对苏老师进行访谈的过程中，我感受到苏老师极强的逻辑思维能力与计划性，原来，在跟我通完电话后，苏老师把多年来在河北大学附属医院的经历想了一遍，自己做了一个初步的小提纲。深入了解苏老师之后，我体会到了苏老师的责任感，这种责任感是对家庭的照顾，是对家人的惦记，更是对病人的全心全意。为解除苏老师需要照顾家人的顾虑，我们把访谈地点改在苏老师家中。简单朴素、光洁如新的家具直到现在我还记忆犹新。更进一步地了解后，我体会到了苏老师的谦虚、敬业与一丝不苟。每当提到工作，他都会滔滔不绝，细致地为我们讲解他的专业知识。当我们听到那些关于麻醉以及疼痛科的知识而对苏老师表示出自己的敬仰之心时，苏老师只是笑笑说：“大家都是这样的，人人都会这样。”

苏老师默默无闻地为医院做了很多贡献，但他对自己的评价却是“一辈子兢兢业业”，“没有做过什么伟大的事业”。

是的，伟大的事业是建立在兢兢业业的工作之上的，平凡、敬业的工作才是世界上最伟大的工作。面对这样一位谦逊的专家，我只想说，我们欣赏这样的平凡，欣赏这样的兢兢业业，我们正为之努力奋斗。

任琢珊：我就想为中西医结合做点儿事

访谈时间：2019年6月4日—6月30日（共四次）

访谈地点：任琢珊家

被访谈者：任琢珊

访 谈 者：于录艳

（文中所有照片均由任琢珊提供）

任琢珊，1935年10月25日出生于河北省高阳县晋庄乡南尖村，主任医师，教授。1957年10月至1962年10月，就读于河北省中医学院；1962年10月至1965年8月，任河北中医研究院医师；1965年8月至今，任河北大学附属医院医师、副主任医师、主任医师；70年代以来，致力于中西医结合的研究工作，在河北省级综合医院首创中西医结合科，中西医结合治疗再生障碍性贫血、脑血管病及重症肌无力；1988年至1995年，任河北省中西医结合学会常务理事，保定市中西医结合学会理事长；1988年被录入"河北科技精英"；1999年至今，四次获国家级名老中医殊荣，被评为河北省中医药管理局"模范带教老师"。

一、儿时记忆

1936年7月，我出生于高阳县晋庄乡南尖村，父亲和母亲都是普通的农民。印象当中，父亲十分正直，不善言辞，但非常能干；母亲是个温柔、善良的人，每天辛辛苦苦操持家里，从不抱怨。家里有兄弟姐妹七人，五个男孩，两个女孩，我排行老四。现在回忆起来，小时候有一件事情印象很深刻，也更让我体会到父亲的诚实和正直。我有一个表姑，她家是地主兼资本家，当年平分资本家财产的时候，他们把家里的很多财产转移到了我家，记得当时我家里有一面夹皮墙，财产就藏在了那个地方，后来不知道是谁检举了，又把这些东西全部拉走。当时，我家里的经济条件很不好，拉来的好几大车东西也没数儿，但所有的财产，我父亲没有留下一丝一毫，如数清仓。父亲从不占别人小便宜，他对我们兄弟姐妹的教育也同样如此。父亲的诚实、正直也给我们几个孩子上了很好的一课。父亲很重视教育，在当时艰苦的条件下，想办法让我们兄弟姐妹上学，后来我们七个人中，有医生，有教师，有翻译，有商人，生活得都很好，也算是没有辜负父母对我们的培养。

兄弟姐妹七个人中，我和大姐的关系最好，大姐比我大三十多岁，因为没有赶上好时候，所以她一天学也没上过。她非常照顾我，也最喜欢我，还经常鼓励我好好上学。我大姐非常聪明，喜欢听戏，老调、河北梆子、京剧等唱段一学就会，还能做一手好针线活儿。我大哥很聪明，头脑灵活，很早就跟着舅舅做生意，家里生活过得去主要是大哥的功劳。要说家里最累的应该是二哥，家里所有的农活都被父亲和二哥承担起来，正因为这样，我和弟弟、妹妹才有机会上学。后来，大姐和二哥生病住院以及出院疗养，我只要有时间就会去照顾他们，经常给他们买一些东西，给他们一些钱，希望他们的晚年生活过得好一点儿。我一直告诉自己，人一定要懂得感恩。

三四十年代，我们村子里家庭经济的主要来源是纺线、织布，把织好的布卖到曲阳、阜平、山西那边，当时整个高阳县都是如此。在保定市来讲，那时候的高阳县应该算经济发展比较好的，高阳的纺织业到现在也比较出名。我小的时候家家都有织布机，经常看到母亲和哥哥、姐姐们纺线织布，有时候我也跟着凑热闹，用脚蹬几下。高阳人穿衣服比较讲究，我大姐那时候穿本地产的洋布，到了夏天穿花衣服，还是双花的，脚下穿绣花鞋，到了冬天还穿旗袍，外边穿上大褂，很漂亮，家乡的未婚女孩儿都这样穿。可以说，这种半机械化纺织业给高阳当地的经济带来了不小的变化。因为商人多，人们的思维也比较开阔，所以也就比较重视教育。

二、从小立志要治病救人

1943年，我开始上小学。四年级以前在本村，五六年级在北沙乡西河村读高小（也称“完小”）。小学开设四门课，数学、语文、修身和音乐。我上小学的时候条件很艰苦，教室就在老师的家里，两间大屋，里边是他睡觉的屋子，外边是学生上课的教室。那时候一到四年级的学生一共有二十几个人，都在同一间教室里上课，老师给一个年级讲完再给另一个年级讲，现在想起来老师也很不容易。我的小学老师叫杨俊德，他是一个非常严肃认真的人，对学生的要求自然也非常严格。我记得他的手里经常拿着一根竹条，调皮的学生都怕他，上课不认真听讲是要挨打的。我那个时候学习很用功，就没有挨过打，周围十几个村子的学生有二三百人，我的学习成绩一直在前三名。教室条件艰苦，家里也同样如此，家具就一张桌子和几把椅子，点的灯是棉花籽油，晚上写作业的时候，母亲纺线，大姐在一边做活儿，我就趴在炕上的灯影儿下看书写作业。小时候没有课外书，我的课外书就是从二表叔家拿来的小楷，小楷里面有一些文章，我就读上面的文章，那时候拿到一本小楷已经是如获至宝。

我八岁那年，二弟得了重病，发烧、昏迷、抽风，几天都不好。有一次昏过去，半天没有醒过来，父亲说弟弟断气了，就用破炕席卷上要去埋。这时，我大姐从八里地外的婆家正好赶到家，用手摸了摸弟弟的鼻孔和心脏，说还有气儿，没死。于是，我大哥用自行车带着我大姐从八里地外鲁台营村请来了医生，医生来了之后马上给弟弟扎针，扎完针就不抽了，又扎了几天，弟弟就苏醒了，慢慢地活了过来。我觉得这个大夫很神奇，能把快要断气的人救活，真了不起。从那以后，我就想长大以后当医生，治病救人，可以说，这件事情发生以后，我就立下了从医的志向。

三、从入伍到转业

1949年，我小学毕业开始上初中，上到初二时，部队到学校选人，由于我个子比较高，就把我选上了。这次一共选了三个人，后来我才知道，当时选我们几个人是为朝鲜战场培养卫生员。那个时候没有电视和收音机，也没看过报纸，到了部队以后开始唱“雄赳赳，气昂昂，跨过鸭绿江”，这才知道发生了朝鲜战争。那时候人们都愿意上学，上高中的人大部分都能考上大学。我也想好好上学，考大学一直是我的梦想。

我们几个人来到保定一中对面的一个平房里，在那里大概学习了几个月，主要是学医。又过了一段时间，我们就去了东高庄村，过去这里是有钱的大财主住的地方，有好几个院子，我们这些人就住在这里。当时我们已经是部队编制，穿着军装，每天要跑步、上课。老师是来自部队的医生和护士，主要给我们讲医学知识。就这样大概学了一年多的时间，1951年底，正值朝鲜战争，全国很多地方成立健康大队，河北省的健康大队就在安国县（今安国市），我们这些人一部分到了安国县的健康大队，一部分人被分到其他地方。我们的主要工作就是对朝鲜战场上负伤和将要转业的士兵进行保健，给他们治疗一些小病。在安国健康大队待了一年左右的时间，1952年7月，健康大队里没有多少伤员了，这个单位随即被取消，我们这些人也面临着转业。

大概有三十多个人从安国走回保定，用了两天，脚底都磨出了泡，一直走到了大汲店才住下来。那时候人们不愿意转业，因为部队的待遇好，吃得也好。我们在大汲店住了好多天，经常有人给我们开会做思想工作，让大家对转业有个心理准备。后来我们就到了河北饭店，领导找我们一个一个地谈话，大部分人得知要转业到河北省结核病医院，都非常不愿意，因为结核病是肺痨，是传染病，谁都害怕。当时和我一同回保定的有个姓郭的人，比我们大几岁，他非常不愿意转业，想去二六三部队，就带着我们闹，但无济于事，当天晚上就给我们安排了行程。我们坐火车从保定到石家庄，从石家庄到德州，从德州到泊头，到了泊头有车直接把我们接到了献县，就这样，我们一共十几个人被分到了河北省结核病医院（当时称“普济医院”）。

四、工作中不忘学习

1952年7月，我转业到河北省结核病医院，医院在沧州献县的天主教堂里面。当时的天主教堂占地二三百亩，分东堂和西堂，有“天下第一堂”的美誉。东堂是一个河北省重点高中——献县中学，学生一千人左右；西堂是结核病医院。

当时，结核病医院有五百张病床，职工人数在五百人左右，医院的病人都是干部。新中国成立初期，我国患结核病的病人非常多，一是和人们的生活水平低有关系，另外就是缺医少药。当时只有磺胺药，但这个药对结核病不敏感，对肝脏损伤大。1953年以后，苏联生产的链霉素上市，链霉素治疗结核病效果显著，但苏联生产的链霉素工艺不行，质量不好，病人注射以后刺激性太强，注射部位很快变得红肿，疼得厉害。大概到了1954年，才有了雷米封，化学名称为“异烟肼”，这个药成了治疗结核病的划时代的标志。

我刚到结核病医院时在二病区。医院大部分都是轻病人，主要是一些原发性综合征，淋巴结感染以后肿大，周围有个小病灶，从胸片上能看出来。1954年之前治疗结核病主要是休息和保证营养，部分病人进行人工气胸、气腹，将肺压缩，使肺得到休息，这种疗法主要用于肺部出现空洞的病人。医院还有个小南院，收治一些重病人，有十几张床，病人咯血特别厉害的时候就给他们吃点止咳药，然后再给他们输血。

新中国成立初期，各行各业都缺少人才，医疗行业更是如此。

50年代，国家开始提倡夜校，结核病医院的领导非常重视职工教育，一是医院职工文化素质普遍较低；二是业余时间多，年轻人都想学点儿业务和文化知识。那时候，结核病医院里有夜校，大概有三十多个教师，一部分老师讲文化课，一部分老师讲医学课，本院职工下班以后可以去教室里上课。医学课的老师大部分都是本院的医生，他们没有接受过系统的专业学习，讲课时大多是照本宣科。当时结核病医院的院长叫刘墨庄，只有二十九岁，这个人非常聪明，也很会表达，他从小当兵，后来当卫生员，当护士，当医师，之后又去北医大进修了两年，他能讲出真东西，讲课非常受欢迎。并且，他当时就能做肺叶切除手术，人们都很佩服。

当时医院有三个人被保送上了医学院，我很羡慕，也期盼着将来有机会考出去，有可能的话，也像那三个人一样被保送，这是我最大的目标。所以我在夜校学习非常刻苦，除了白天上班，只要一有时间就看书、学习文化知识。夜校学习给我带来非常大的收获，为我后来考学打下了一定的基础。

在结核病医院，我每月挣三十二元工资，再加上十二元补助，就是四十四元钱。这个工资水平在当时已经不得了了，一般家庭有四五口人，这四十四块钱就够吃一个月了。我弟弟上中学、上大学，基本上都是我提供的学费。

五、一场大水把我“救”了

献县北边的子牙河与河间之间有一个急转弯的地方，叫老河口，这个地方每年都发大水。1956年7月底8月初，正值汛期，老河口决堤，洪水泛滥，把周边的村子都淹了，河间和献县的干部、农民都去堵决口，医院领导和我们十几个职工也去了。那个时候没有公路，就是在两个村子之间走，去找老河口在什么地方。我们刚走出医院十几里路，水就漫到了我的腰间，领导说别走了，快回去吧，再走就把咱们淹死了。等我们回到医院以后，水位就已经很高了，我一米八五的个子，水已经到了我脖子的位置。医院赶紧把病人转移到楼房的顶层，屋里、楼道里都是人。后来，病人转到了县城的一个中学，因为县城的地势要比结核病医院高两三米。学生们都回家了，病人暂时安放在学校，洪水退后就转到了保定康复医院（今保定市第三医院）。

当时医院留下了一部分人，其中包括我，因为我当时已经入党，领导比较信任我，就让我负责看守档案室。晚上看守档案室的时候能听到木地板嘎吱嘎吱的响声，药房主任怕有危险，就说，咱们游泳过去，爬到树上待着吧，一上树才发现，树杈上有很多蚂蚁，把身上咬得够呛，一晚上也没睡。大水过后，部分人被分配到了沧州、保定等地，留下的人派出去进修培养，我当时就被送到保定市第二医院进修了一年外科，还在夜校学习了部分高中课程。

由于发大水医院被淹，省里开始规划成立新的结核病医院，计划招一批素质高的医生和护士，最起码是正规学校毕业的。1957年，医院领导说，今年高考谁愿意去谁去，保送的名额十分有限，大家要准备自己考。听了这个消息，我非常高兴，就开始抓紧时间努力复习，准备高考。这场大水“救”了我。

六、求学五年，圆了我的大学梦

1957年，河北省中医学院面向省内在职人员招生，我毅然决然地报考了，因为我没有上过高中，参加高考比较吃力，河北省中医学院招生属于调干，相对来说比高考简单。我们医院有二十多人报考，考试的试卷是中医学院自己出的，就考了两科，一门数学，一门语文。据说一共组织了三次考试，我们那一批考试应该都是省级单位的职工。医院报考的二十多人中只考上了两个人，一个是我，另一个是任树平。得知被中医学院录取以后，我非常激动，终于圆了大学梦！任树平和我是一个村的，小学、中学在一起上学，一块儿参加工作，一块儿上中医学院，毕业后一起分到了中医研究院，后来他去了中医学院当教师，我留在了中医研究院。

20世纪五六十年代，毛主席提出，中国医药学是一个伟大的宝库，应当努力发掘，加以提高；要培养“中西医结合的高级医生”。国家开始重视中医药事业，在这样一个历史背景下，1956年全国建立了五大中医学院，分别在北京、南京、上海、广东、成都，都是六年制。1957年，我们学校刚刚成立的时候叫河北中医专科学校，占地二百亩，一半是校舍，一半种药，校舍包括一个三层的教学楼和一个四层的宿舍楼。一直到1958年，学校更名为河北省中医学院。河北省中医学院是五年制，所以我们学校和五大中医学院的第一批学生都是1962年毕业的，也是全国第一批中医学院毕业生。当时，我们学校一共录取了八十个人，分成两个班，考上的大多是医师学校毕业的中专生。

1957年以前，河北省没有正规的学校培养医护人员，中医大多是师傅带徒弟，而原来的老中医基本上都是自学成才，开个诊所，扎个针灸。河北省中医学院的师资整体来说是不错的，一共有五十多名教师，有近一半来自南京中医学院培养的师资班。南京中医学院为全国培养中医教师，一届毕业生有六十个人，一半分给北京中医学院，一半分给我们学校。南京过来的老师受过专业、系统的学习和培训，讲课也比较好，能讲出东西，学生听起来也容易接受。这些老师基础理论讲得都比较好，但如果能将中医和西医的知识结合起来授课就更受学生欢迎了。有个叫王少华的老师，给我的印象很深刻，他对学生非常负责，说话和气，人长得也很帅，穿的服装款式十分新潮，还经常在中医杂志上发表文章，后来成为国家级名老中医。他讲课很有条理，普通话说得也比较标准，那时候南方过来的老师能讲普通话已经很不错了。

在学校学习期间，中医、西医都要学，课程比例是七比三，七是中医，三是西医，开课同步进行，有解剖学、生理学、医学物理、医学化学、医学生物学、内科、外科及中医等三十余科。西医课有统编教材，中医课教材是学院自编的，一直到1959年以后，中医课才有了统编教材。

刚考上中医学院的时候我特别高兴，后来一上课，就觉得走错门了，开始后悔，主要原因是听不懂。在结核病医院了解了一些西医知识，猛一接触中医，有点儿格格不入，中医的知识学不进去。中医和西医不一样，比如中医说肝具有一些神经系统的功能，有的人着急上火，肝气不舒，中医叫肝郁；脑袋兴奋抑制不平衡了，有的人爱发脾气，有的人抑郁，想的事情多，少言寡语，中医说这是肝郁，西医显然接受不了。中医老师还讲心主神志，人的精神意志归心管，怎么听都觉得不通。当时有一门课比较容易学，叫“中药学”，这门课主要讲药物的功能、主治病症、临床效果等，比较容易接受。

我们入学第一年学中医基础理论，那时候基础理论课有四大经典——《内经》《伤寒杂病论》《金匮要略》《瘟病》，都是文言文，难懂难记。《内经》篇幅不长，每一段下面都有注释，一节课讲两三段，讲《内经》的老师是张志坚，一上课就把教材往旁边一放，讲稿都能背下来，太厉害了。尽管老师讲得很好，但学生理解起来仍然非常吃力。还有一门课程叫“五运六气”，主要讲自然界环境对人和疾病的影响，西医也认同这个观点。原来省医院有一位老中医，只要一扎针就先看看太阳，什么时辰扎哪个穴位。外界环境的变化对人体的影响确实存在，比如一到冬天，天气冷，周围血管收缩后血压升高，心脏负担加重，所以容易出现心绞痛，甚至出现心肌梗死。西医讲视、触、扣、听，讲细胞，各个脏器的结构、功能等；中医讲望、闻、问、切，五脏六腑是有关联的，各个脏器是一个有机联系的整体，不是孤立的，这个观点西医也认同。

学校还有三十名教师来自南京师资班，教师素质比较高，教学也比较规范，上课时按照教材来讲，先讲病的定义、病因、临床表现等，有一定的顺序性和认知逻辑性；而另一部分教师是来自北方的老中医，他们讲课不按照教材讲，比如讲胸痹或者心疼，先辩症，讲病的表现，然后再说是什么病，他们的教学水平相对来说差一些，学生不太爱听，也听不懂。有的同学上中医课时看

畢業証書

学生任琢珊于一九五七年九月入本校 本 科（五年制）学习 中医 專业，現已学完全部課程，成績及格，准予毕业。

院長 [illegible]

一九六二年七月廿八日

証书登記 本五）字[illegible]号

▶ 河北省中医学院毕业证书

西医的书，学习质量受到了一定影响。我记得中医学院有两个学生原是医师学校的中专生，在学校接受过系统的西医基本理论的学习，应该说比我们的基础扎实，但他们学起中医也非常吃力，还产生了退学的想法。这种情况持续了一段时间，学校也逐渐发现学生的学习存在困难，就到北京中医学院等各地走访，发现大部分中医学院的学生都存在这种问题，越学西医，越学不了中医。大概一年后，学校停了西医课。

七、初探从医路

1962年，我从河北省中医学院毕业，应该说毕业以后我理想的工作城市是石家庄，因为我的爱人当时在石家庄结核病医院工作。另外，我在石家庄中医院实习了一年，对这个医院的环境也比较了解，所以希望能分配到这个医院。但不知道什么原因，那一年石家庄各个医院一个毕业生也没留，我和四个同学一起被分配到了河北省中医研究院。

中医研究院是一家综合医院，什么病人都收，研究重点是肝硬化。我被分到中医门诊部，因为刚毕业工作经验不足，就跟着老大夫学习。那时候中医去查房查不出什么，就让西医查，西医拿着病例让中医看，老大夫听不懂，西医就该怎么处理怎么处理。在河北省中医研究院待了一年多的时间，学了不少治病和临床知识，到1964年，我到农村跟着搞了一年多的“四清”。

1965年，国家对各地的中医研究院进行了一次调整，只留下了北京中医研究院，其他地方的中医研究院都被撤销了，河北省中医研究院也就此“下马”。我那时候在农村搞“四清”，因为研究院领导要和我谈话商量重新分配问题，我就请了三天假。领导希望我去河北省医学科学院情报研究所，能分到那儿的必须是党员。那时候我对情报研究所不是很了解，觉得很神秘，但因为我的爱人在石家庄结核病医院工作，我的孩子身体又不好，还要照顾年迈的母亲，如果我去了天津，家里几乎就崩溃了，所以我对领导说明了家里的现实情况，并表示希望能留在保定。当时负责研究院撤销工作的省级领导是卫生厅的穆厅长，我去图书馆查资料的时候无意碰到了他，和他简单说明了我的情况，后来领导重新研究决定，将我分到了省医院，也就是现在的河北大学附属医院。

八、走进省医院

1965年8月，我被分到省医院中医科，当时医院名为河北省卫生干部进修学校附属医院，是医生和护士非常向往的地方。得知被分到省医院，我也非常高兴。那时候的院长是米毅，米院长注重业务，也很重视人才培养。他一天二十四小时工作在医院，大家都称他“手术迷”，二十四小时不吃饭、不睡觉也要做手术，医院的职工都非常钦佩他。

我刚到省医院的时候，医院的规模不大：一个三层楼的门诊部，一天的门诊量三千多病人；中医科有五个大夫，一上午的门诊量达到二百九十多位病人，楼道里都是人，非常拥挤。有一些病人诊断不清或者治疗不理想，西医处理以后效果不显著，就考虑吃中药。当时看病、检查比较简单，做个常规检查，最多照个相，也没有心电图机，医疗设备跟现在没法儿比。

50年代左右，小孩儿患胆道蛔虫病很常见。蛔虫在肠道里游动，钻到了胆管里，胆管收缩就把蛔虫卡住，卡住之后蛔虫钻得更厉害，越卡越钻，就会引起腹痛。中药有个乌梅汤，治疗蛔虫病效果特别好。乌梅汤里有乌梅和川椒，乌梅特别酸，川椒特别辣，又酸又辣，虫子不适应这里的内环境就退出来了，然后再吃药，把虫子泄下来。中药里有一味药叫使君子，专治蛔虫病。那时，农村卫生条件比较差，小孩儿玩土以后不洗手，虫卵沾到食物和手上，就会感染蛔虫病。现在卫生条件好了，大大降低了感染的机会，蛔虫病基本上绝迹了。那时女人生完小孩儿，农村习惯三伏天也关着窗户，挂着门帘，温度太高，产妇就会中暑，发烧四十多度，高热不退，西医用药效果不好，退烧药基本不管用。中药有个白虎汤，非常有效。我治疗过多例产后中暑的病人，效果不错。

我在中医科待了五年，每天晚上五点半下班，回到家七点到九点念报纸，除此之外，早晨七点到八点还要读报纸或者学杂志，所以业余时间很少。那时候的人们都比较好学，十分敬业。除了在门诊之外，医生还要去各科室病房会诊，我们中医科的五个大夫轮流到各个科室病房会诊，每人一个月。中医科门口有个小盒子放会诊单，需要会诊的科室和病房把信息写在上面，大夫看到会诊单就到病房会诊。我在门诊待了半年多，就和杨主任说，我把会诊“承包”了吧。因为那时候来中医科看病的病人都是轻病人，病种的数量也不多，比如说肠梗阻在外科很常见，中医科就没有。我去会诊的目的主要是想继续深入了解西医，熟悉西医对疾病的诊断和处理，同时会诊能见到一些危重病人，了解更多的典型病例。会诊能为病人做检查，如肠梗阻病人肠道逆蠕动，梗阻了，没有完全梗阻的时候肠道有气体，气体从窄缝隙里过去就发出一种高调的声音，听一听肠鸣，一下子就记住了这个声音。

那时候，各个科室都请中医会诊，外科、内科跑得多，妇科也去，儿科去得少，因为儿童喝中草药不太容易接受。会诊需要在各个科室病房里跑来跑去，一天下来很辛苦，但那时候不觉得辛苦，也不觉得累。尽管我不直接治疗，但能看到典型病例和危重病例，了解病人的整个治疗过程，还能和各科室的大夫们交流，我就觉得很有价值，也很有意义。那个时候，很多中医不带听诊器，我只要会诊都带着听诊器，我认为中医和西医在很多方面是可以结合的，检查方式可以结合，用药和治疗也可以结合，我一直在探索中西医结合治疗病人，我就想为中西医结合做点儿事。

九、五年教学路，重温中西医

1970年，解放军军宣队进驻医院，军代表等人负责主持医院工作。当时很多人都下放了，我比较幸运，之所以没有下乡，是因为我能写点儿东西。我上学时比较喜欢语文，文学素养还可以，可能和学习中医也有一定的关系，我写的东西比较适合做报告，所以我被调到了保定地区第一医院附属卫生学校（今河北大学医学部）当教师，编制还在医院。可以说，这五年是我的医学基础理论和技能提高的关键五年。

那时候，学校属于中专，有六个教学班，每班五十个人左右，大概三百名在校生。学生的文化水平不一，有小学毕业的，有初中毕业的，也有高中毕业的，主要以高中和初中毕业的为主。学生大部分是保送来的，开学了还经常进人。学校的位置就在三医院，当时军管把卫校占了，学校就搬到三医院那边，三医院地方很大，房子很多，把医院的一部分结核病病人动员走了，腾出来不少房，供教学用。

学生的文化水平参差不齐，理解和接受能力也不一样，再加上中医理论本身就难讲，难理解，这给教学带来了不小的难度。那时老师普遍比较辛苦，除了课堂教学之外，白天也不回家，中午吃食堂，晚上辅导学生一般要到九点以后，有认真的学生会询问老师问题，必要的时候还要一对一辅导。虽然很紧张，但是我挺愿意搞教学，可以教学相长，还可以使医学基础理论和临床都得到提高。当时，学校教职工一百人左右，专任教师也就三十多人。我记得有一个董大夫，一边在医院上班，一边在学院兼课，其他老师都是专任教师，只在学校上课。所有的老师里就我一个中医，我刚去时就是一名普通的老师，教“中医学”这门课，四五个班的课都是我一个人讲。

当时学校搞教研比较少，不像现在高校的学术氛围这么浓厚，主要就是老师们之间互相听课。我没有系统的授课经验，所以只要一有时间就备课，也经常去听其他老师的课，学习老师们好的教学方法。时间不长，学校的军代表让我当训练组的副组长，训练组就是教务科，科长是葛非，有时候我也帮着他写一些教学计划等。

70年代左右，全国培养赤脚医生，因为医院是省级医院，省卫生厅给医院下达的任务是成立一个中医班，保定的其他医院都没有这个任务。中医班有二十名学生，都来自农村，年龄也偏大一些，大部分二十多岁，班级授课内容以中医为主，也涉及西医的一部分知识。那时候，除了给他们上中医课，我还当这个班的班主任。我管学生比较严，我认为学医必须要有认真、严谨的学习态度，学的好与不好直接影响到今后治病救人水平的高低，作为医生一定要对病人负责，所以，我经常上完课不回家，和不好管的学生谈心，做他们的思想工作，我还经常解答他们在学习中的问题。有时候我管得严厉一些，个别学生就开始闹，在医院里给我贴大字报、画漫画。那时候贴大字报很常见，我不怪学生，也不往心里去。大部分学生还是很好的，也很守规矩。这个班的学生大概学了两年，就毕业了。医院还开办过护士班，护士班结业以后留在本院工作。

军代表撤离，卫校得以恢复，学校就搬回来了。我当时想，学校应该不断健全教学机构，加上国家非常重视中医药事业的发展，所以我就向学校领导提出来要成立中医教研组，学校领导听后也很赞同。但师资力量不足是个大问题，中医教研组只有我一个人肯定不行，必须得调一批人过来。那时候，我有七八个同学在保定，于是我就向领导提供了一个名单，后来从干部疗养院、中医院等单位调过来几个老师，师资队伍慢慢壮大了。可以说，教研组成立以后，对学校中医的教学发展起到了一定的推动作用。

在学校教了五年课，把中医和西医的基本理论又系统地学习了一遍。只要一有时间我就去听其他老师的课，各科的课都听。当时大家都说我好学，我开玩笑地说我缺东西，“胃里头空”。为了给学生讲明白，让学生容易理解和接受，我经常查阅各种资料，琢磨教学方法。那时候没有现代的教学手段，只能靠老师讲，怎么能让学生听懂并理解掌握，这就需要教师不断思考教学方法。比如讲一个病，我把这个病的含义、病因、病理机制以及病情发展过程中的关键问题用文字加画图的方式呈现在黑板上，运用步骤教学和画图的方式，一步一步地引出知识，让学生做到“三易”——易懂、易记、易运用。我讲课学生们比较喜欢听，反映也还不错。

十、十年磨一剑

1975年，我下定决心要回医院。我在中医学院上学的时候就坚持中医要和西医结合的观点，经过了一段工作历练，又经历了五年的教学生涯，在探索中西医结合的道路上我应该做大量的尝试和实践，如果长时间脱离临床，我的想法就难以实现。所以，我很快向学校领导提出来要回医院的想法。一说要回医院，学校的书记不愿意让我走，我就跟书记说，中医教研组有十几位老师，有好几个老师可以担任组长的职务，我想回医院。在我的坚持下，1975年9月，我回到了医院。

回到医院以后，我和老书记说不回中医科了。因为中医看的病种类比较少，我觉得我太应该学习西医了，光有西医理论不行，必须得有实践。1976年下半年，我的编制到了内科。从1975年到1985年，我在内科一待就是十年。现在想起来还有很多难忘的经历，可以说，这十年对我的医学专业发展是一个飞跃。

医院的内科是一个三层的楼，床位二百多张，容量有限，但实际病人更多，楼道里面也都加满了床。在内科，我跟陈贤栎主任搞了一年多的白血病。陈主任从上海进修回来对我说，咱俩搞血液吧，我说行。那会儿有血液专业，没有血液科。血液科是陈主任成立起来的，他进修回来，专业知识比较强，但那时候血液病在我的头脑当中就是一张白纸。我们当时大概有二十张床位。

白血病确诊需要做骨穿，那时候我不会做骨穿，陈主任指导我做，做两三次就会了。再一个就是看片儿，看片儿有图谱，陈主任去学院图书馆借了一套图谱，有两本。图谱里介绍得很清楚，缺铁性贫血是什么样，白血病是什么样，再生障碍性贫血是什么样，我当时自学了这两本书。除此之外，看片儿的时候，陈主任也带着我，教我怎么看，后来慢慢地熟悉了，自己也能看。白天做骨穿，晚上加班出报告，第二天陈主任再帮我审阅报告，确定是什么性质的贫血，做出诊疗方案。

血液科刚刚成立，我们的压力很大，陈主任又刚刚进修回来，一些工作的开展存在困难，尤其是白血病，发病急，重症病人死亡率比较高。我记得有一个病人是小学的体育老师，三十多岁，女的，很瘦，个子不高，到了晚上洗脚的时候一看下肢都是出血点，她警惕性很高，当天晚上就来了医院，我接的她。来了之后做了一个血常规，白细胞有五万左右，当时就考虑紫癜，由白血病所致，但没有做骨穿就不能确诊是白血病。第二天，我们去查房的时候还没有明显症状，就是全身有出血点，尤其上身出血点非常多。查完房以后，医生要一起讨论病例，还正在讨论的时候，这个病人的家属就过去叫我们，“大夫快来吧，人不行了”。我们走到病房，病人已经不省人事了，后来抢救了一会儿，也没有抢救过来。白血病患者皮肤上有出血点，内脏、脑子也会出血，颅内出血就会导致高颅压，所以这个病人从住院到第二天九点多去世，仅仅十几个小时，这是我看到的白血病发病致死最快的一个。当时还有一个十七岁左右的孩子，患白血病，眼底出血，看不清东西，这个孩子对我们说：“大夫你救救我吧！”那个场面我到现在还记得十分清楚，催人泪下。大概一个星期左右，颅内出血，发高烧，后来就去世了。

现在白血病的治愈缓解率比过去高多了。比如早幼粒型白血病，大部分病人能缓解或治愈。现在肿瘤或白血病进行化疗有靶向治疗，药物对正常细胞损伤小，对肿瘤细胞杀伤大，现在化疗向这个方向发展，进展还是很不错的。有些白血病患者也吃中药，中药就是扶正培本，辅助西药。现在的肿瘤科也好，血液科也好，医生也给开一些中成药，中药和西药结合得很好。以西医为主，中医扶正，所谓扶正就是这些补药。可以说，跟着陈主任搞血液病，使我更进一步地熟悉中医、中药在临床上对危重病人的应用，积累了一些实践经验。

那时候只专心干工作，科研工作搞得确实比较少，人们普遍缺乏科研意识，不像现在晋升需要有科研成果。那个时候搞科研，觉得非常神秘，咱们这么一个小科室，拿出去的东西别人信吗？省里能评上奖吗？

后来我到了心血管科，当时心血管科有李宗年和孙倩两个主任，这两个人业务水平都很高，都非常优秀。李主任让我跟着他搞科研，让我写课题申报书，我那时候对科研比较陌生，就查了很多资料，写了一个申报书。我们主要研究硝苯地平这种药物的临床应用，这个科研项目大概研究了两年多的时间。有一天，孙倩主任找到我，说神经内科那边缺人，让我过去，我服从领导的安排，去了神经内科，李主任虽然不愿意让我走，但后来也同意了。

十一、中西医结合的发展

1985年，国家非常重视中西医结合，我们医院也搞中西医结合。那时候管业务的副院长叫李纯，唐山人，他组织医院搞“西学中”，成立中西医结合学习班，主要是由我来给他们讲课，一个星期上两到三次课。

有一天，李纯院长找我谈话说咱们要成立中西医结合病房，你来主持这个事，把中西医结合病房组织起来。其实我早有成立中西医结合病房的想法，但觉得时机还不成熟，主要因为医生的力量不足，成立中西医结合病房必须得有能通中医和西医的医生。另外，医院也没有地方，这个时候成立中西医结合病房困难非常大。但我想，我在内科有近十年的从医经历，各个科室都待过，也都去会诊过，对于西医了解也比较深入了，一般疾病的诊断处理都还行，从技术上我心里还是有底的，就这样，中西医结合病房成立了。

成立中西医结合病房，最大的困难就是没有人。那时候有一个外科大夫王宗杰，很喜欢中医，拜我们医院的一个大夫为师。他学了中医以后到外科搞中西医结合，能做一般的手术。一说成立中西医结合病房，我就先把这个大夫调过来了。在病房待过的就是我们两个人，其他的都是年轻的，还有两个护士长，就我们几个人。那时候想从中医院调人，根本没有人想来我们这儿。

我们的病房在医院大门口东边的位置，是地震的时候建的防震棚，多年不用，已经成了库房，后来把库房里的东西清除以后成了中西医结合病房。地震棚夏天非常热，最热的时候温度能到三十八九度。当时有很多人劝我："你在内科待得好好的，为什么跑到防震棚去？"我就说："我在内科待得确实挺好，也学了很多东西，我现在在防震棚里边要建立中西医结合科。"

中西医结合病房成立以后前两三年应该说比较艰辛。当时病房有十八张床，夏天非常热，病人也在里边住着，想住省医院的病人很多，别的科住不进去，就住在我们这儿。按常规来说，十八张床有四个大夫还可以，但要昼夜三班倒，可实际上就只有一个医生。那会儿我们没有值班室，我就动员二楼中医眼科的大夫搬到大办公室，大办公室有三张桌子，可以供六七个人使用，把这个房间腾出来做值班室。我们病房接的都是急诊病人，经常是晚上接病人，并且什么样的病人都得收。另外，病房里也都是急诊科去的病人，有些重症病人出现什么情况，我们值班的医生就需要及时处理。我那时候白天在病房，晚上值副班，忙起来的时候好几天不能回家。后来，我不值副班了，如果有重病人，他们就给我打电话，我就及时赶过来。这种艰苦状况持续了两三年的时间，中西医结合病房的病人越来越多。中西医结合病房的成立和发展经历了八年。我们的病房在防震棚待了五年，盖新门诊楼之前，门诊楼的西边盖了一个七层的外科楼，外科楼建成之后，整个外科就搬过去了，内科又占不了这么多地方，我们病房就搬到了这个三层楼的第二层，有了三十张病床，在那儿待了三年。当时从防震棚搬过去，觉得非常不错了，很知足。这八年，工作确实比较辛苦，虽然忙、虽然累，但中西医结合病房的发展越来越好，非常欣慰，我们这些医生和护士在这种艰苦的环境下也得到了锻炼和成长。

随着病人的增多，中西医结合病房医护人员的队伍也逐渐壮大。山东中医药大学毕业的一个硕士来到我们病房，从中医院又调过来两个医生。这两个医生一个姓赵，是中西医结合科现任主任，还有一个是成秀梅，任河北医科大学中西医结合外科教研室主任，硕士生导师。他们两个是我带的第一、二届徒弟。后来科室成了规模，很多人想过来，已经很难了。

医院一直十分注重医护人员的业务学习和提高。大主任每月讲一次课，科主任一周之内必须要讲一次课，我那个时候也讲，办公室里有个黑板，每次查房以后都要结合病人的病情分析讨论病例，或者讲某种病的新进展。

医院培养学生也有非常严格的要求，我带了两批硕士，共八个人。我要求他们每周最少跟师半天，或者出门诊；每周写一篇跟师小结或者一篇病例；一个月一个病例；三个月一个中结；六个月一次大总结；一年一次年终总结，年终总结要求有论文或者科研，没有论文就要有两万字的总结报告。当时完成最好的就是程秀梅，她学习非常认真，经常询问问题、查阅资料。带教老师要对学生每次交的作业写批语，我每次给学生写的批语都比较长，比如说冠心病、心绞痛吃什么药，我得把这个原则和治疗方子，然后再加上我治疗这个病的经验写出来，那时候学生上交的作业有制式表格，地方不够就写出格了，我记得有一次写的字太多还加了半张纸贴在上面。学生好不容易写出来的作业，我觉得应该在这个病上加一点儿自己的认识，有时候也参考一些文献，让学生对这个病例有所收获，有所提高。还有就是看病的时候徒弟跟着，有时候在病房遇到不常见的病人就给他们讲一讲，学生对某种疾病不了解，我就得更系统地讲这个病的基本概念、发病率、病因、病机等，同时还要讲一下国内最新的进展。学生对我的评价还是比较好的，我也因此被省中医药管理局评为“模范带教老师”，我现在在保定第一中医院有一个名医工作室。

这十年，从防震棚里的十八张病床发展到后来的三十张，我退休之前已有四十二张病床，我觉得我最大的成就就是把中西医结合病房搞起来了。可以说，我们医院的中西医结合病房在所有省级医院中应该也是佼佼者。在中西医结合科，我们重点搞脑血管病，经过科室所有医护人员的努力，我们科室成立了中西医结合脑血管病重点专科，当时从河北省中医处批下来，还挂了牌子。

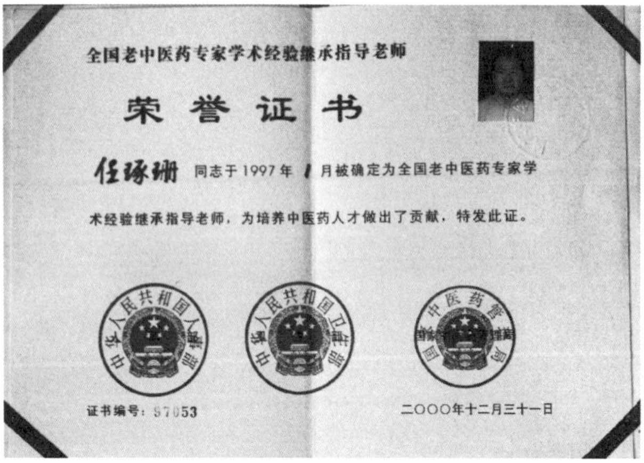

▶ 全国老中医药专家学术经验继承指导老师荣誉证书

成立中西医结合科以后，我们开始搞科研。期间，我写过两本书，一本书是国家统编教材《中医学》，一本是《中西医结合内科学》。1979年，卫生部在泰山召开了一个全国中等卫生学校教材编审会议，会议结束后留下一些人商议教材大纲，我任组长，那时候主编叫编写组长。《中医学》这本书的大纲写出来以后，我们拿着卫生部的信函和大纲到各学校调研征求意见，主要是去一些东南地区的学校，如江苏、浙江、上海、山东、安徽等地。这本教材前后一共印刷了十一次。《中西医结合内科学》这本书实际上是我主编的，但因为种种原因没有我的署名。除此之外，还有一本书是《中医理论与临床》，我是编委，在书里写了一个病。

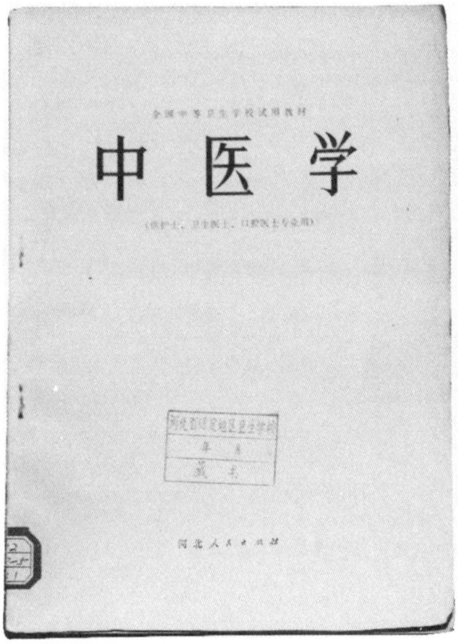

▶主编教材《中医学》的封面

我搞过两个科研项目，一个是从省卫生厅申报的关于脉管炎的科研项目，主要研究在股动脉注射蝮蛇抗栓酶治疗脉管炎。科研成果发表在《中国中西医结合》杂志上，后来《中国中西医结合》杂志与韩国进行学术交流，韩国医学界觉得这个很有价值，就在韩国的杂志上发表了，后来他们还把韩文稿件寄给我了，时间太长，这篇文稿找不到了。1990年，我的科研论文获保定市优秀论文一等奖。在任的时候，每年市科技局组织的科研评定，我几乎都出任组长。

应该说，我的医学水平及临床处理病人的能力，是随着医院不断发展而提高起来的，和领导创造的一些机会和条件密不可分。比如说在职工医学院任中医教研室组长、在内科时到各个科室会诊、和陈贤栎主任搞血液病、跟着李宗年主任搞科研，都是医院给我创造了学习和进步的条件。

从1965年来到省医院到1995年退休，一共三十年。在医院领导的培养教育下，通过自己的不断努力，我加强了中医和西医的基础理论和临床技能的学习，在处理一些疾病时，能用两套本领处理，在临床研究中取得了一定的成绩。尽管到了耄耋之年，我还坚持每周出一次门诊，每周在专家组开会讨论医疗纠纷。我就想，只要我还能做，我愿意为医院的发展贡献我的微薄之力。

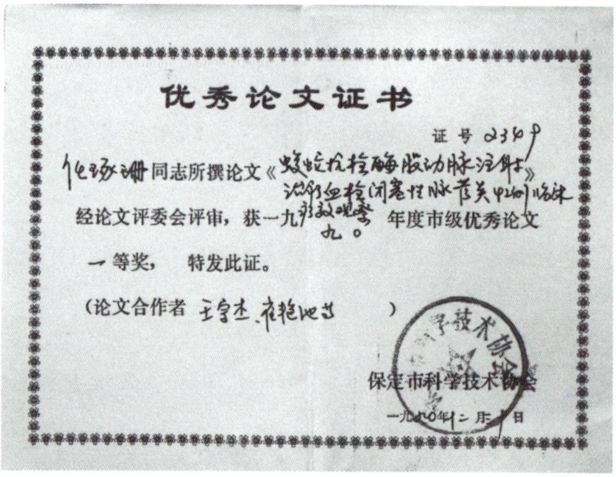
优秀论文证书

证号 [illegible]

[illegible]同志所撰论文《[illegible]》经论文评委会评审，获一九[illegible]九〇年度市级优秀论文一等奖，特发此证。

（论文合作者 [illegible] ）

保定市科学技术协会

一九[illegible]年[illegible]月[illegible]日

▶ 市级优秀论文获奖证书

医学的发展非常迅速，我们这些老医生也应该跟上发展的脚步，不断学习。现在，有些地方我不懂的，我就去问、去学，医院开展的一些新项目，我不懂的就去找相关的医生问。比如说一些新的检验项目，书上查不到，我就去化验室问；肌电图复杂点儿的我不懂，我就去找刘主任问。刘主任有时候说：“任老师，您真行，这么大岁数了还学习，您要学到什么时候呀！”我觉得碰到了不懂的就得学，不能不懂装懂，不能出去瞎说。

十二、希望医院越来越好

省级医院就应该有省级医院的水平，现在的河北大学附属医院发展得越来越好，一些重点科室在河北省来说也应该是数一数二的，比如肿瘤科、血液科、风湿科。主任、副主任也大多是医学博士、硕士，具有丰富的治疗经验，专业水平和能力非常高。

现在医院的院容院貌也很好，希望医院能继续引进一些国外的先进设备，继续注重人才培养。现在每年外出进修学习的医生不少，但回来以后开展新项目的情况还不是很乐观。我相信在院领导的正确领导下，医院会发展得越来越好！

访谈后记

第一次见任主任，他身材高大，面色红润，一点儿不像已进入耄耋之年的老人。任主任很健谈，语言表达清晰，思维敏捷，这可能与他从教五年又带过多年学生有关。

任主任出生在一个农民家庭，因弟弟患疾病重，从小便树立了从医的理想，靠自己的坚强意志和刻苦学习，终于圆了大学梦，圆了医学梦。访谈任主任，让我这个没有任何医学知识的人收获颇丰，更得到一种精神的享受！他经常会讲到很多医学基础和临床表现，娓娓道来，复杂的理论变得清晰易懂，我听得意犹未尽，同时，也对老先生肃然起敬。第一次访谈结束，任主任对我说："在医院发生了太多的故事，和你们说三天三夜也说不完。"此时，我与任主任目光相对，他清澈的眼神中流露出对医院深深的情意，也让我对后面的访谈充满期待。

我与任主任访谈先后共四次，在每一次的访谈中，都能深刻地感受到他对医学的孜孜追求和无限热爱。20世纪80年代，任主任在省级综合医院首创中西医结合科，谈及此，他感慨万千。在防震棚里度过了最艰难的日子，严寒酷暑中风雨无阻，艰苦环境中砥砺前行，这是一种怎样的情怀啊？我想，这是一种怀揣医学梦想，执着前行，勇于开拓的无悔人生！

一位年过八旬的老人，仍然坚持每周出诊，坚持每日读书看报，坚持不断探求医学新进展，秉烛之明，令人钦佩！此时，我又想起任主任的一句话："老骥伏枥，我将为中西医结合竭尽绵薄之力！"

后 记

经过一年多的筹备、策划，又经过一年多的访谈、录音整理、文字修改、反复确认，我和我的团队完成了张海松院长的一个夙愿——保存河北大学附属医院离退休老专家关于医学、关于医院的记忆。成书之际，百感交集，有欣喜、有感动、有释然，也有遗憾、有忐忑、有不安。

这是一部由一串串有温度的文字记录的真实故事，这是一部跨越了近一个世纪的医者史诗。每位老专家都曾经是普通的医生、护士，然而在过往的岁月中，他们用或美好幸福或坎坷痛苦的不同的人生经历诠释了医者仁爱严谨、责任担当的相同的精神品质。能将这些同与不同以书籍的形式呈现给世人，我们深感荣幸。但同时，亦有遗憾：老专家们的经历和记忆就像蕴涵丰富的宝藏，囿于时间紧、任务重，我们采集的仅仅是其中很少部分；原计划除了按照老专家个人经历为线索进行访谈，还想透过个人成长追寻其所在科室的发展历程及重大事件的发生情况，种种原因，此条线索并未突出；由于很多老专家年事已高，回忆时难免会出现偏差或疏漏，虽然所有呈现出来的文字均已经过老专家及河北大学附属医院以董俊洲老院长为代表的专家团队的认真审核，仍不免会有细微偏差。这或许是我们感到忐忑和不安的重要原因吧，好在医生的口述历史并非真正的院史。

此项目缘起于2017年初，在一次因“保定责任”项目而起的聚会上，张院长向我谈到他的遗憾：“今年我又送别了一位医院的老前辈，感觉特别惋惜。这些医院的老人，每年都会失去一两位，老人们越来越少了，而他们才是我们医院最宝贵的财富。”恰逢刚刚参加了一个关于口述历史的研修班，我向张院长介绍了口述历史这种运用文字、录音、录像等手段，通过历史事件当事人或目击者的回忆叙述，真实记录和保存历史资料的方法，并建议张院长给离退休老专家做口述史。张院长当即表示：“太好了！”

我深深理解张海松院长作为一所有三千多张病床的大型三甲医院的当家人定是公务繁忙，口述史的事儿可能无暇顾及。出乎意料的是，在接下来一年多的时间里，每次见到张院长或者电话联系时，他都会提及口述史的事情，而且希望由我来帮助医院完成。他说他想留下老专家们的声音、文字和故事，因为老专家们年龄越来越大，身体越来越不好，他希望我们的口述史尽快去做。在张院长的亲自策划之下，2018年5月，横向课题“河北大学附属医院老专家口述历史研究”正式立项，并于2018年6月13日举行了隆重的项目启动仪式。

感动于张院长对离退休老专家尊重感念的情怀，我欣然接受了河北大学附属医院的委托，担任了该项目的主持人，并组织成立了由保定学院十名骨干教师组成的项目团队，制订了周密的项目推进方案。2018年6月，项目组开始了紧锣密鼓的访谈，历时近一年半的时间，克服了可预知和不可预知的重重困难，到2019年9月，共约见访谈了老专家三十多位。个别老人因为身体等原因，只接受了一两次访谈，讲述内容较少，未能收录进我们的三部书当中，但我们都将访谈进行了文字整理，交与河北大学附属医院作为宝贵资料珍藏。二十八位老专家经历了我们的全程访谈，他们的故事被写进了口述史。

项目完成的过程曲折而艰辛。老专家们大都年事已高，有的身体不好，难以完成长时间的访谈，我们就分多次去访问；有的专家本来约好，但是当我们如约访谈的时候，老人生病住院，就再约时间；有的老专家我们去了六七次才完成访谈，有的访谈时间持续了两三个月，从夏天开始，冬天才结束；还有的老专家访谈一两次之后，家属怕累坏了老人，婉拒了后边的访谈；有的老人像小孩儿，需要哄着高兴才肯讲；当然，更多的老人愿意接受我们项目组的访谈，也愿意分享他们的人生经历、从医历程，愿意跟我们讲述他们那个年代的人物和故事。有的老人一次就讲两三个小时，每次都滔滔不绝，意犹未尽。访谈有时约在晚上，有时约在早晨；访谈地点有的在老人家中，有的在河北大学附属医院的老干部活动中心，有的在老人依然工作的诊所、医院，还有的甚至在病床上。我们根据老专家的作息和要求约定访谈时间和地点。如此种种，我们带着对老专家的崇敬，以强烈的责任感最终完成了访谈任务。访谈之后，我们在第一时间整理或七八万字或三四万字的原始文字和图片资料，从中厘清时间和事件，合并信息，剔除多余资料，修改后的文字再次找老专家认可，交专家团队核准。从约见到一次次的访谈，再到将老专家们的叙述转录成文字、修订文字、审定文字，再根据出版要求和返修意见反复修改，最终呈现在读者面前。今天的工作早已远远超出了张院长及河北大学附属医院对项目的预期和要求。但为了更好地留住医院老专家这笔宝贵的精神财富，我觉得我们所有的辛苦付出都值得！

这个项目，也让我们参加访谈的每一位老师接受了一次精神的洗礼，每次访谈回来进行研讨的时候，大家脸上都写满了兴奋与幸福，他们说：“与高尚的人为伍，我们也能成为高尚的人；

与敬业的人交流，也激励我们成为敬业的人！”

衷心感谢“河北大学附属医院老专家口述历史研究”项目，感谢我们访谈过的每一位老专家。因与你们的结识，与你们面对面地交流，倾听你们真实的人生故事、从医历程，我们一次次感动、一次次流泪、一次次唤起内心对人生的深度思考。项目从开始到完成，我们一直在感动中进行，书稿融入了太多情感的成分，老专家们的真情实感，我们的深深感动，都让这套三部曲的口述史充满浓浓的人情味，实现了我们当初“留下一段有温度的历史”这一目标。

作为医院发展的亲历者和见证人，老专家们为后人讲述了医院的过往，他们为医院的发展做出的努力，他们的回忆让更多读者了解了医院曾经的管理制度，包括查房制度、医学档案和病历的保管制度，同时也让我们了解到了河北大学附属医院独特的医护人员养成教育体系，这些资料对医院发展史、医学史、医学教育史的研究都具有独特的价值。

作为一套由真实故事组成的图书，她可以让年轻的医务工作者在品读故事中潜移默化地提高个人的精神境界，学到处理疑难问题的方法和策略；她还可以让患者朋友真正地走进医生、护士的工作和生活，阅读他们的精神世界，理解他们的喜怒哀乐、医者情怀……《冀医记忆》《医路历程》《伉俪故事》，其中的每一篇故事都值得我们静心品读。

2019年国庆节于保定学院